NI PANTINS NI SOUMIS

Olivier BAUER

NI PANTINS NI SOUMIS

Roman

LES ÉDITIONS LE SÉMAPHORE
128, rue de Belleville
75020 PARIS

Pour Ethan

ÉDITIONS LE SÉMAPHORE
ISBN : 978-2-3522-6061-5
Dépôt légal : 4ème trimestre 2022

PREMIÈRE PARTIE

1

Un mercredi soir du mois d'avril, je reçois une invitation à « tchater ». L'icône de la webcam se met à clignoter. Je clique dessus et une image apparaît, celle d'une jeune femme d'origine asiatique, la trentaine, belle, peut-être un peu trop maquillée. Son eyeliner et une frange savamment élaborée lui donnent de faux airs de Cléopâtre. Son accent m'oblige à lui demander souvent de se répéter. Elle me propose une rencontre pour le lendemain après-midi à Paris, 16 heures place de la Motte-Piquet. « Cassandra », c'était son pseudo.

Je poireaute près du Monoprix. J'essaie de lui téléphoner, je tombe sur son répondeur. Au bout de vingt-cinq minutes, je pense à faire demi-tour quand une jeune femme, petite, menue, habillée d'un short en jean très court, s'approche de moi. Grand sourire. Elle m'explique qu'elle est serveuse dans un restaurant thaï de la rue Raymond-Losserand, son travail l'a mise en retard.

– Rue Raymond-Losserand ?... À quel numéro ?

– Au 4.

La coïncidence est troublante. J'avais habité dans cette même rue, au même numéro, dix ans auparavant lorsque j'étais étudiant. Il n'y avait pas de resto à l'époque.

Nous flânons jusqu'au Champ-de-Mars. On s'assoit sur l'herbe. Son short est vraiment très court. Elle me parle beaucoup de son patron, de ses projets d'affaire. Elle n'est pas seulement serveuse, son boss Franck lui confie la comptabilité quelquefois. À terme, ils devraient s'associer à parts égales. En plus, elle a un salon de beauté dans le 14e.

– Il est felmé actuellement, m'explique-t-elle.

Elle le tenait avec son ex. Ils ont rompu.

Elle maîtrise mal la syntaxe et je ne comprends pas tout.

On poursuit notre promenade jusqu'à l'esplanade du Trocadéro. Je tente de l'embrasser. Elle me repousse. Aux Invalides, on entre dans une brasserie pour déguster une crêpe. J'ai du mal à la cerner. Elle semble inaccessible. Soudain elle me dit :

– C'est l'annivelsaile du fils de la cuisinièle du lestaulant où je tlavaille, ils font une petite fête chez mon patlon, tu veux venil avec moi ?

– Heu… tu es sûre que je peux débarquer comme ça ?

Sans attendre ma réponse elle hèle un taxi. Je paie les crêpes et nous filons.

– 147, lue Laymond-Losseland, s'il vous plaît… Flanck est malié et son fils vient d'avoil un an. C'est platique palce qu'ils habitent dans la même lue que son lestaulant.

Je connais bien le coin, l'immeuble donne sur une cour de jardin. L'endroit n'a rien de bourgeois. La cage d'escalier est plutôt défraîchie.

Nous montons au 2e étage, Cassandra sonne. Un Occidental d'une cinquantaine d'années, le crâne rasé, ouvre la porte. Cassandra se charge des présentations. Il n'a pas l'air surpris de me voir. Il nous convie dans une chambre du fond. Il n'est que 17 heures, mais ils dînent déjà. Tout le monde est assis par terre. Une femme asiatique, un bébé dans les bras, nous invite à nous asseoir.

– C’est ma femme…, déclare Franck. Elle est thaïlandaise. J’ai vécu quelques années en Thaïlande, on s’est rencontrés là-bas.

Il poursuit en langue thaï avec les autres.

– Tu parles aussi le thaï ?

– C’est tlès ploche du laotien, me répond Cassandra.

Nous nous asseyons à même le sol. Trois autres personnes d’origine asiatique partagent cette table de fortune.

– Là c’est Kulap, la cuisinièle, son mali Bapit, qui l’aide beaucoup, et le fils de Kulap, Chalong, qui s’occupe de la vaisselle et du ménage.

Il doit avoir vingt ans tout au plus.

– Merci beaucoup pour l’invitation. J’aurais apporté quelque chose si j’avais été prévenu plus tôt…

Tous me sourient. On me garnit une assiette avec quantité de mets et condiments asiatiques. Les questions fusent. Où j’habite, quel est mon métier, si j’ai des enfants… c’est Franck qui se charge de traduire. Il me dit que Chalong me trouve beau. Euh… je lui souris poliment. Cassandra se rapproche de moi, se love dans mes bras. Nous nous embrassons. Je commence à me détendre. On me sert une « Lao Beer », une bière asiatique renommée.

– Nous dînons tôt parce que le restaurant ouvre à 19 heures. Après, plus le temps pour se poser avant minuit, 1 heure, ça dépend des jours. Mais Cassandra est de repos ce soir, c’est Chalong qui servira, me rassure Franck.

Cassandra me regarde :

– Tu aimes le kalaoké ?

– Euh oui, enfin je ne sais pas…

– J’en connais un supel place d’Ivly, on y va ? J’ai mes amis là-bas.

Je dis « au revoir », « merci », « à bientôt », et nous voilà déjà repartis en taxi. La Lao Beer commence à faire son effet mais pas le temps de s’assoupir. Nous voilà au « Fu An », une boîte thaïlandaise, avenue de Choisy.

2

Du rose, du bleu partout… va pour une ambiance kitsch ce soir. On s'assoit à la table de ses amis. Tous d'origine asiatique. Elle me présente « Monica », sa meilleure amie. Grand décolleté, seins visiblement refaits, très différente de Cassandra à la silhouette svelte et gracieuse. Je commande deux autres bières. Je n'ai plus l'habitude de boire. La tête me tourne. Je m'éclipse pour soulager ma vessie.

Lorsque je reviens, notre table est vide. Je regarde autour de moi en plissant les yeux, je n'ai pas pris mes lunettes. Suis myope. Merci papa. Je lui dois aussi un début de calvitie de moins en moins assumé. Et ce ne sont pas mes gélules vertes « Capileov » à 28 euros les trois boîtes qui vont y changer quelque chose.

Tous étaient montés sur l'estrade pour s'égosiller sur « My heart will go on »…

« Evely night in my dleam, I see you, I feel you. That is how I know you go on. Fal acloss the distance… ». La chanson s'achève sans que je reconnaisse un traître mot.

Cassandra insiste pour que je chante la suivante mais je ne connais rien aux tubes du moment. J'adore le jazz : Miles Davis, Chet Baker, Dizzie Gillespie et tant d'autres. Le blues aussi, Ella Fitzgerald, Nina Simone. J'aurais donné un bras pour les entendre jouer ou chanter.

Là c'est sur Images et « Les démons de minuit » qu'on me demande de sévir. Une autre Lao Beer et envoyez le massacre. Collé à l'écran, sans lunettes, avec ma voix de crécelle, c'est tout juste si on ne me vire pas de l'estrade. Pas question d'être entraîné « jusqu'au bout de la nuiiiii-iii-it ».

Monica et consorts se sont éclipsés, Cassandra et moi restons seuls à table. C'est peut-être l'heure de mettre les voiles à notre tour, je tente une approche :

– On va chez moi ?…

– D'accold.

Nouveau taxi, soixante euros Paris-Yerres, la journée commence à douiller.

Je viens à peine de terminer l'aménagement de mon cabinet de psychanalyste. J'exerce dans l'appartement où j'habite, acheté à dessein un an auparavant. Paris est inabordable, on y trouve vingt spécialistes au mètre carré. Pas encore la démence argentine, où chaque individu, tout gosse, consulte sans motif réel. Pour moi, il s'agit de tout autre chose. Traiter de profonds traumatismes.

Je paie le taxi et nous montons. J'habite au 6e. J'en profite pour embrasser Cassandra dans l'ascenseur. Je lui propose un verre. Pas d'alcool chez moi, tant pis, un soda fera l'affaire. Elle s'assoit sur le sofa, je la rejoins. Je l'enlace et elle se laisse faire. Elle se déshabille et me dévêt de la tête aux pieds. Elle me fixe alors. Je me sens mal à l'aise. Cassandra a pris les choses en main.

– Holà doucement, doucement, pas si vite !

Je n'ai a priori rien d'un éjaculateur précoce, mais il ne faut pas pousser non plus. Je calme le jeu et m'en vais chercher des préservatifs dans un tiroir de la salle de bains. À peine revenu, elle me remonte dessus. J'enfile le latex en quatrième vitesse et nous voilà repartis. Pas le temps de faire la présentation des corps.

Je sors d'une relation de cinq ans avec une femme mariée où j'ai dégusté, bien que notre complicité sexuelle soit jusqu'au bout restée intacte ; on se parlait beaucoup pendant nos ébats pour interpréter des rôles tous plus excitants les uns que les autres.

Cette nuit est aux antipodes, Cassandra réussit à me faire craquer, contente d'elle. De toute manière, je me sens partir avec ses Lao Beer.

J'émerge quelques heures plus tard. Il fait encore nuit. On n'a pas bougé du canapé, pas même pris le temps d'investir mon lit. Voilà qu'elle me regrimpe dessus. Elle a de petits seins qu'elle ne semble pas assumer. Moi, je les trouve mignons.

Me voilà encore en elle, ou le contraire, sans même de préservatif. Elle va de plus en plus vite. Je viens à nouveau. En elle, cette fois. Je me rendors, on verra bien demain.

Je me sens vaseux au réveil, plus l'habitude de boire. J'entends du bruit dans la salle de bains. Elle est là. Belle, rayonnante, et déjà maquillée.

– Je nous prépare un petit déjeuner ? dis-je.

– Je peux plépaler des œufs avec du liz si tu veux ?

– Euh… j'ai du mal le matin, un café suffira pour moi. Mais prends ce que tu veux.

– Tu as plévu quoi aujould'hui ? On poullait aller manger sul Palis, à Opéla, je connais un lestaulant qui fait de supel sushis, on y va ?

– Euh, bon d'accord, OK, laisse-moi juste cinq minutes pour me changer…

Elle aspire à « une vie cool-tlanquille ». Elle a connu trop de stress et le travail non-stop avec son ex, un Asiatique qui sous-traitait des produits alimentaires pour Tang Frères. Je ne saisis pas tout. Je finis par me risquer :

– Tu avais déjà fait ça avant ? Coucher sans préservatif…

– Non, c'est la plemièle fois, mais je me suis sentie si bien avec toi hiel soil.

Ouais. Je suis bon pour un rendez-vous chez mon généraliste.

Je propose le RER pour retourner à la capitale. Cassandra n'émet pas d'objection. J'habite à dix minutes de la gare et une petite balade sur les bords de l'Yerres sous un soleil printanier ne va pas nous faire de mal. Nous nous allongeons sur l'herbe en attendant le train. Je l'embrasse. Je me sens mieux disposé, les derniers effets de Lao Beer évaporés. J'aurais même très envie de retourner chez moi. Elle décline. Je n'insiste pas. Va pour Opéra et son « lestaulant » de sushis.

3

Rien à redire, le carpaccio de saumon est à tomber et les prix tout à fait abordables. Ce petit resto à deux pas de l'Opéra est une adresse à retenir. Cassandra semble connaître la patronne, une Japonaise qui parle bien le français. Ça me change de la veille où je n'ai pas compris un traître mot des apartés de Cassandra et sa copine au karaoké. Lao, thaï, cambodgien, khmer… des langues aux sonorités toutes différentes. Un continent, l'Asie, qui m'a toujours fasciné. Je m'intéresse à la philosophie bouddhiste aussi.

Nous enchaînons par un Starbucks, temple de l'hégémonie ricaine où les cappuccinos, frappuccinos, et autres mokaccinos sont capables de rendre diabétiques les plus faméliques d'entre nous.

Requinqués et repus nous poursuivons notre déambulation dans les quartiers chics de Paris. La pyramide de Pei, la Comédie-Française, la Madeleine, la Concorde et son obélisque. Nous finissons par atterrir sur le pont des Arts, celui des amoureux.

Je n'ai sur moi aucun cadenas pour singer les touristes, qu'à cela ne tienne, je déclame bientôt l'ensemble du répertoire français en chanson. Il me faut rattraper le fiasco du karaoké.

Le saké ingurgité tantôt m'a suffisamment déridé. Je puise dans mes plus vieux souvenirs : un melting-pot improbable allant de Barbara à Renaud en passant par Souchon, Gainsbourg, Berger et Balavoine. J'ignore presque d'où me viennent les paroles. L'écume de mes années adolescentes. Cassandra sourit et je me sens porté par une confiance aveugle. La nuit tombante met un terme à cette léthargie chantée.

Je travaille le lendemain. Cassandra aussi est de service au restaurant ce soir et tout le week-end. Nous prévoyons de nous revoir la semaine suivante. Je me sens vidé aussi. Trop peu et mal dormi. Il me tarde de retrouver mon chat Milane et notre lit douillet. Elle s'installe sur mon épaule pour occuper les trois-quarts de mon cou aussitôt couché. Et malheur à moi ou celle qui la ferait bouger.

L'interphone sonne. Il est près de 22 heures, j'hésite à répondre. Mon téléphone prend le relais. Je décroche.

– C'est Cassandla. Tu n'es pas chez toi ? Je suis en bas…

Je lui ouvre. Une minute plus tard elle est devant la porte. Belle, maquillée, souriante.

– Mais qu'est-ce que tu fais là ? On ne devait pas se voir mardi ? J'ai travaillé toute la journée…

– Je sais mais j'avais tlès envie de te voil. Tu me manquais tlop !

Cinq minutes plus tard elle est sur moi et je ne me pose plus de questions.

4

Cassandra est d'humeur aux confidences, ce soir-là. Elle m'apprend qu'elle a un fils de treize ans prénommé Neung qu'elle a fait venir du Laos. Les grands-parents se sont occupés de lui jusqu'à l'an dernier. Cassandra a émigré en France dix ans plus tôt et le regroupement familial a été plus compliqué que prévu. Ils habitent aujourd'hui à l'étage au-dessus de son salon de beauté, porte de Vanves. Elle culpabilise parce qu'elle finit tard son travail de serveuse et ne s'occupe pas assez de son enfant. Il est scolarisé en 6e à Meudon-la-Forêt mais ne va plus en cours depuis quelques mois déjà. Auparavant, elle lui a payé l'école primaire dans un établissement français à Vientiane, la capitale du Laos. Elle m'explique que son précédent compagnon, un Français, chez qui elle s'était installée avec son fils, a été violent avec elle, avec eux. Il refuse de leur rendre leurs affaires, qu'il conserve chez lui. Il la harcèle encore et fait souvent le piquet devant le restaurant où elle travaille. Elle ajoute qu'elle a peur. Peur aussi du quartier où elle réside. Qu'elle dort souvent avec un couteau pour se rassurer. Que les jeunes de ce quartier HLM sont dangereux ; le gardien de son immeuble lui-même est terrorisé depuis un impact de balle resté sur le mur de sa loge. Ça fait beaucoup. Beaucoup d'un coup. J'ai habité Paris trente-cinq ans durant, dans différents quartiers, sans jamais rien constater de semblable. J'ai écumé la ville de Saint-Michel à la porte de Pantin depuis l'adolescence sans la moindre anicroche. La capitale s'est-elle transformée à ce point en quelques mois à peine ?

– Oui, mais toi tu es un « hômme », c'est pas paleil quand on est une femme asiatique. Mon fils est encole un enfant et on palle mal flançais.

J'essaie de procéder par ordre.

– Il faudrait aller voir la police et porter plainte contre ce type, ton ex. Il est obligé de te rendre tes affaires.

– Moi je ne connais lien avec les lois flançaises, et s'ils me cloient pas ?

– C'est leur travail. Je pourrais t'accompagner si tu veux, mais il faudrait aller au commissariat de Meudon.

Je lui dis aussi que son fils ne peut pas rester comme ça, déscolarisé. Elle me propose de le rencontrer. Je la retrouverais demain soir à son travail et nous pourrions ensuite passer la nuit dans son appartement. Elle me présenterait Neung.

– Ça ne fera pas trop tard pour lui ?

– Non, il attend toujouls que je lentle avant de s'endolmil.

Cassandra repart tôt de chez moi le lendemain. Elle souhaite mettre en ordre son appartement avant de me recevoir.

– Ne t'en fais pas, ça n'a aucune importance.

– Oui, mais moi ça me fait plaisil.

La journée s'écoule. Tout cela me trotte dans la tête. C'était pourtant honnête qu'elle me parle de son fils. J'ai du mal avec les mensonges et les non-dits.

Pas le temps de cogiter, c'est déjà l'heure de retrouver Cassandra. Ça me fait tout drôle de retourner au 4 de la rue Raymond-Losserand. J'ai tout juste aperçu la devanture du restaurant en passant en taxi l'autre jour.

Je me dépêche d'enfiler une veste. Je vérifie l'heure du RER. Dix minutes pour arriver au quai, je vais devoir sprinter.

Un vélo faillit me rentrer dedans sur le chemin de la gare. Je peine à reprendre mon souffle. Montée in extremis dans le wagon.

Je manque de rater ma station RER, Châtelet-Les Halles. Il faut emprunter un couloir interminable pour la correspondance du métro. Un véritable contre-sens architectural où je me suis noyé dans la foule des années durant. Chaque matin, il me fallait jouer des coudes ou risquer croche-pieds et dommages collatéraux pour m'imposer et passer.

Il reste encore à prendre la ligne 4 et m'arrêter à Montparnasse-Bienvenüe. Pour une petite trotte supplémentaire jusqu'à la rue Raymond-Losserand.

21 h 30, je suis dans les clous. J'ouvre les portes du restaurant « Phan Som Tam » où travaille Cassandra.

5

L'ambiance est tamisée. J'aperçois Cassandra vêtue d'une tunique thaïlandaise qui lui cintre la taille. Les clients ne manquent pas. Elle me fait un grand sourire et me conduit à une table. Le restaurant est petit mais cosy. Une quantité incroyable de bibelots et figurines d'éléphants décorent murs et étagères.

C'est Ganesh, le dieu de l'intelligence et de l'éducation en Inde…, m'explique Franck. Tout un programme. Le restaurant est thaïlandais, leur religion est bouddhiste et non hindoue, Gandhi œuvre bien au-delà des frontières.

Cassandra est la seule serveuse et je me sens mal à l'aise en restant sur ma chaise à bâfrer tandis qu'elle s'affaire.

– C'est mon tlavail et je suis contente que tu applécies la noullitule.

J'avais espéré dîner avec elle mais c'est Franck qui me fait la conversation. Il m'explique qu'il envisage de vendre le restaurant. La réduction de la TVA à 5,5 % est une bonne affaire pour les restaurateurs. Il souhaite retourner en Thaïlande et s'y installer définitivement avec femme et enfant. Me croit-il intéressé ?

Je préfère saluer Kulap, Bapit et Chalong, et les remercier pour la qualité du repas. Ils ont l'air surpris et touchés à la fois.

Kulap a préparé un gâteau spécialement pour moi, un dessert de fête. Bien que repu, je n'ai pas le courage de refuser.

La plupart des clients sont partis lorsque Cassandra m'apporte une part de gâteau sur son lit de chantilly. Une vraie pâtisserie de gala. La tarte au durian. Cassandra en a l'eau à la bouche, je lui propose de la partager avec moi.

– Non, c'est Kulap qui l'a plépalé explès poul toi, mon chéli.

C'est la première fois qu'elle m'appelle ainsi. Son accent sonne doux.

J'avale une première bouchée et mes sens se figent. Je n'ai jamais rien goûté de semblable. Une odeur à tomber raide. Un avatar culinaire. Je me force à avaler sans mâcher, soucieux de ne froisser personne.

– Tu aimes ? Les gens adolent ce gâteau en Asie !

Ma mine déconfite doit répondre pour moi : Cassandra s'assoit à ma table et m'aide à le terminer. Merci. Je t'aime.

– Il y a tlès peu d'Occidentaux qui aiment le dulian. C'est un fluit tlès applécié dans mon pays mais il fait un peu glossil, sultout lolsqu'il est plépalé avec de la clème comme ça.

Cassandra est toute mince. Hilare, Franck complète en expliquant que ce mets est très prisé des Asiatiques, mais certains hôtels vont jusqu'à l'interdir en Thaïlande du fait de sa très forte odeur aux relents gazeux. Lui-même a mis longtemps avant de l'apprécier. Les goûts et les couleurs…

00 h 30, Cassandra encaisse les derniers clients, termine la comptabilité et ferme boutique. J'espère qu'elle est bien payée pour ses efforts tandis que son patron fait la causette. Il m'a fallu tout le repas pour lui expliquer les différences entre un psychologue, un psychothérapeute, un psychanalyste et un psychiatre… Pour un peu je vais lui facturer la séance. Cela ne l'empêche pas de décompter le prix du dîner sur la paie de son employée-serveuse, exception faite du fameux gâteau. J'insiste pour m'en acquitter, mais il n'y a rien à faire.

6

Nous prenons un taxi. Dernier métro manqué. L'appartement de Cassandra n'est pas loin, rue du Général-Humbert, à l'autre extrémité de la rue Raymond-Losserand, côté porte de Vanves.

Des jeunes squattent dans la cour de son immeuble. Cassandra habite au 1er étage. 1 h 30 du matin, son fils ne dort pas encore.

– Ta maman m'a beaucoup parlé de toi…

Il va avoir quatorze ans le mois prochain. Cheveux noirs et épais, le regard figé. Encore habillé à cette heure tardive, l'ordinateur allumé, il joue à un jeu vidéo. Les Sims. Il s'agit de donner vie à des personnages virtuels, choisir leurs tenues, looks, métiers, et tisser entre eux des relations sociales. Un véritable univers parallèle.

J'essaie d'établir le contact, de m'intéresser à ses personnages de fiction, le troisième volet va sortir bientôt. Impossible d'y couper avec le matraquage publicitaire. Il me faudra faire preuve de patience. Ça n'est pas au premier soir que les liens couleront de source.

7

L'appartement de Cassandra ne paye effectivement pas de mine. Un deux-pièces presque vide, deux lits, un ordinateur et quelques effets de toilette. Son ex conserve la quasi-totalité de ses affaires et refuse de les rendre. Ça ne va pas être une partie de plaisir.

À 3 heures du matin, Cassandra me propose de la suivre au sous-sol de son salon. Des matelas plus confortables nous y attendent. L'institut de beauté - bien que fermé depuis plusieurs mois déjà - apparaît autrement plus agréable et pourvu de tout le matériel nécessaire : produits de manucure, table de massage, salle de bains refaite à neuf. En dépit du quartier, des frais importants ont été engagés ici.

Cassandra s'absente un long moment dans la salle de bains pour réapparaître revêtue d'un kimono qui ne laisse pas dépasser le moindre grain de peau. Cette tenue me rappelle Cécile et son mal-être corporel. Il m'a fallu jouer les psys alors, et je ne le souhaite plus. Plus dans ma vie personnelle.

Est-ce dû à la présence de son fils à l'étage, à son ex, la distance Paris-Yerres, son quartier, ou sa tenue du moment ?... Je me lance dans un long monologue :

– J'ai aimé une femme qui avait eu une enfance difficile. Ce n'était pas sa faute, mais il m'a fallu la porter totalement. Je ne veux plus de ce genre de relation, ça ne marche pas et demande trop d'énergie. J'aspire à une vie plus calme aujourd'hui. Tu es une fille bien, je ne pourrai pas t'apporter ce que tu cherches. Je suis désolé, ne sois pas fâchée, nous pouvons rester amis…

Je me sens très fatigué et n'aspire qu'à retrouver mon lit, mon chat. Loin de nouveaux ennuis.

Cassandra se dévêt aussitôt et m'empêche de poursuivre. Elle pose sa main sur ma bouche, monte sur moi et fait taire mes doutes. Elle n'est pas complexée du tout, juste une question de différence culturelle. Elle me laisse prendre des initiatives cette fois. Nous jouissons tous les deux. Mes craintes s'évanouissent.

Nous parlons longuement cette nuit-là. Elle m'explique avoir voulu me cacher de vilaines cicatrices à l'épaule causées par un vaccin. Le Laos n'est pas équipé en matériel médical. Elle en sait quelque chose. Sous la houlette de sa mère, alors qu'elle était encore enfant, elle a vendu des médicaments dont les dates étaient périmées. On trouve difficilement un médecin dans ce pays et sa famille avait acquis une petite notoriété dans le voisinage. La débrouille très tôt. Système D. Ça l'a endurcie et sa détermination force le respect.

Le père de Cassandra a été pilote de l'armée laotienne durant la guerre du Vietnam. Mais il a souhaité passer dans le Sud, côté américain, en embarquant sa femme enceinte dans le cockpit avant d'être touché. Leur avion s'est écrasé. Par miracle, ils en ont réchappé. L'enfant dans le ventre de sa mère, c'était elle. Je ne saisis pas bien les conséquences militaires de cette désertion pour le père et sa famille.

Ses premières années en France ont été difficiles pour Cassandra. Elle a épousé dix ans plus tôt un Laotien installé à Paris. Après l'abandon du père de Neung, elle s'est retrouvée seule au Laos pour élever son fils. Sans moyens de subsistance. L'opprobre existe encore là-bas pour les mères célibataires. Ses parents refusaient de l'aider si elle ne se remariait pas. Sa mère lui imposa un homme. La cinquantaine bien sonnée, il avait réussi et était disposé à emmener Cassandra en France, seule d'abord. Son fils était resté au Laos. En fait cet homme l'avait épousée pour la faire travailler et s'arroger tous les droits sur elle. Elle finit par trouver la force de le quitter. Avec l'aide d'une voisine, elle avait porté plainte. Elle obtint le divorce et continua de verser tous les mois une pension aux grands-parents de Neung. Compliqué d'évoluer loin d'une mère, loin d'un fils. Cassandra s'était donc jetée à corps perdu dans le travail. Là, elle avait rencontré le futur cogérant de son salon.

Et les années ont passé. Elle avait l'ambition de devenir indépendante grâce à un institut de beauté, mais les choses ne se sont pas passées comme prévu. Le quartier n'est pas propice aux affaires. Cassandra s'est endettée pour l'aménagement de son salon, elle a vu les choses en grand. Les fins de mois ont été vite difficiles, la fermeture inéluctable.

Elle a alors fait la connaissance de Patrick, un Occidental. C'est lui qui l'a aidée à faire venir enfin son fils du Laos. Une fois installés chez lui, il a changé du tout au tout, se montrant violent et traitant Neung comme son boy. Elle est donc partie, mais il ne l'a pas accepté.

Cassandra possède de nombreux tableaux et bustes de Bouddha qui se trouvent toujours chez son ex. Elle insiste sur l'importance du bouddhisme dans sa vie. Ces objets lui manquent plus encore que tout le reste.

– D'accord, je vais m'en occuper, c'est promis. Demain j'ai des patients, mais on y va vendredi si tu veux.

Elle se dit très heureuse. M'explique à nouveau qu'elle porte cette tunique couverte car elle n'aime pas ses seins. Elle les trouve trop petits.

– Ils me plaisent comme ça.

Nous finissons par nous endormir avec les premières lueurs du jour.

8

Je peux enfin rattraper le manque de sommeil accumulé. Les matelas sont très confortables et je passe une excellente nuit. Les aiguilles de ma montre affichent 15 heures lorsque nous émergeons doucement. L'ambiance zen des lieux est agréable. D'une petite fontaine d'intérieur bruit l'écoulement délicat de l'eau.

Trêve de rêveries, une patiente m'attend à 17 h 30.

Cassandra insiste pour prendre une collation avant que je ne parte. Je la découvre pour la première fois sans maquillage à la lumière du jour. Son visage est différent, plus pâle. Ses sourcils dessinés par un tatouage permanent tranchent avec l'harmonie de ses traits. Un grain de beauté apparaît sur son nez. Je dois manquer de discrétion car elle disparaît un long moment pour réapparaître entièrement changée : habillée, maquillée, coiffée, tenant un plateau de nourriture à la main.

– Tu as eu le temps de préparer tout ça ?

– C'est Neung qui l'a fait.

– C'est adorable, il ne déjeune pas avec nous ?

– Il a déjà mangé et je n'ai pas tlès faim. Toi tu es tout maigle, il faut que tu leplennes des folces.

Je ne veux vexer personne. Elle tente ensuite de me faire expérimenter sa table de massage. Me dit de me dévêtir, de m'allonger. Je ne porte qu'un caleçon et une chemise ouverte. Elle branche un appareil, y dispose plusieurs galets.

– Ce sont des pielles chaudes, ça va te faile du bien.

Je m'inquiète pour ma patiente ; je n'ai pas mon répertoire sur moi pour la prévenir d'un possible retard.

Bien que ce soit tendance, je ne me suis jamais fait masser dans aucun institut. La sensation n'est pas désagréable, mais je suis mal à l'aise.

Cassandra se déshabille à son tour, me prend dans sa bouche. Je ne tarde pas à craquer.

– Paldon c'est ma faute, tu vas êtle en letald.

Je cours jusqu'au métro Porte de Vanves, prends une correspondance à Montparnasse, change à Châtelet-les-Halles et attrape in extremis le RER pour arriver à Yerres. 17 h 20. Dix minutes pour parvenir au cabinet. Je sprinte. J'arrive en sueur au pied de mon immeuble. Je passe par la cave pour éviter de croiser ma patiente : mes baskets et ma tenue négligée ne sont pas du meilleur effet. Je prends l'ascenseur en espérant que l'interphone ne sonne pas. Je me déshabille en quatrième vitesse, change de pantalon et enfile une chemise froissée. Ma veste cachera la misère.

La sonnerie retentit alors que je lace ma seconde chaussure. Quelques instants plus tard j'ouvre la porte, maquillant du mieux possible la sueur écoulée. À ne pas réitérer.

9

Commissariat de Meudon-la-Forêt. Nous avons pris un bus à Châtillon-Montrouge. À plus de trente-cinq ans, il est temps que j'obtienne ce satané permis. Un « stop » inopiné à mon premier essai m'avait été fatal quelques mois plus tôt. On n'a pas idée de placer un panneau à pareil endroit, au milieu de nulle part !

Le flic comprend vite la situation. Nous déposons plainte, il va convoquer l'individu.

Alors que nous attendons l'autobus pour le trajet retour, une voiture s'arrête en face de nous. Un homme brun, la quarantaine, nous harangue par une avalanche d'insultes qui visent Cassandra.

– C'est lui, c'est Patlick !

Je vois rouge. Je traverse la rue sans réfléchir.

– Casse-toi, fumier, on arrive du commissariat, t'as intérêt à dégager !

Le type sort de la voiture une canne à la main. Dégarni et ventripotent, plâtre au pied. On s'empoigne, des gens nous séparent. Cassandra est très énervée, elle aussi. Je ne l'ai encore jamais vue dans cet état, comme désinhibée par la colère.

– Rends-lui ses affaires, enfoiré, tu vas être convoqué chez les flics.

– Qu'ils viennent, je les attends. C'est ELLE qui me doit de l'argent !

Puis s'adressant à Cassandra :

– C'est ça ton nouveau mec ? Pas même fichu d'avoir une voiture !

Le bus finit par arriver, nous montons. Il n'en vaut pas la peine.

Le stress commence à redescendre quand je vois la voiture du cinglé qui nous suit. Je comprends mieux à qui on a affaire. Son manège continue une bonne partie du trajet. Il finit par se lasser.

Je décide de passer la nuit chez Cassandra pour la rassurer. Neung profite d'un instant seul avec moi pour me parler. Le cadeau des Sims 3, acheté la veille, lui a fait plaisir.

– Il est fou. J'ai peur pour maman.

Il a un accent moins prononcé que celui de sa mère.

– De qui parles-tu ?

– Patrick…

– Ne t'inquiète pas, je vais régler ça. Vous allez récupérer vos affaires.

Le lendemain, Cassandra me fait lire un nouveau message d'insultes. Ce Patrick est très remonté contre moi. Je la questionne sur la raison de son pied plâtré. Il s'agit de la malformation d'un orteil dont il vient de se faire opérer. Il exige maintenant la restitution d'une somme de 2 000 euros, avancée pour faire venir Neung du Laos quelques mois plus tôt. Un homme qui bat les femmes ne mérite aucune rétribution.

Neung est venu en France avec un visa touristique mais se retrouve aujourd'hui en situation illégale. Ce contexte ne les rassure pas.

Nouveau texto de l'ex : une partie de ses affaires l'attend dans la cave de sa mère dans le 15e arrondissement. Cassandra connaît l'adresse. Un accord est trouvé pour le lendemain. Un ami laotien nous y accompagnera avec sa camionnette.

Nous arrivons à l'heure prévue. Pas de Patrick en vue. Une voix rauque répond à l'interphone ; on descend nous apporter la clé de la cave. Une femme forte fait son apparition. Brune colorée, la soixantaine.

– Bonjoul maman, dit Cassandra.

Je tique un peu.

– Nan, m'appelle pas comme ça, c'est pas bien ce que t'as fait à mon fils. Et vous, vous êtes qui, son nouveau jules ?

– Je suis policier, dis-je pour couper court.

Nous descendons à la cave et la femme contrôle le déroulement des opérations. Une quinzaine de cartons emballés sont prêts à être emportés.

L'ambiance est pesante. Je ne tiens pas à m'attarder.

– Il manque beaucoup de choses, s'indigne Cassandra.

– Faut voir avec mon fils, moi c'est tout ce que j'ai…

Nous repartons sur un « au revoir » glacial.

En déballant les cartons, Cassandra confirme qu'une grande partie de ses affaires fait défaut. On ne trouve là que bibelots, bouddhas et divers objets de décoration. Elle s'enquiert par SMS auprès de Patrick. Il lui répond que le reste l'attendra dimanche prochain à Meudon. Pas le choix, même si je me méfie de l'individu. Reste à louer une nouvelle camionnette. Et trouver un chauffeur aussi.

Son choix s'arrête sur le fils de Monica, son amie du premier soir.

Dao présente bien. Un jeune homme d'une vingtaine d'années qui a grandi en France et parle notre langue aussi bien que moi. Nous avons réservé un 9 m^3 dans une agence de Montparnasse.

Après le plein d'essence, direction Meudon. La conduite est parfaitement maîtrisée. Dao est l'homme de la situation.

14 heures, nous arrivons à l'heure dite. L'immeuble, un édifice d'une douzaine d'étages, est quelconque. Cassandra appuie sur « Junger », a-t-il des origines germaniques comme moi ? Personne ne répond. Cassandra l'appelle sur son

portable. Il est en route et sera là dans cinq minutes.

Quelques instants plus tard, il fait son apparition en compagnie d'un homme noir, baraqué, une bonne trentaine de kilos de plus que moi. Junger s'adresse à moi :

– On peut se voir seul à seul cinq minutes ?...

Je reste sur notre altercation et la présence de son garde du corps ne me dit rien qui vaille. J'en avise Cassandra, elle est du même avis. Le ton monte, le stress avec. Les insultes reprennent là où elles en sont restées. Je coupe court :

– On s'est tout dit la dernière fois, on a tous autre chose à faire. Conduisons-nous en adultes... Tu nous dis où sont les cartons s'il te plaît ?

Il n'insiste pas et nous ouvre la porte, toujours accompagné de son sbire. Le déménagement se fait sans heurts, excepté quelques nouveaux noms d'oiseaux. Je me concentre sur les cartons et ne m'en mêle plus.

Une heure plus tard, nous reprenons la route ; je laisse libre court à mon état d'esprit.

– Pourquoi le provoquer comme ça ? On est venus pour récupérer tes affaires. La police fera le reste.

La pression redescend peu à peu. Nous remercions Dao après le dépôt du dernier colis. Il propose de restituer le camion. Un garçon discret. Un jeune homme bien.

Le petit deux-pièces de Cassandra se retrouve sens dessus dessous. Neung a aidé sans se fouler. Il va avoir quatorze ans et n'est pas bien costaud. Un ado qui se cherche.

10

Le rythme de Cassandra est exigeant. Elle travaille très tard et je fais la navette Paris-Yerres quasiment tous les jours. Je vais la chercher à son restaurant et nous finissons la nuit chez elle. Sans compter les fois où elle veut sortir, au karaoké ou ailleurs. Nous dînons souvent au restaurant. Elle carbure aux sushis et au whisky-coca. J'accuse physiquement le coup.

J'ai fait un test VIH, il est négatif. J'ai demandé à Cassandra d'en faire autant. Sa carte vitale est encore au nom de son ancien mari. J'entame toute une ribambelle de démarches administratives : sécu, CAF, inscription de Neung au collège. Nous sommes au mois de mai, il lui faut encore obtenir le document de transfert de Meudon à Paris.

Cassandra s'est mis en tête de rouvrir son salon de beauté. Réinauguration en grande pompe. Champagne, déco, cocktails, petits-fours, impression de prospectus et nouvelles cartes de visite : le montant de la facture dépasse les mille cinq cents euros. Il faut bien ça d'après elle.

11

En dépit de ses efforts, la fréquentation du salon de beauté est décevante, seuls quelques clients fidèles sont réapparus. Cassandra se démultiplie entre le service du soir au restaurant et la réorganisation de l'institut. Son appartement à l'étage reste toujours aussi fouillis. Je m'inquiète pour l'équilibre de Neung qui passe jour et nuit scotché à son ordinateur. Nous sommes début juin et il n'est plus possible de repousser davantage la demande du certificat de radiation au collège Saint-Exupéry de Meudon. Il n'y est resté qu'un seul trimestre de 6e. J'essaie de déterminer si son retard – deux années tout de même, il aurait dû être en 4e – est dû à une erreur administrative de l'Éducation nationale. Il y en a souvent chez les primo-arrivants. Le système est rigide et arbitraire. Le résultat d'un examen d'entrée censé déterminer le niveau des élèves étrangers peut aliéner définitivement leur avenir.

Neung doit passer un nouveau test. Je m'emploie à le faire réviser.

Nous avons convenu que j'accompagne Neung à son ancien collège pour récupérer le certificat de radiation exigé. Il est déjà près de 14 heures, j'ai des patients à Yerres en fin d'après-midi.

Il marche au ralenti et mes supplications n'y changent rien. À Châtillon, nous avons enchaîné avec un bus. Une bonne heure de trajet en évitant de recroiser le fou à l'arrivée. Je ne cesse de me retourner, expliquant à Neung les raisons de mon empressement. Sans effet.

Nous finissons par arriver au collège sur les coups de 15 heures. Je fais la course en tête en désespoir de cause. Il freine toujours des quatre fers. L'obtention du document est une simple formalité. Retour en quatrième vitesse.

Nouvelle attente à l'arrêt de bus. Neung ne me parle pas ou répond a minima. Je fixe l'aiguille qui tourne. Je vais être en retard, c'est sûr.

Je suis contraint d'appeler ma patiente pour reporter le rendez-vous. Une heure de gagnée, le suivant est à 18 heures, ça nous laisse deux heures devant nous. La fatigue accumulée me pèse de plus en plus. J'ai accompagné Cassandra la veille pour des tests médicaux au centre Miromesnil. Je n'ai pas pris le temps de déjeuner et la réticence persistante de Neung me déroute. Il n'y a rien à en tirer aujourd'hui. Je sais que la situation est difficile pour lui : nouveau pays, nouvelle école, nouveau beau-père. Mon statut n'est pas aisé.

Nous finissons par regagner la porte de Vanves. Neung part retrouver son ordi. Cassandra propose d'aller boire un verre. Il ne me reste qu'une demi-heure, mais j'ai besoin de me confier à elle.

Je lui relate notre après-midi et lui fais part de mon impression : son fils ne veut pas de moi.

Cassandra me rassure, me dit qu'elle va lui parler, Neung m'aime bien, selon elle. Son attitude tient au fait qu'il est souvent seul. Il a besoin de se faire des amis. J'acquiesce. Son optimisme est rassérénant. La confiance sera notre meilleure alliée.

J'arrive à l'heure à mon cabinet. Dernier patient aux environs de 21 heures. Je prends le temps de réfléchir à la journée, à notre situation. Ces allers-retours incessants pour retrouver

Cassandra tous les soirs et passer mes nuits avec elle deviennent compliqués. Elle n'a toujours pas déballé les cartons que nous avons récupérés chez son ex. Son appartement n'est pas adapté. L'ambiance serait nettement plus sereine chez moi. Je gagne suffisamment bien ma vie aujourd'hui. Cassandra cumule deux activités, on ne peut plus continuer ainsi. Le calme, une chambre aménagée pour Neung et la reprise du collège lui seraient bénéfiques. Pasteur à Brunoy est un établissement bien noté. Nous en discuterons demain. Mes idées seront plus claires.

12

– C’est bien que tu palles de ça. De toute façon je n’aime pas ce qualtier. Je vais mettle en vente le salon ; peut-être je poullais letlouver une activité sul Yelles ou Blunoy ? Flanck pense à vendle son lestaulant, c’est une bonne affaile, il est bien situé…

Elle me dit aussi qu’elle s’inquiète pour l’avenir de son fils.

– Il est avec nous maintenant… Ta séparation avec son père et ton départ pour la France ont dû être difficiles. Il a besoin d’un endroit stable.

Cassandra souhaite fonder une famille, se marier avec moi. Nous pourrions régulariser la situation administrative de Neung et obtenir le regroupement familial. Rendez-vous est pris à la mairie pour le mois de novembre. Tous deux emménageraient chez moi dès la mi-juillet, un mois de préavis est nécessaire pour quitter son travail de serveuse. Franck n’est pas surpris. Il garde à l’idée ses projets de revente. J’ai déjà le crédit de mon appartement sur le dos.

13

Nous nous sommes levés tard après être sortis avec Monica et consorts. J'ai rendez-vous avec ma banquière à 14 heures. L'horloge affiche déjà midi passé. J'ai réuni les documents à l'emporte-pièce : dernières fiches de paie, avis d'imposition, charges RSI... L'activité de mon cabinet se grippe depuis peu, je n'arrive pas à me dédoubler entre Paris et Yerres. J'espère que les choses vont se stabiliser avec leur emménagement futur.

Nouveau sprint jusqu'au RER, Cassandra de son côté tient la forme et m'impressionne toujours autant. Les écarts alcoolisés de la veille n'ont aucune emprise sur elle. Son rythme n'est pas le mien.

Changement de quai à Villeneuve-Saint-Georges. Je manque une marche en descendant du train. Mon pied reste coincé entre la rame et les quais, je tombe. Je me relève péniblement, avance de quelques pas. Nous allons être en retard. Mes oreilles bourdonnent, la gare tourbillonne. Je m'effondre.

Je reprends connaissance quelques instants plus tard. Attroupement de curieux. Pantalon déchiré. Mon flanc gauche a ripé, il est tout griffé. Cassandra insiste pour sortir de la gare, trouver une pharmacie.

– C'est juste un peu de fatigue…

Je carbure au café et au Red Bull depuis plusieurs semaines. La pharmacienne désinfecte les plaies du mieux qu'elle peut. Je nettoie le sang coagulé, camoufle la déchirure au pantalon. Un coup de peigne, quelques gouttes de brumisateur sur le visage. C'est reparti. Ma banque se trouve à Évry-Courcouronnes, allée des Champs-Élysées, le purgatoire des pauvres. D'Éden il n'y a point. Après m'avoir attentivement écouté, la conseillère questionne Cassandra sur la nature de son projet : un institut de beauté, un restaurant… tout cela requiert un « business plan » pour avoir son assentiment.

– Vendez d'abord le salon de Madame, mariez-vous, développez encore votre patientèle, et nous en reparlerons…

Cassandra est déçue. Je pourrais toujours dispenser à nouveau des cours de « français langue étrangère », comme je l'ai fait durant longtemps.

Je postule donc pour les villes d'Athis-Mons, Ris-Orangis et Grigny, lesquelles retiennent toutes trois ma candidature pour la rentrée suivante. Je ne vais pas chômer, mais Cassandra n'a plus d'emploi. Une période plus calme pour elle serait propice à l'arrivée d'un bébé.

Je l'accompagne pour une kyrielle d'examens médicaux avec différents spécialistes. Elle a fait plusieurs fausses couches avec son ex. Son rythme de travail la stressait trop. La vie « cool-tlanquille » dont elle me parle depuis notre première rencontre est à présent possible. Je me projette dans l'avenir. Fonder un foyer, avoir un enfant. Je vais avoir trente-cinq ans et ces questions résonnent en moi comme jamais.

14

25 juin, nous allons fêter les quatorze ans de Neung. Cassandra ne sera libre de tout engagement professionnel qu'après le 15 juillet. Comment leur faire plaisir ? J'achète des raquettes pour jouer au tennis avec eux. Se mettre ou se remettre au sport nous ferait du bien à tous.

La soirée se tient au restaurant de Franck. Des parents laotiens ont été invités pour l'occasion. Cassandra assure le service et insiste pour régler l'addition.

Le couple âgé dont je fais la connaissance ce soir-là n'est pas vraiment de leur famille. Ils appellent Cassandra « Toon », surnom que je ne lui connaissais pas. L'homme, militaire à la retraite, est le frère adoptif du père de Cassandra. Il a été un officier haut gradé au Laos. Il tient à me montrer une photo de lui en compagnie d'un ministre français dont il semble très fier. Il ignore mon aversion pour les médailles et décorations diverses.

Neung souffle les bougies, les cadeaux sont ouverts, la joie contenue.

La belle famille est déjà repartie lorsque je propose à Cassandra et Neung de poursuivre la soirée au bowling de Montparnasse, à deux pas du restaurant.

Une demi-heure plus tard, nous sommes devant la porte lorsqu'un gros Black aux allures de Tyson s'interpose.

– C'est fermé !

– Comment ça, fermé ? Il n'est pas minuit et c'est écrit : « Ouvert jusqu'à 2 heures ».

– Oui mais ça dépend de l'affluence.

– Eh bien voilà trois nouveaux clients !

– Nan nan, on ne va pas rallumer les pistes rien que pour vous.

– Allez, quoi, faites un effort, c'est l'anniversaire du fils de ma compagne.

– Écoutez, c'est pas mon problème si vous voulez vous faire bien voir de la jeune dame, mais je vous dis que c'est fermé !

– Hein ? Quoi ? Mais de quoi je me mêle ? Vous ouvrez votre putain de bowling, c'est pas l'heure de fermer. Je vais dire à votre boss que vous êtes un tire-au-flanc !

J'ai bu quelques verres de trop et suis prêt à en découdre. Il se prend pour qui ?

Cassandra me pousse vers la sortie.

– Laisse, on va pas gâcher l'annivelsaile de Neung, c'est pas glave, on s'en va...

– ... Demain j'appelle votre patron, vous entendrez parler de moi !

15

Nous avons prévu de passer quelques jours en Autriche seule à seul, Cassandra et moi. Neung ne peut nous accompagner sans permis de séjour. Nous sommes allés au rectorat du 20e, avenue Gambetta, au CASNAV, où il a passé son test de niveau. Il en est ressorti avec le sésame en poche. Passage en 5e. Une année de gagnée. Deux ans de retard, c'est déjà bien assez. L'inscription de Neung au collège de Brunoy est actée. J'ai aussi fait le nécessaire pour qu'il soit pris en charge par la CPAM sur la carte vitale de sa mère.

Nous avons confié Neung à une « tante » laotienne. Les liens de famille dans la communauté asiatique répondent à d'autres normes, des critères de solidarité différents, où chaque femme, ou presque, doit s'appeler « tata ».

Vienne peut s'offrir à nous. Cassandra y connaît une amie asiatique, et j'espère de mon côté revoir ma demi-sœur, fruit d'une relation paternelle adultérine, avec laquelle j'aimerais renouer.

Nurith me saute dans les bras à peine arrivés sur le sol autrichien. Physiquement, elle n'a pas changé. Je suis agréablement surpris de son accueil car elle ne nous a pas proposé de nous héberger et nous avons dû réserver un hôtel avant notre départ.

Nurith m'apprend que son beau-père a quitté sa mère après trente-cinq ans de vie commune. Il a craqué pour une jeune femme de vingt ans sa cadette. Ma sœur l'accepte difficilement. Cela n'a pas dû faciliter son rapport avec la gent masculine. Nurith commence à se faire un nom en tant qu'artiste plasticienne à Vienne. Elle a maintenant le projet de s'expatrier à Berlin pour étendre son champ d'influence artistique. Elle est à nouveau célibataire. Son attirance certaine pour les bad boys lui fait regretter ses propres choix.

Après le petit déjeuner au centre-ville, Nurith propose de nous retrouver pour boire un verre dans la soirée, le temps pour nous de déposer les bagages à l'hôtel.

Cassandra se montre physiquement plus à l'aise avec moi. Ses injections de Kenacort à l'épaule, administrées par un dermatologue, montrent leurs premiers résultats. Dans ces moments, je dois lui tenir la main, qu'elle me broie de peur ou de douleur. Les marques de ses vaccins d'enfance se voient nettement moins.

Vienne est une ville où il fait bon vivre. J'ai sympathisé dix ans plus tôt avec un ami de ma sœur, Sanka, un musicien qu'elle ne fréquente plus. Ce dernier m'a confié son étonnement devant l'absence de retour aux salutations d'usage de ses frères de couleur à Paris. La communauté noire est effectivement restreinte à Vienne et je remarque les multiples « hallo » échangés.

La communauté turque est plus nombreuse, a contrario. Un quartier entier lui est réservé. Ils sont mal acceptés. La montée de l'intégrisme est palpable ici. Le beau-père de Nurith s'y oppose farouchement dans les grandes manifestement antifascistes. Il a tout mon soutien.

L'architecture de Vienne est magnifique, une cité miniature à mes yeux trop habitués aux grands boulevards parisiens. Se côtoient ici des maisonnettes à deux étages colorées comme des confiseries. Du rose, du jaune, du bleu pâle, jusqu'aux églises. Ma préférence va au quartier appelé « der Ring », qui fait un cercle autour du centre historique. L'Opéra, le Parlement, la Sécession, les musées... un décor ancien qui reflète les grandes pages de l'histoire de l'Empire austro-hongrois.

Il n'est pas encore midi, nous disposons d'une bonne demi-heure avant de retrouver l'amie de Cassandra pour le déjeuner. Nous décidons de faire les boutiques.

Cassandra essaie des chaussures, je regarde les étalages lorsque je la vois sortir précipitamment.

– C'est la vendeuse, là, elle a été malpolie avec moi, elle m'a manqué de lespect.

Je la sens réellement affectée au point d'intervenir. Cassandra ne parle pas un mot d'allemand. Un usage approprié de cette langue refait surface en moi.

– Sie waren unhöflich mit meiner Frau !

La femme incriminée essaie de s'en défendre mais le malaise est là. Nous décidons de changer de crèmerie.

Tinh a été la collègue de Cassandra à Paris. Elle n'a pas revu son amie depuis plusieurs années. Le restaurant où nous avons rendez-vous est tenu par une dame asiatique d'un certain âge. Tinh y est serveuse.

Les lieux sont richement décorés, dorures et enluminures ornent ici les murs. Je commence à apprécier la cuisine asiatique, thaïe en particulier. Cassandra cuisine bien aussi. J'ai encore du mal avec le riz gluant, toutefois, lorsqu'il est accompagné de « poisson pourri », un mets dont les Laotiens semblent raffoler. J'ai vu une vidéo montrant le grand marché de Vientiane. Des nuées de mouches recouvraient les aliments. Je sais les déjections que laissent ces insectes. Je ne suis pas maniaque, mais tout de même... Cassandra raffole aussi du bœuf séché et des œufs de cent ans. Je n'en suis pas là.

Nous faisons un repas de pachas. Je m'acquitte de la note, le budget du mois est déjà bien entamé. Heureusement nous ne restons ici que trois jours.

Tinh a vécu quelques mois à Paris avant de s'installer à Vienne. Avec sa maîtrise du français toute relative, nous nous rabattons sur l'anglais. Elle compte réunir suffisamment d'argent pour retourner en Thaïlande et ouvrir son propre restaurant. Elle ne ménage pas sa peine car sa fille de sept ans l'y attend. La sœur de Tinh pourvoit à son éducation en attendant.

Nous décidons de nous revoir le soir même dans un pub avec Nurith.

Nous continuons à écluser les boutiques. Un sac Balenciaga accroche le regard de Cassandra. Nous ressortons avec le paquet sous le bras. Il fait beau au mois de mai, cela tranche avec mes souvenirs frigorifiques de ma précédente visite. Mes os restent marqués par le vent glacé sur le marché de Noël où l'enchaînement des verres de vin chaud n'a pas fait illusion.

Nous optons ensuite pour un verre à la terrasse d'un café. Cassandra s'adresse au serveur – Herr Ober – en mimant une paille avec ses mains. Il ne comprend pas. Nous éclatons de rire. Sa patience tranche avec l'attitude antipathique des garçons de café parisiens.

Nurith vient nous retrouver à l'hôtel dans la soirée et nous filons au pub. L'endroit se veut moderne. Des miroirs partout. L'ambiance est enthousiaste malgré la barrière de la langue. Tinh nous rejoint, je la présente à Nurith. Chacun profite des retrouvailles : Tinh et Cassandra, Nurith et moi. Ma sœur vient de rencontrer quelqu'un qui n'est pas du milieu artistique pour une fois. Elle se pose des questions à son sujet et souhaite que je le rencontre. Nous dînerons ensemble avant notre départ.

Nurith a aussi prévu de nous inviter à déjeuner le lendemain. Elle va réserver dans un célèbre restaurant viennois. Pourquoi pas. Son portable sonne. C'est sa mère qui veut me parler. S'excuser de son absence. Elle est dans le Tyrol pour une cure thermale distante de cinq cents kilomètres. Son divorce récent doit aussi y être pour quelque chose. Difficile d'être quittée pour une autre de l'âge de sa fille. Elle me parle en allemand et j'ai du mal avec son accent. Je n'entends presque rien dans le brouhaha ambiant. Je sors, elle a des sanglots dans la voix. Nous avions beaucoup sympathisé lors de mon premier séjour. Elle aurait pu être ma mère… Je la rassure en lui promettant de nous revoir bientôt.

Lorsque je retourne dans la salle, Nurith est au téléphone. Cassandra et Tinh ont mille choses à se dire. En thaï. Il faut d'abord me mettre au laotien : « Sa baï di », « sawat di khrap », « kop haï jao laï »…

Nous abordons finalement la question du père. Pas évident de trouver les mots justes en anglais. Je lui transmets l'essentiel, ma sincérité fait le reste : je l'aime, ne doute pas qu'elle soit ma sœur, notre père est un connard. C'est ce qu'elle avait besoin d'entendre. Nous nous tombons dans les bras.

Le lendemain j'ai une sacrée gueule de bois. Cassandra dort encore. Je file trouver une « Apotheke ». Comment dit-on « Doliprane » ? Mon allemand redevient improbable.

– Es tut mir weh im Kopf…

J'ai l'impression que la pharmacienne me prend pour un fou.

– Ah Kopfweh !…

– Ja ja richtig, danke. NA KLAR.

Je retourne à l'hôtel avaler le comprimé. Finis cocktails, champagne et vin blanc. Je n'ai pas l'habitude de boire. Cassandra ne subit pas mes problèmes de migraine.

– On va plendle le petit déjeuner, chéli ?

– Euh, d'accord.

Nous retrouvons Nurith à 13 heures dans l'établissement où ma sœur a réservé. Jamais je n'ai autant fréquenté les restaurants que ces derniers mois.

L'endroit se veut luxueux. Il y a un haut plafond orné de bas-reliefs en stuc.

Une courte attente et déjà ma sœur perd patience. Elle nous demande de l'attendre à l'extérieur. À travers la baie vitrée, nous observons la scène. Des éclats de voix parviennent par bribes. Ma sœur en ressort fortement irritée.

– What happened, Nurith ? You look confused…

Je ne suis pas sûr de comprendre… Elle estime avoir une réputation à tenir et n'a pas supporté le traitement que lui aurait réservé le serveur. Les chiens ne font pas des chats. Elle est bien la fille de notre père.

J'essaie de rassurer Nurith, cela n'a aucune importance : « it doesn't matter », « Das ist uns ganz egal ». Qu'importe la langue, là n'est pas la question.

Nous nous rabattons sur un autre restaurant. J'ai perdu l'appétit. J'oriente la discussion sur son nouveau copain. Je garde à l'esprit sa visite chez moi dix ans plus tôt avec son petit ami ; les pleins ébats dans la chambre d'à côté avaient traversé les murs comme la crise de jalousie qui s'en était suivie. Il n'avait pas voulu voir en moi le demi-frère de sa copine.

Nurith nous propose de boire le café chez elle, elle souhaite nous présenter ses dernières œuvres.

Son appartement est grand et bien situé, très différent du précédent où j'étais resté transi de froid. Elle y maintenait alors une température qui ne dépassait pas les 15 degrés. Son statut a bien changé. Les nouveaux lieux doivent compter cinq pièces au moins et lui servent aussi d'atelier. Largement de quoi nous héberger quelques jours…

Les œuvres de Nurith sont toutes plus sombres les unes que les autres. Des créations en noir et blanc de ciels, nuages et mers en images de synthèse. D'autres sont des allégories autour de la Grande Faucheuse. Cassandra se montre très intéressée. Elle prend le temps de décrire ses émotions à la contemplation de chacune d'elles. Je sers comme je peux d'interprète. Nurith est tout ouïe.

– Je vois un alble qui pleule des feuilles, ces feuilles sont les lécoltes de la vie et de la molt, celtains aulont la poussièle, d'autles aulont des fluits…

– I see a tree who clies… euh, who cries some leaves, these leaves are the… result from life and death, some of them will have the dust and others fruits…

Je m'évertue à retranscrire les impressions de Cassandra malgré notre vocabulaire limité à tous deux, à tous trois même. Et ma promise se sent fort inspirée. Nous restons là deux bonnes heures installés sur le canapé de Nurith. C'est elle qui, après avoir bu la totalité de ces paroles, s'octroie le dernier mot en s'adressant directement à moi :

– You found the right girl.

Le soir même, nous retrouvons Tinh et une autre Asiatique. Elles optent pour un « kalaoké ». Je suis en minorité, je dois suivre le mouvement. Da da da.

Retour à l'hôtel fortement alcoolisés vers 3 heures du matin. Je me jette sur la boîte de paracétamol autrichien. « Gott sei Dank. » Je ne tiendrai pas longtemps ce rythme-là.

Le lendemain, j'insiste pour visiter le HundertWasser Museum. Cassandra préfère retourner voir son amie. Nurith a proposé de me prêter son vélo, elle-même ne peut m'y accompagner. Elle a rendez-vous avec son nouvel amoureux et cela ne se discute pas. Elle me recommande de voir le KunstHaus Wien, à deux pas du musée, que je n'ai pas eu le temps de visiter lors de mon précédent séjour.

Une heure plus tard, je longe le Danube. La plus grande partie du parcours est balisée pour les cyclistes, je parviens donc sans heurt à destination.

Hundertwasser était un artiste d'avant-garde. Il avait conçu, au début des années 80, cette maison haute en couleur. Ses sols et murs sont irréguliers. La façade a été bâtie comme une œuvre d'art. Elle est décorée de carreaux et de surfaces colorées. J'apprécie le jardin sur le toit où l'artiste avait installé son atelier privé. L'une des façades est végétalisée. Des arbres et des plantes en pots agrémentent une cour intérieure. Cet écologiste des premières heures a aussi créé le logo du label environnemental autrichien. Nombre d'architectes urbanistes se sont inspirés de ses toitures végétales. Depuis son décès en l'an 2000, les lieux sont devenus un espace créatif pour artistes engagés. Les thèmes abordés comme la gestion durable, le changement climatique, le recyclage et la responsabilité intergénérationnelle ne me laissent pas insensible. Je n'ai pas vu passer l'heure. Le KunstHaus Wien attendra une prochaine visite.

Je retrouve Cassandra en fin d'après-midi. Elle en a profité pour faire du shopping avec sa copine. Le départ est prévu tôt le lendemain et nous devons rencontrer le copain de Nurith pour le dîner du dernier soir. Elle veut ensuite nous faire connaître une boîte de nuit underground. Je n'ai pas su refuser.

Entre deux pauses dues aux hauts talons de Cassandra, nous passons le reste de la journée à nous promener. Parce qu'elle se trouve petite, elle refuse catégoriquement de porter des baskets. On s'invente toujours des complexes à désirer ce que l'autre possède.

Cassandra tient à visiter le palais de Schönbrunn où Sissi impératrice a résidé. Soit. Je préfère Romy Schneider dans d'autres rôles, moins baroques. Les jardins et les jets d'eau sont jolis et c'est pour Cassandra l'occasion de prendre une kyrielle de photos souvenirs. Des touristes conciliants m'évitent un excès de selfies. Cassandra a acheté une perche plus tôt dans l'après-midi et je me sens un peu ridicule.

Nous prenons le tramway pour rentrer à l'hôtel.

À 21 heures, nous retrouvons Nurith et son nouveau « Freund », Ulrich. Le courant passe bien. L'endroit est plaisant et le temps clément. Je commande des « Knödel und Würste » pour tout le monde et ils trinquent à la bière ; je préfère quant à moi me rabattre sur le « Sekt » – un vin mousseux –, en mauvais Français que je suis.

Ulrich est un garçon sympathique, même si je le trouve un peu distant avec ma sœur. Je n'oublie pas la « mission » dont elle m'a chargé. Pas évident de me trouver dans le rôle du frère.

Son niveau d'anglais est bien meilleur que le mien. Ulrich a étudié dans une école professionnelle supérieure qui propose en deux ans une formation. Il a opté pour le journalisme. Et trouvé rapidement du travail. Il écrit aujourd'hui toutes sortes d'articles. Son dernier avait pour thème les nouveaux geeks, mais on peut aussi bien lui demander de traiter des sujets de politique intérieure autrichienne. L'extrême droite montante le débecte. Il tient un blog avec ses billets d'humeur. J'ai du mal avec le déversement de haine sur les raisons sociaux, les lynchages publics et les appels à la délation, condamnations avant l'heure. L'Autriche n'est pas en reste avec le populisme.

J'ai du mal à lui tirer les vers du nez au sujet de ma sœur en sa présence. Ils ne se connaissent que depuis quelques jours…

Je règle l'addition. Nous attend encore la soirée underground dans les tunnels d'une station de métro désaffectée. Un malabar se plaît à nous tamponner la main à l'encre fluorescente. La boîte est bondée et les jeunes déambulent au rythme d'une techno aux décibels maxi. Je fais de même de crainte de passer pour un vieux con. Ma sœur me propose de l'ecsta, je refuse.

Les verres de tequila s'enchaînent dans l'atmosphère underground de Vienne. Davantage de Schweppes que de tequila. Cassandra semble y trouver son compte.

Nurith s'excuse finalement de ne pouvoir nous raccompagner à l'hôtel. Ulrich va terminer la nuit chez elle. Notre avion décolle dans quelques heures.

Le lendemain je me fais réveiller à 7 heures par ma sœur avec un SMS : trop fatiguée pour nous emmener à l'aéroport. Les « au revoir » auront donc lieu ainsi. Nous nous rabattons sur un taxi pour attraper notre vol. Retour à Paris.

16

Le mois de juillet arrive vite. Des amis de Cassandra aident au déménagement. Neung et sa maman sont ravis du changement. Un grand nombre de cartons filent à la cave. L'appartement est redécoré de la tête aux pieds à grand renfort de bouddhas de toutes tailles. Pour son intimité, j'installe une porte dans la chambre de Neung, concomitante à la salle à manger.

Durant les repas, mère et fils continuent à communiquer en laotien. Cassandra accorde une grande importance à la cuisson du riz vapeur qui tourne à plein régime. Conséquence : une remise en état intégrale du plafond s'impose bientôt. Je la fais passer pour une inondation du toit auprès de l'assurance.

Cassandra rentre tard le soir. J'hésite à l'accompagner pour ne pas laisser Neung trop longtemps seul à la maison. J'ai passé l'âge des sorties nocturnes adolescentes. Elle rentre ivre parfois et je m'en inquiète. J'avance des doutes sur les fréquentations de son amie Monica dans l'espoir que notre vie de famille détournera Cassandra de ses habitudes parisiennes.

Je prends la mesure des différences culturelles aussi. Neung voue une obéissance absolue à sa mère et se montre toujours aussi distant avec moi. Il doit s'acquitter des tâches ménagères et cela me pose problème. Cassandra soutient qu'il en était ainsi au Laos. J'espère que la rentrée prochaine et ses obligations scolaires équilibreront les choses.

Cassandra se lève tard et passe son temps devant des séries thaïlandaises sur l'ordinateur. Pour essayer de grappiller quelques moments de complicité, j'avale ma dose de téléréalité à ses côtés. La barrière de la langue est-elle à ce point compliquée ? Elle n'est pas friande de lecture et mes vieux polars à la Wilder l'ennuient. Elle continue à me grimper dessus de façon presque mécanique. Sans doute se sont-ils installés trop rapidement ici, mais il m'est difficile maintenant de faire machine arrière. Neung commence sa 5e en septembre.

Une scène un soir d'août me marque particulièrement. Des haussements de voix proviennent de la chambre de Neung. Je le vois sortir en pleurs, me bousculant presque, pour aller s'enfermer dans la salle de bains.

– Qu'est-ce qu'il a ?

Des sanglots lourds émanent de l'autre côté de la porte.

– Il m'écoute pas… j'accepte pas ça ! répond Cassandra.

– Ça fait beaucoup de changements pour lui en peu de temps. Je vais essayer de lui parler.

Neung finit par sortir et nous partons discuter dans la chambre. Il me dit que sa mère ne l'aime pas :

– Elle m'a fait venir du Laos uniquement pour me faire travailler.

J'essaie de le rassurer. Sa maman n'a simplement pas l'habitude de s'occuper d'un enfant au quotidien. Elle ne l'a pas vu grandir mais l'aime assurément. Elle s'est donné beaucoup de mal pour lui payer des cours au Laos et le faire venir en France.

J'espère que cet échange permettra de renforcer les liens.

Je propose à Cassandra de nous évader à nouveau quelques jours en amoureux pour nous détourner du quotidien. Se changer les idées. Nous en avons besoin. Rome, que nous ne connaissons ni elle ni moi, est la destination retenue. Réservation sur Internet. Neung ne souhaite pas retourner à Paris chez sa « tante » et insiste pour rester seul dans l'appartement. À quatorze ans, un peu d'autonomie et le frigo plein ne peuvent pas lui faire de mal. J'espère aussi que le dossier de regroupement familial, déposé à l'ANAEM, lui permettra d'obtenir rapidement ses papiers.

17

Un air chaud et étouffant nous saisit immédiatement sur le tarmac de l'aéroport. Rome, berceau de la civilisation moderne. Bagages récupérés, un bus nous dépose au centre-ville. Je comprends cette langue après avoir vécu neuf mois chez un ami et sa famille à l'âge de dix-huit ans. J'ai pourtant tendance à la confondre avec l'espagnol, la langue de ma mère.

Je tente d'éviter l'arnaque des taxis transalpins contre lesquels on m'a averti pour trouver un bus susceptible de nous rapprocher de notre hôtel. Cassandra n'est pas ravie de marcher. Je propose de lui dégotter des chaussures orthopédiques dans une « farmacia », le délire des talons hauts n'a que trop duré. Son soulagement est immédiat.

Nous nous arrêtons dans une brasserie pour prendre le petit déjeuner et nous renseigner sur la direction à prendre. Nous nous contenterons d'un plan touristique de la ville. L'hôtel en question est quelque peu excentré et je n'ai pas le sens de l'orientation.

Nous avançons difficilement avec nos bagages à roulettes. Cassandra commence à s'agacer. Nous avons certes un bel appartement à Yerres, mais il me déleste de quelque 1 850 euros chaque mois entre le crédit immobilier, les charges de copropriété, les taxes d'habitation et foncières. Sans doute pas le meilleur moment pour en parler. Il nous faut quand même garder quelques économies. Le crédit souscrit chez Franfinance pour notre mariage à venir, prévu pour le mois de novembre, n'est pas fait pour me rassurer.

Troisième fois que nous repassons à cet endroit, je m'avoue vaincu et nous montons dans un taxi. Dix minutes plus tard, nous sommes à l'hôtel.

– Mi scusi, vous êtes sûr que c'est ici ? Euh… è qui ? Certo ?

– Ma certo che è qui, stronzo !

« Campeggio residenza natale di Roma », nous nous renseignons à l'accueil. Les lieux n'ont rien d'un établissement hôtelier. Plutôt un énorme jardin.

– Ma si cé, bene oune chambré, jé vous donné oune plane et la chiave, nous informe le réceptionniste. Buon soggiorno e benvenuti a Roma !

Nous suivons le plan indiqué. Nous dépassons l'aile des camping-cars, celle des tentes… je n'en mène pas large. Le séjour de quatre jours a coûté plus de 600 euros ; l'offre mentionne une résidence quatre étoiles.

Allée E12, loggia 38. C'est un mobile-home. J'évite de croiser le regard de Cassandra. Un peu excentré mais pas si mal, après tout. Une chambre, des placards, une salle de bains. Très au-dessus de mes excursions de jeunesse passées à même le sol. Je n'ai plus le même âge.

Je tente d'inaugurer la chambre.

– J'ai mes lègles.

Je n'insiste pas. Quelque chose qui ne m'a jamais refréné pourtant. Nous déballons nos valises avant de retourner au centre-ville. Une pizza s'impose.

Je me renseigne sur les bus auprès de notre ami réceptionniste.

– Il 10 e il 9 per il centro…

– Grazie, signore.

– Prego.

L'intonation chantante de cette langue me plaît particulièrement, bien plus que l'allemand guttural, n'en déplaise à mon père.

– Una pizza ai frutti di mare per il mio amore e un piatto di spaghetti a la vongole per me, per favore.

Le cadre romain fait effet. Avec la vue panoramique sur le Colisée qu'offre la terrasse, Cassandra s'est détendue. Elle prend mille photos du paysage, d'elle-même, de moi, de nous…

Hormis l'addition, tout est parfait.

Il Colosseo, vestige de la suprématie romaine dans l'Antiquité. Même en ruine aujourd'hui, le monument vaut le déplacement. Je l'imagine plein à craquer deux mille ans plus tôt avec 75 000 spectateurs vibrant sur les gradins. Jeux du cirque, gladiateurs et fauves affamés. Vox populi. Du pain et des jeux. Qu'y a-t-il de changé ?

Ave Cesare, morituri te salutant. Pouce levé ou baissé « pollice verso », un mythe inventé de toutes pièces par Hollywood et Cinecittà pour leurs péplums. L'édifice a eu un toit partiel rétractable pour protéger du soleil magistrats, consuls et sénateurs. Le dispositif mis en œuvre pour en supporter le poids demeure contesté par les architectes d'aujourd'hui. Romains précurseurs. Fascinant.

Cassandra mitraille le monument sous tous les angles pour transférer aussitôt les clichés sur Kizoa, un site de photos en ligne qu'elle affectionne tout particulièrement.

Nous poursuivons avec le Forum romain, à deux pas du Colisée, où les plaidoyers des tribuns tels Gracchus, Scipion et leur contradicteur Caton posaient les jalons de la démocratie moderne. Avant sa décadence.

Retour au mobile-home et sommeil immédiat. Le réveil est plus énergique. Aucune phobie du sang comme je l'ai connue avec Cécile, qui protégeait le matelas d'une double alaise et ajoutait une serviette avant chaque rapport.

Cassandra est en pleine forme. Reste le cérémonial du maquillage avant la visite du Vatican. Un lieu qui la stimule particulièrement. Allez savoir le sex-appeal d'un François !

Place Saint-Pierre. Point d'Urbi et orbi ce jour depuis le balcon des appartements papaux… Pas plus mal, la foule est bien assez dense.

L'obélisque au milieu de la place est le décor pour de nouvelles photos.

– Chéli, tends les mains, on va faile comme si tu tenais la statue dans ta main.

L'effet de perspective semble réussi dans l'écran numérique. Il faudra faire développer le tout. Les limites de la technologie moderne… Je ne suis pas très doué pour l'informatique et j'ai eu le malheur de retirer directement une clé USB. La majeure partie de son contenu a été endommagée. J'en reste aux bons vieux Photomaton mais leur prix ne permet pas de multiplier les prises.

– Allez, plends-en encole une s'il te plaît, chéli. Legalde le plètle plès de la statue, ça fela une jolie photo. Allez, mets-toi à côté de lui…

Euh… Le moine et sa robe de bure marron s'y prêtent de bonne grâce.

C'est au tour des Gardes suisses, qui assument visiblement leur tenue à rayures bleues et jaunes assortie de rouge malgré la chaleur qu'il doit faire dedans, concurrençant les gardes londoniens de Sa Royale Majesté, avec leur toque-balai sur la tête. J'ai vu récemment une vidéo qui déroge à leur flegme légendaire : le Welsh Guard en furie courait après un jeune homme, lequel avait dû pousser un peu trop loin la plaisanterie.

Tout ce folklore me passe au-dessus. Ces grands rois et papes ne paient pas d'impôts. Et que dire du scandale de la banque du Vatican ou du silence coupable autour des prêtres pédophiles ? Je ne me sens pas dans mon élément ici. Cassandra reste admirative devant l'étalage du luxe épiscopal. Pénitence, quand tu nous tiens. Les sans-dents ne verront jamais la couleur des offrandes.

Nous sommes le 14 août et les musées sont fermés les deux jours suivants. Il nous faut renoncer à la chapelle Sixtine et ses fresques de plafond, raison première de notre visite ici. Je suis terriblement déçu. Nous devons nous rabattre sur les œuvres de Michel-Ange, au cœur de la basilique Saint-Pierre. Visiter le tombeau et sa célèbre crypte. Cassandra complète sa collection de magnets et cartes postales. Le capitalisme cautionne indifféremment toutes les croyances. L'effigie de Jean-Paul II monopolise l'espace. Quid de la reconnaissance papale du latex ?

Je respire mieux à l'extérieur.

– J'ai adolé, melci chéli !

En adepte de la dolce vita que je suis, la visite de la fontaine de Trevi s'impose. Les marches adjacentes sont couvertes de monde, tous pressés d'y lancer leur pièce porte-bonheur. Nous n'y dérogeons pas.

Il est difficile de ne pas succomber au charme de son architecture, sublimée à cette heure tardive par le bleu tamisé de la nuit. Charvi a réussi son œuvre. Cassandra paraît heureuse, que demander de plus ?… Un bambino, peut-être.

La soirée se poursuit dans un restaurant à deux pas de la fontaine. Je plains le serveur qui est débordé. Nous ne sommes pas pressés. J'en profite pour parler de notre avenir. Cassandra se voit bien biberonner un enfant jusqu'à ses trois ans avant de reprendre un emploi. Elle regrette de n'avoir pu s'occuper correctement de Neung. Il n'est pas trop tard. Il a plus que jamais besoin d'elle. Ce n'est pas bon qu'il passe ses journées et ses nuits planté derrière l'écran. Un changement de rythme et sa rescolarisation lui seraient bénéfiques. Il a surtout besoin de se faire des amis. Je ne souhaite pas que Cassandra renonce à toutes ses habitudes, simplement qu'elle s'investisse davantage avec nous.

L'heure du dernier bus est passée. Nous rentrons en taxi et achevons de maculer les draps.

Nous nous réveillons tard à nouveau le lendemain. C'est déjà notre dernier jour à Rome. Le départ a lieu le lundi midi mais il nous sera compliqué de poursuivre les visites avec nos bagages. Nous comptons donc profiter à fond de ce bel après-midi d'été.

La plupart des monuments sont fermés en ce dimanche. Nous arpentons l'un des jardins somptueux de la ville, le Pincio, qui surplombe la piazza del Popolo où s'étend tout autour la vaste villa Borghese. Fermée elle aussi. Quelle idée de venir le week-end du 15 août ! Il nous faudra absolument retourner ici.

La journée passe en trombe. Le temps de déguster une nouvelle pizza face au Panthéon. Ultimes photos. Nous assistons en fin d'après-midi à un défilé-spectacle de carabinieri à cheval, en tenue traditionnelle. Leur toque fait penser à un certain Bonaparte, dont l'histoire est liée à celle de nos deux pays.

Nous nous laissons convaincre ensuite par un jeune « ragazzo » pour confectionner avec du fil de fer un vélo avec nos deux prénoms, lequel ne résiste pas au transport en soute durant le vol retour.

Nous n'avons pas osé aviser notre ami réceptionniste de l'état du matelas et de ses draps, il s'agit bel et bien d'un camping, après tout.

Ciao Roma, città aperta.

18

Neung a assuré à la maison. Il a pris soin de Milane, paraît heureux de la confiance que nous avons eue en lui, et trouve la casquette et le tee-shirt rapportés d'Italie à son goût.

À peine rentrés, Cassandra tient à me présenter un certain Khalil, dont elle a fait la connaissance par l'intermédiaire de Franck. Rendez-vous est pris dans un restaurant thaïlandais près des Champs-Élysées.

Le cadre est zen et chic. D'opulentes statues veillent sur nous. Des embrasures en arc de cercle confèrent aux lieux une plus certaine intimité.

Spécialiste en montage de dossiers pour l'obtention de crédits refusés par les banques, Khalil a l'embonpoint sympathique. Il nous parle de l'opportunité à saisir pour acquérir un établissement récemment mis en faillite. Leur prix défie toute concurrence. Il propose aussi d'investir dans un négoce en prothèses dentaires dont il est le gérant en Algérie. Il envisage une collaboration avec Cassandra. Il l'a vue tenir les comptes du restaurant de son ex-patron et l'imagine déjà en parfaite ambassadrice. Je n'y connais rien en affaires, Cassandra semble déterminée. L'argent n'a jamais été pour moi une priorité.

Je dois remettre à Khalil les documents nécessaires pour une demande de crédit via sa société.

J'émets quelques réserves en rentrant. La tenue d'un restaurant exige beaucoup de temps et des horaires décalés.

Cassandra n'en aurait que la gérance, une amie à elle en assurerait le service.

L'examen de mes fiches de paie, feuilles d'impôts et autres justificatifs ne fait fort heureusement que confirmer mon insolvabilité à contracter un autre crédit conséquent et l'opération tombe à l'eau. Khalil reste toutefois chargé de la vente de son salon de beauté.

Nous fêtons mes trente-cinq ans au Port aux Cerises, une base de loisirs près de chez nous, pensant que cela plairait à Neung. Nous y faisons du pédalo, des photos, et dégustons des glaces avant d'aller dîner à Athis-Mons dans un restaurant de fruits de mer portugais que connaît Cassandra. L'après-midi a été agréable et Neung paraît détendu. Il affectionne l'idée de devenir grand frère si sa maman tombe enceinte. Je suis content de cette journée.

Le retour à la maison est plus compliqué. Il est déjà tard et nous devons attraper in extremis un bus pour Juvisy, mais le dernier train est passé. Il faut commander un taxi à la gare. L'endroit est sombre. Un homme ivre vient nous interpeller. Non, je ne fume pas. Il se contente de maugréer quelques mots inaudibles et le taxi finit par arriver. Home sweet home.

19

C’est la rentrée scolaire. Neung s’est choisi un beau cartable et une tenue toute neuve pour le premier jour d’école ; nous attendons la liste précise des fournitures pour la compléter. Cassandra et moi l’avons accompagné. Le collège est bien situé, bien fréquenté, ne reste à Neung qu’à y prendre ses marques. Je lui ai proposé mon vélo, un VTC à peine utilisé que je me suis acheté en m’installant ici, mais il préfère le bus de ramassage scolaire quotidien.

Neung s’enferme dans sa chambre en rentrant de l’école. J’essaie de l’aider à faire ses devoirs. Il veut que je lui pose des questions relatives aux leçons qui ne sont pas comprises. Et que je lui fasse des fiches. Ses cours sont déjà condensés et résumés à l’essentiel. Je lui rédige des notes dans une sténographie réduite a minima. Mais il est difficile pour moi de réitérer l’opération chaque soir. J’ai repris mes cours en plus des séances à mon cabinet. De nouvelles villes m’ont sollicité. J’ai à nouveau la cote avec le FLE. J’enseigne tous les jours entre 16 heures et 18 heures et les mercredis et samedis toute la journée jusqu’à 20 heures. Sans compter la durée des transports. J’enchaîne avec des patients à domicile. Le rythme est exigeant. Cassandra a repris ses sorties avec Monica.

Un mercredi, je reçois un appel du collège de Neung.
– Monsieur Chaomuong ?
– Euh… non, Taubenhaus. Mme Chaomuong est ma compagne.
– Je suis M. Bourdin, proviseur adjoint au collège Pasteur. Je vous appelle au sujet de votre beau-fils. Cela fait trois jours qu'il ne vient pas au collège…
– Mais je l'ai vu ce matin partir avec son cartable ?!
– Pas pour venir ici en tout cas.
– Je ne comprends pas, je suis désolé, nous n'étions pas au courant. Je vais en discuter avec sa mère et nous l'accompagnerons nous-mêmes à l'école demain matin.
– Entendu, il sera convoqué chez le CPE. On peut d'ores et déjà convenir d'un rendez-vous ensemble, si vous êtes d'accord ?
Vendredi 17 heures. Il faut m'organiser pour annuler mon cours à Draveil. J'appelle Cassandra depuis mon travail.
– Chérie, tu as eu un appel du collège de Neung ?
– Non, poulquoi ?
– Neung ne va plus à l'école depuis trois jours, tu le savais ?
– Bien sûl que non !
– Mais il fait quoi alors toute la journée ?
– Je vais lui paller, je m'occupe de ça.
En rentrant Cassandra m'explique que Neung restait toute la journée dehors en attendant la sortie de l'école.
– Mais pourquoi ? Ça ne va pas au collège ? On t'embête ? Tu ne t'es pas fait d'amis ?
Neung garde la tête baissée.
– C'est pas facile poul lui, il ne complend pas tout…
– Mais c'est justement pour ça qu'il a besoin de suivre des cours ! On a rendez-vous vendredi avec le principal. Il faut que tu viennes aussi. Neung ira voir le CPE de son côté.
– OK, d'accold, de toute façon il ne le fela plus, il me l'a plomis.

– Il est très important qu'il ait un bon dossier scolaire, même si c'est difficile… même si tu as du mal, Neung, il faut faire des efforts et montrer que tu t'intéresses… ça aidera à régulariser ta situation administrative.

Le proviseur adjoint est un homme jeune et affable.

– Il vient d'arriver du Laos, il n'a pas grandi avec sa mère… nous allons nous marier prochainement.

– Je comprends. Il faut du temps pour s'adapter à une nouvelle culture, un autre environnement…

– Oui, ça fait beaucoup de changements pour lui.

Cassandra me laisse porter la discussion.

– Je suis quand même obligé de marquer le coup. Il aura un avertissement pour la forme… si cela ne se reproduit plus et qu'il arrive à l'heure tous les jours, il n'apparaîtra pas sur son bulletin. Mais ne le lui dites pas.

– Merci, c'est très aimable à vous !

– Melci beaucoup.

– C'est normal, notre mission première n'est pas la sanction. Il serait peut-être utile qu'il voie notre psychologue, qu'en pensez-vous ?

– Pas de ploblème !

– Je pense aussi que ça pourrait lui faire du bien.

De retour à la maison, je tente de rassurer Neung.

– Ce que tu lui diras sera confidentiel. Ça restera entre le psy et toi.

Il ne manque plus l'école.

Mon père doit passer quelques jours avec nous et rencontrer Cassandra et son fils pour la toute première fois. Il doit m'aider aussi à casser le mur de la buanderie pour gagner quelques mètres carrés. La chambre à coucher est devenue trop exiguë.

20

J'ai payé son billet de train et suis allé chercher mon père à la gare de Lyon, un minimum au regard des travaux qui l'attendent pour répondre aux bouleversements survenus dans ma vie depuis sa dernière visite.

– Cassandra, Neung, je vous présente mon père, Heinrich.

– Bonjour…

– Bonjoul papa, je suis tlès heureuse de te connaîtle, Gélald m'a beaucoup pallé de toi !

– Bonjour monsieur, j'espère que vous allez bien.

– Tu peux le tutoyer, tu sais, Neung, c'est mon père, c'est la famille…

– Ce n'est pas à toi de décider qui peut ou non me tutoyer, Gérald !

Ça commence bien. Je croyais que tout le monde se tutoyait en 68 ! Il faut quoi aussi, qu'on lui fasse des courbettes ? Je lui ai raconté l'histoire de Neung dans l'espoir qu'il puisse s'intégrer dans notre famille. C'est raté.

J'ai demandé à un ami italien devenu architecte de concevoir une ouverture en arc de cercle et profité de l'occasion pour lui présenter ma petite tribu. Il m'a déjà conseillé pour les premiers travaux après l'achat de l'appartement dix-huit mois plus tôt : murs, agencement des cloisons, hauteur des plans de travail, ouverture de la cuisine sur le salon… nous n'avons pas chômé.

Giancarlo ne s'attarde pas. Il prend des mesures et me félicite en ajoutant que Cassandra est très belle.

Au croquis et à l'équation qu'il nous adresse par mail, on ne comprend rien. Mon père solutionne le problème avec un bout de ficelle attaché à un crayon ; il dessine un demi-cercle et le tour est joué. Je me contente du rôle de manœuvre discipliné.

Les morceaux de mur fusent et les voisins mécontents donnent de la voix. C'est le même cinéma pour chaque arrivant. Je suis convaincu qu'ils en ont fait autant à leur propre installation. Nous respectons les horaires, il leur suffit de se boucher les oreilles pendant un jour ou deux, voilà tout.

Neung comme Cassandra passent leurs journées sur leur ordinateur respectif, ce qui a le don d'agacer mon père. J'apaise les tensions en invitant tout ce petit monde dans un bon restaurant japonais.

Le saké chaud et les mojitos sont à peu près tout ce que je peux encore ingurgiter en matière d'alcool. À la fin du repas, Cassandra offre à mon père une jolie montre de marque. Je n'étais pas au courant. Mon étonnement ne lui échappe pas. Soudain, s'entendre être appelé « papa » par sa future belle-fille passe mieux. Ma mère a eu droit à pareille attention quelques semaines auparavant.

L'alcool me fait voir les choses plus sombrement et je confie à mon père ma fatigue et mon stress. Le rythme et les contraintes que je me suis imposés depuis quelques mois me pèsent. J'ai la tête dans le guidon et j'espère qu'il sera de bon conseil. Je garde en mémoire une affiche qu'il a mise dans ses toilettes lorsque j'étais enfant :

« En 1778, il fallait des ouvriers parce qu'il y avait du travail. En 1978, il faut du travail parce qu'il y a des ouvriers, ce qui importe maintenant c'est de le supprimer ! »…

J'évoque les sorties jusqu'au petit matin, les dépenses démesurées en restaurants et taxis, les ambitions de Cassandra et les dettes que je contracte pour y faire face…

– Elle est encore jeune, il faut bien qu'elle s'amuse un peu, tu ne vas quand même pas la tenir cloîtrée à la maison.

– T'es con ? Qui te parle de ça ? On t'offre une montre et on te met dans sa poche !

Ça ne fait ni une ni deux : il me colle une gifle. À trente-cinq ans.

Je vois moins mes amis depuis que je n'habite plus Paris. Ces snobinards voient la banlieue au-delà du périph comme une zone circonscrite à ne pas franchir.

Je me sens perdu après tant de changements dans ma vie et les différences culturelles. J'ai du mal à suivre, en cela mon père a raison. Les choses vont trop vite. La date du mariage est déjà fixée au 12 novembre et nous avons prévu d'envoyer les faire-part dès la fin des travaux.

Cassandra doit entendre nos éclats de voix et ne tarde pas à nous rejoindre. Nous discutons tous trois. Je lui confie ma fatigue physique et mon incompréhension quant à ses sorties jusque tard dans la nuit. J'ai les larmes aux yeux.

– Chéli, je t'ai dit que tu pouvais venil avec moi. Neung peut lester seul quand il dolt, il est gland maintenant.

– Mais je n'ai plus la force de sortir le soir après mon travail. Tu sais que j'enchaîne 11 heures de cours d'affilée quelquefois, je déjeune dans le RER en allant d'un site à l'autre tellement je dois courir !

– C'est lien ça, les Eulopéens sont plus flagiles que les Asiatiques. Nous, on peut tlavailler non stop !

– Mais à quoi ça sert ?! Tu voulais te reposer, avoir un autre enfant…

– Oui, je veux toujouls.

– Mais tu crois vraiment qu'une vie de famille est conciliable avec ton rythme de vie ? Neung a encore besoin de toi, ce n'est pas bon pour lui plus que tu rentres aussi tard. Je m'efforce de créer un lien avec lui, mais c'est impossible sans ton soutien.

C'est peut-être trop tôt pour se marier.
– D'accold chéli, je complends, si c'est ce que tu veux je ne soltilai plus.
– Ce n'est pas non plus ce que je te demande.
– Je voulais plofiter un peu avant d'avoil notle bébé mais tu as laison, j'ai jamais vlaiment connu une vlaie vie en famille et je savais pas que tu étais malheuleux.
– En tout cas vous vous aimez tous les deux, ça se voit et c'est déjà une bonne base…

La soirée se conclut sur ces mots de mon père. Nous sommes tous très fatigués et demain serait un autre jour.

Les travaux prennent fin et mon paternel retourne chez lui à Montpellier. Il reviendra le mois prochain pour la noce.

La semaine suivante, je repasse l'examen du permis de conduire, attendu de longue date. J'ai suivi plus de soixante heures de cours. Les sports mécaniques ne sont pas mon fort. Faire un créneau en ville, avec tous ces excités qui te font des queues de poisson, me rend fébrile. Leurs klaxons dans mon dos parasitent l'attention. Et l'inscription « auto-école » en 3D sur le haut de la voiture doit en rajouter une couche : la loi du talion ou le bizuteur bizuté. Le degré de rancœur est proportionnel à la souffrance endurée. Ma liste des candidats pour une analyse peut largement s'allonger.

21

J'obtiens le permis le 30 octobre, deux semaines seulement avant la cérémonie de mariage, le timing pour l'achat d'un véhicule va être un peu court. D'autant que les dépenses vont bon train. On prévoit une soixantaine d'invités : des inconnus pour la plupart, à peine un quart d'entre eux vient de mon côté. Le papa de Cassandra fera spécialement le voyage du Laos pour assister à la noce et restera chez nous quelque temps. Elle a tout planifié, sa mère a fait confectionner ma tenue de mariage, cousue à la main de fils d'or, une tradition à laquelle je ne peux déroger.

Nous avons réservé un restaurant asiatique avec orchestre. À peine les faire-part imprimés, le tout est expédié séance tenante.

Le 6 novembre, une semaine avant la noce, débarque donc Phanpadith, le père de Cassandra. Nous sommes allés l'attendre à l'aéroport de Roissy où un ami laotien nous a accompagnés ; étrenner un véhicule attendra encore un peu pour moi.

C'est un homme mince au teint diaphane, très aimable et d'une éducation parfaite. Sa femme ne l'a pas accompagné. Elle a une santé fragile et une phobie de l'avion. Au dire de sa fille, c'était une mère autoritaire qui les a tous menés à la baguette. Et qui pouvait se montrer violente en certaines occasions. Neung m'a aussi raconté que sa grand-mère l'avait frappé plusieurs fois. Phanpadith, a contrario, était accommodant et ne cherchait jamais à froisser son épouse. Il était bienveillant avec son petit-fils, comme il l'avait été avec ses filles.

Cassandra a une sœur cadette, ce qui l'a contrainte à s'occuper de la maison lorsque leur mère était malade. Elle était diabétique et Cassandra devait lui faire des piqûres d'insuline. La plupart des médicaments manquaient au Laos, même à Vientiane, la capitale. Des amis de Phanpadith, pilotes comme lui, se procuraient des colis de médicaments périmés à l'étranger. Contre rétribution, ils les redistribuaient au marché noir dans leur quartier. Très jeune et sans formation ni expérience, Cassandra avait délivré des boîtes de médicaments de tous types, parfois même à des bébés victimes de dysenterie ou Dieu sait quelle maladie. L'amour maternel se mesurait-il au montant des mandats que ses filles lui envoyaient ? La petite sœur de Cassandra avait été plus protégée, elle était la préférée de leur mère. Après avoir épousé un Thaïlandais de Bangkok, elle avait eu un fils, le petit cousin de Neung. Lorsqu'ils lui rendaient visite à Vientiane, Neung s'était toujours senti défavorisé, mal aimé. Tout cela va changer.

Fidèle au portrait que m'en a fait sa fille, Phanpadith est discret et parle peu, fût-ce en laotien. Il a appris quelques rudiments de français mais nos échanges se font surtout par le regard. Le contact passe bien. Neung est heureux de retrouver son grand-père, qui l'a élevé.

La tenue de mariage que mon futur beau-père m'a apportée est un peu juste au niveau des bras et des épaules. Quelques retouches seront nécessaires. La teinte en revanche pose problème. Un jaune vif doré, couleur sacrée chez les bouddhistes. Je n'ai pas voulu d'une cérémonie religieuse, mais ne souhaite pas les offenser en refusant de porter la tenue traditionnelle.

Neung et son grand-père ne possèdent aucun vêtement adapté pour la circonstance. Nous allons donc y pourvoir à Barbès, haut lieu des boutiques nuptiales.

Conseillé par sa fille, Phanpadith essaie différents modèles de costumes à l'occidentale. Seuls les mariés sont tenus de porter les habits folkloriques. Khop tchaï laï laï, merci beaucoup. Je dispose de trop peu de temps pour intégrer rapidement les rudiments du laotien, langue aux sonorités si poétiques. J'espère découvrir bientôt ce pays et tout le continent asiatique. Koy hak jao lai : je t'aime.

Le costume qu'on offre à Phanpadith lui plaît. Neung a choisi le sien en blanc immaculé qui lui confère une allure androgyne. Il aime dessiner et en a même croqué une ébauche à son goût. Il est grand fan de mangas et dévore tous les nouveaux épisodes de *One Piece* et *Naruto* en streaming.

Nous invitons ensuite le futur beau-père à déguster les sushis tant prisés par sa fille. J'opte pour le carpaccio de saumon à la sauce japonaise. Phanpadith apprécie plus particulièrement le saké chaud. Il est en vacances, loin des sautes d'humeur de son épouse, et doit en profiter.

Il est d'usage chez les Asiatiques de glisser une enveloppe en guise de cadeau de mariage. Cela permet d'éviter les petites cuillers et autres présents de mauvais goût et, j'ose l'espérer, compensera une partie des dépenses engagées.

J'ai un jour assisté à un mariage turc avec Sezgin, un bon ami d'enfance, où les coutumes m'ont particulièrement marqué. Chez eux aussi la tradition veut qu'on débourse des billets. Nominativement. Un speaker annonçait au microphone les noms de famille des généreux donateurs. Cela donnait : « famille Unal : 500 euros », « famille Can : 700 euros »... qui dit mieux ? Il ne faisait pas bon être indigent. Une véritable incitation à donner plus que son voisin de tablée. Et lorsque viendrait le tour de marier sa fille, la famille à qui Sezgin avait donné aujourd'hui lui offrirait en retour une somme au moins équivalente. Pourquoi pas ? À condition de ne pas vivre au-dessus de ses moyens.

Nous espérons que le salon de beauté de Cassandra sera vite négocié et vendu. Aucune nouvelle de Khalil de ce côté-ci.

Le retour à Yerres est compliqué ce jour-là. Phanpadith ne tient plus debout. Nous nous échinons à le porter, le soutenir comme nous le pouvons. Sa fille semble accoutumée à le voir boire. Neung a honte et se tient en retrait. La station de métro Opéra est bondée.

Nous parvenons tant bien que mal à grimper dans la rame. Les portes se referment sur Neung qui reste sur le quai. Panique à bord. Il n'a pas l'habitude des transports en commun et ne saura probablement pas retrouver les bonnes correspondances jusqu'à Yerres. D'autant que sa mère a les titres de transport sur elle.

Je lui fais signe de prendre le prochain métro ; nous l'attendrons à la station suivante. Il a l'air paniqué, se retrouvant seul, sans argent, sans papiers, en plein cœur de Paris.

Nous descendons à l'arrêt suivant, Madeleine. Le prochain train ne tarde pas. Nous scrutons les wagons, un grand nombre de voyageurs envahit le quai. Pas de Neung. S'est-il encore fait doubler ? Un autre arrive déjà. Toujours rien. Un troisième… Je décide de prendre les choses en main :

– Bon, attendez-moi là tous les deux. Je retourne à Opéra pour chercher Neung.

– OK, chéli, melci.

Phanpadith dort à moitié.

Je gravis quatre à quatre les marches pour me retrouver sur le quai d'en face. Le train est à l'approche. Je fais signe à Cassandra mais elle est au téléphone, pas avec Neung en tout cas car il n'a pas de portable. Voilà un cadeau plus utile que son satané ordinateur.

Me voici de retour à l'Opéra. J'essaie de regarder de l'autre côté du quai mais ma myopie ne m'aide pas. Je rechigne à mettre des lunettes. Ma photo sur le permis m'a définitivement convaincu de ne plus en porter, ou seulement pour conduire.

Je me perds dans les couloirs avant de retrouver l'endroit où on l'a laissé. Je ratiboise en jouant des coudes. Toujours aucun signe de Neung. Où a-t-il pu passer ? Si seulement il s'était un peu dépêché ou nous avait aidés à porter son grand-père !... Le stress montant ne fait que m'inquiéter davantage. J'ai en tête le calvaire du trajet avec lui à Meudon quelques mois plus tôt. Où a-t-il bien pu aller ? Je me sens responsable de lui à présent.

Je retourne à la station Madeleine, dépité. Cassandra est toujours au téléphone et son père dort à poings fermés sur un banc de la station. Elle lève à peine les yeux sur moi. Je lui demande si elle a des nouvelles. Elle ne me répond pas. Elle discute en laotien ou thaï et je ne comprends pas le premier mot. Je reste suspendu à ses clignements de paupières. Après dix bonnes minutes, elle se décide à raccrocher.

– Alors ?!

– Je pense qu'il a dû aller chez Tik. Je lui avais dit un joul de m'attendle là-bas s'il avait un ploblème avec le fou.

Tik ? Le fou ? Je n'y comprends rien et l'irritation monte. Cassandra ne manifeste pas la moindre inquiétude. Renseignements pris, Tik est la fameuse « tante », une voisine du salon qui s'est occupée de Neung pendant notre séjour à Vienne. Le fou est son ex de Meudon.

– Oui, bon, mais on fait comment alors ? On va là-bas, avec ton père qui dort ?...

– Je m'en occupe, chéli. Va boile un café avec mon pèle et je t'appelle dès que j'ai des nouvelles.

– Mais tu vas aller où ? Chez cette Tik ? Tu ne préfères pas attendre qu'elle rappelle ?

Son expression ne me laisse aucune alternative, impossible de lui enfourcher le pas. Je me retrouve au beau milieu de la station Madeleine avec mon futur beau-père aviné sur les bras.

Je le réveille comme je peux pour le traîner jusqu'à l'air pur, qui me fait du bien à moi aussi. Nous nous attablons à une terrasse de café, l'œil fixé sur le portable. Il fait froid.

– Un double expresso et un Coca light s'il vous plaît.

Le garçon nous toise de la tête aux pieds en s'arrêtant sur Phanpadith... Pourvu que je n'aie pas à éponger la bile de beau-papa.

Le temps me paraît interminable. Cassandra ne répond pas à mes textos tandis que Phanpadith émerge lentement après son troisième café. Je lui explique la situation sans être sûr qu'il la comprenne.

La sonnerie du téléphone finit par retentir.

– Chéli, je suis avec Neung, on est dans le LEL pour Yelles, vous êtes où ?

– Bah, toujours à Madeleine, tu m'avais dit de t'attendre !

– Ok, on se letlouve à la maison...

22

Le mariage est prévu un jeudi, le lendemain de l'armistice. Nous espérons que la plupart de nos convives feront le pont. Il me faut impérativement travailler le samedi. Je suis rémunéré à l'heure et les jours non travaillés ne sont pas rétribués. Je ne peux me permettre de perdre de l'argent au regard de notre situation financière. Cassandra a dépensé 800 euros de courses chez Tang Frères pour l'apéritif après la cérémonie. La journée du 12 se fera en trois temps. 14 heures, rendez-vous à la mairie ; 15 h 30, cocktail-apéritif à la maison, suivi d'un dîner avec orchestre à 20 heures. Nos invités auront ainsi le temps de retourner chez eux pour se changer ou se reposer un peu.

Nous sommes à la veille de la cérémonie et je me débats pour l'heure avec des cuisses de grenouilles dans un restaurant du 13e arrondissement. Cassandra et sa copine s'en délectent. Que d'os dans ces maudites bestioles, seule une solide mâchoire peut en venir à bout.

Je ne connais pas sa nouvelle amie, mais elle a eu la gentillesse de nous accompagner en voiture un jour férié pour déposer chez nous une ribambelle de courses. Cassandra ne fait pas les choses à moitié, il y a dix fois trop à mon sens. La quantité de bouteilles, d'alcool en particulier, est impressionnante. Elle a aussi commandé un meuble chez « Maisons du Monde », un bar en chêne massif censé être livré le jour même du mariage entre 8 heures et 13 heures. Le timing est hasardeux.

Le matin du jour J, la sonnerie de l'interphone retentit à 8 heures tapantes. J'ai peu et mal dormi. Je commence déjà à pester contre le livreur supposé derrière la porte lorsque je vois entrer une jeune femme asiatique. Je m'enquiers auprès de Cassandra qui dort encore.

– C'est Nok, elle vient poul faile le ménage.

Première nouvelle, nous avons une domestique à présent ? Cassandra lui a demandé de venir exprès pour que tout soit prêt avant la cérémonie. Elle aidera pour repasser nos vêtements et servir les invités… Elle l'employait régulièrement dans son salon de beauté lorsqu'il tournait encore. Je commence à comprendre les raisons de sa faillite.

La présence de Nok me met mal à l'aise. Je n'aime pas l'idée d'avoir une personne à mon service. La laisser pénétrer dans mon intimité, nettoyer notre crasse, mes sous-vêtements… un marqueur de classes inacceptable à mes yeux.

– C'est juste poul aujould'hui, on n'aula pas le temps de tout faile sinon. Monica et des copines allivelont à 11 heures poul me maquiller.

Il m'est défendu de voir la mariée avant qu'elle ne soit prête. Mon père ne m'a pas facilité les choses non plus. Il a pris un billet de train pour le jour même du mariage et va débarquer ici vers midi avec sa valise, soit deux petites heures seulement avant la cérémonie. Neung, de son côté, reste penché sur son ordinateur et n'a toujours pas ouvert la porte ni les stores de sa chambre. Phanpadith attend patiemment, quant à lui, tandis que la pauvre Nok s'affaire dans un va-et-vient incessant. La vaisselle de la veille n'a pas été faite, la salle de bains est monopolisée par Cassandra. J'ai enfilé mon costume de bal…

Je me risque :

– Cassandra, il est bientôt midi, mon père va arriver et je ne me suis toujours pas lavé. Tu peux me laisser un petit moment la salle de bains, s'il te plaît ?...

Cela fait deux heures qu'elle y est enfermée avec son amie Monica. Laquelle porte une tenue moulante plus décolletée encore qu'à son habitude. Cassandra a contrario a opté pour une tenue traditionnelle jaune doré avec des motifs brodés sur l'encolure. Coiffée d'un large chignon, un bandeau rouge cercle sa tête. Elles me cèdent la place en maugréant pour s'enfermer aussitôt dans notre chambre.

Nouvelle sonnerie à la porte.

– Suis occupé, quelqu'un peut aller ouvrir, s'il vous plaît ?

Après la troisième sonnerie je me dévoue. C'est mon père, sourire en coin.

– Ça va, n'en rajoute pas. Je t'avais dit que ma tenue allait te plaire !

Je le plante là pour éviter de me faire souffler à nouveau la place dans la salle de bains. Lorsque j'en ressors, les deux pères sont installés sur le canapé. Ils ont fait connaissance et semblent s'entendre comme larrons en foire. Mon paternel a un don certain pour mettre les gens à l'aise, je ne suis pas sûr de pouvoir en dire autant.

Nouveau coup de sonnette. C'est le frère adoptif de Phanpadith, le général en retraite dont j'ai fait la connaissance à l'anniversaire de Neung :

– Quel protocole avez-vous prévu ?

– Euh quel protocole ?... pas de protocole.

Il se propose comme chef de cérémonie et m'expose les modalités, que je saisis à peine. J'accepte pour ne pas le contrarier, la chose lui tient visiblement à cœur.

– Et Toon ? Où est-elle ? Elle ne va tout de même pas être en retard le jour de son mariage !

– Là, je suis bien d'accord avec vous...

Cassandra/Toon finit par sortir de la chambre. Ses amies n'ont pas lésiné. Une couche épaisse de fond de teint mat l'a rendue méconnaissable. Elle me regarde à peine avant d'embrasser les parents :

– Il faut faile une photo des tlois papas assis sul le canapé !

Le bar Maisons du Monde n'a toujours pas été livré, nous confions donc à Nok le soin de le réceptionner. L'heure du départ ne peut plus être repoussée.

Une fois dehors, l'ambiance se détend. Nous faisons le chemin jusqu'à la mairie à pied. Il fait froid. Nous ne portons pas de manteaux pour ne pas recouvrir nos tenues et se prêter au rituel des photos. Les gens sont souriants, Cassandra m'a pris la main, je commence à me sentir mieux. On va se marier, ce n'est pas rien.

La plupart des invités sont déjà sur place. J'aperçois Nadia, une bonne amie avec qui j'ai travaillé, David, un copain d'enfance, Sezgin et sa femme, ma mère et ma grand-mère un peu plus loin accompagnées de mes oncles et tantes, Giancarlo et son père.

– Tu as sorti la tenue de gala… un vrai Monsieur Loyal ! me lance Giancarlo.

« Va fan culo », suis-je très tenté de répondre.

Voir mes parents réunis dans la même salle relève de l'exploit. Ma mère n'a jamais pardonné la désertion de mon père trente-trois ans plus tôt. J'ai eu droit à un portrait de lui sculpté au scalpel tout au long de mon enfance. Va donc épouser un soixante-huitard ; l'esprit communautaire n'est pas des plus propices à la fidélité… Faire mieux qu'eux ne sera pas très difficile.

La première adjointe au maire est chargée de la cérémonie. Une femme brune au regard doux visiblement sensible à la mixité de notre couple. Dans sa tenue traditionnelle, Cassandra a l'allure d'une poupée.

Tout est fin prêt. Cassandra s'est occupée de la bande-son. La surprise est totale pour moi. Je m'attends à une musique folklorique laotienne.

« My heart will go on », chantée par Cassandra elle-même, retentit bientôt dans la salle des fêtes municipale :

« Evely night in my dleam I see you, I feel you. That is how I know you go home. Fall acloss the distance… ».

Cela me rappelle bien quelque chose et des pouffements retenus me parviennent à l'oreille. Giancarlo, bastardo…

– Mademoiselle Toon Chaomuong, voulez-vous prendre pour époux M. Gérald Yannis Taubenhaus ici présent ?

Long silence, le temps paraît comme suspendu. Regard inquiet de Madame la première adjointe au maire. Un peu gêné, je me penche à l'oreille de Cassandra :

– Tu es censée dire oui, là, chérie, c'est le moment…

– Ouiiiiiiiiiii, paldon, je n'avais pas complis que c'était à moi de paller…, fait Cassandra, ajoutant un ton de plus à la couleur de son fond de teint.

L'assistance respire, je réponds « je le veux » et tout rentre dans l'ordre. Nous signons le registre, les témoins font de même et Madame l'adjointe nous félicite en nous remettant les documents officiels et un petit coffret offert par la collectivité. La famille, les amis s'approchent et nous donnent l'accolade après les félicitations d'usage. Je suis marié, aussi simple que cela.

Nous trinquons dans une salle annexe avant de convier l'ensemble de nos proches pour le cocktail à la maison. Un cousin, étudiant en audiovisuel, est chargé des photos, il nous flashe avec un appareil professionnel numérique, autofocus et téléobjectif, qu'il a emprunté.

Une haie d'honneur nous attend à la sortie de la mairie et des grains de riz pleuvent bientôt sur nos têtes par paquets entiers. Tous insistent pour que Cassandra lance dos retourné le bouquet de la mariée comme l'exige la tradition. Il doit bien se trouver une ou deux jeunes femmes célibataires dans l'assistance.

– Un, deux, trois…

N'importe qui d'autre l'aurait laissé choir. Elle, non. Son ravissement est perceptible : ma mère tient le bouquet et lève les mains au ciel en signe de victoire. Je baisse les yeux pour ne pas croiser le regard atterré de mon père.

Khalil, invité lui aussi, a proposé de nous ramener dans sa Citroën C6 flambant neuve. Des amis laotiens de Cassandra se sont occupés de la décoration. Phanpadith est resté très digne durant toute la cérémonie. Quant à Neung, nous peinons à lui tirer un sourire.

Le concert habituel des klaxons retentit. Décibels et surexcitation. Le genre de défilé qui m'a toujours rebuté. Aujourd'hui je suis aux premières loges.

De retour à la maison, le bar Maisons du Monde trône sur le pas de l'entrée, le livreur ne s'est pas foulé… le must question déco pour les convives. Pas le temps de le remplir, je me contente de déplacer l'objet. Un vrai tank en chêne massif ! Je débauche mon pote Sezgin pour m'aider à le transbahuter jusque dans la cuisine. Mon pauvre ami s'est déjà massacré le dos sur les chantiers. Il est chef d'entreprise maintenant et gagne bien sa vie dans le bâtiment. Il le fait pivoter en deux temps trois mouvements et je comprends la pertinence de l'expression « fort comme un Turc ».

Nok a préparé amuse-gueules et cocktails variés. Modération avec l'alcool à jeun, j'en ai fait l'expérience. Elle m'a aussi repassé une tenue de rechange, Cassandra a insisté pour une chemise orange, autre couleur « polte-bonheul ».

Heureusement, le cocktail ne s'éternise pas. Je commence à ressentir la fatigue due au stress et au manque de sommeil. La suite des festivités est prévue pour dans quelques heures. Des amis de Cassandra viendront nous chercher, direction Lognes et le « Lao lestaulant ».

Nous avons repéré les lieux quelques jours plus tôt et réglé un acompte de 2 000 euros cash. Un orchestre, une piste de danse et un grand buffet… de quoi régaler l'assemblée. Toute personne supplémentaire au-delà de la 60e sera facturée 40 euros, a précisé la tenancière.

Le menu est composé de spécialités laotiennes et chacun devra se servir, comme dans un self. La patronne, une connaissance de Cassandra, a le sens des affaires. La pièce montée, sans durian - le goût improbable de ce fruit n'est pas négociable - est comptée à part. La quinzaine de bouteilles de champagne est également en sus. J'espère que la petite boîte orange « au bon cœur des jeunes mariés » made in Ikea dans laquelle nous avons investi ne laissera place à aucune hésitation : euros, dollars, livres sterling ou turques, dirhams, anciens francs sont acceptés. J'ai appris le matin même que les fonds dont Cassandra se sert depuis la réouverture du salon de beauté ne proviennent pas d'une quelconque réserve de trésorerie, mais bien d'un prêt de 20 000 euros souscrit à la Société Générale un mois plus tôt seulement. Nos donateurs vont devoir être généreux. En attendant j'ai besoin d'un somme.

18 h 30, l'interphone sonne déjà. Cassandra a insisté pour que je renfile mon costume de marié. Elle a, de son côté, opté pour une nouvelle robe, de couleur rouge. Son maquillage a évolué en conséquence.

– Tu es tlop beau, chéli, melci poul lespecter ma tladition...

Une heure plus tard nous arrivons en éclaireurs au restaurant. De quoi régler les menus détails, huit invités supplémentaires, les caisses de champagne et la pièce montée : 800 euros de plus. Ma boîte orange ne sera pas assez volumineuse ; « Famille Unal, combien déjà ?!... ».

Les premiers convives arrivent. Notre chef du protocole, dans sa tenue blanche immaculée, a intégré sa place aux premières loges et se charge de placer les invités. Nombre d'entre eux ne parlent pas le français, les échanges d'un soir vont être compliqués. Je questionne le demi-frère de mon beau-père...

– Rassurez-vous, docteur Taubenhaus, tout est prévu.

– ...

Les visages défilent, la plupart me sont inconnus. Je me contente de sourire. L'essentiel est assuré : mon père et ma mère se trouvent à des tables séparées. Quelques ratés tout de même, Sezgin et Giancarlo ont été placés côte à côte. Un contentieux qui remonte à notre adolescence. Giancarlo a vu Sezgin vendre des ballons sur les Champs-Élysées et n'a depuis jamais cessé de le lui rappeler à chaque nouvelle rencontre. Aujourd'hui, Sezgin a un chiffre d'affaires qui frise le million et Giancarlo, devenu architecte, se voit bien collaborer avec lui. Fin de non-recevoir. Le Turc n'est pas seulement fort, il est fier aussi.

Le cérémonial impose une tournée des tablées.

– Tout se passe bien ? Vous êtes bien installés ? Merci beaucoup d'être venus.

Cassandra ajoute quelques mots en français, thaï ou laotien. Nous n'avons pas encore eu le temps de dîner, il nous faut trinquer avec chacun. J'humecte à peine mes lèvres pour tenir la distance.

Nous arrivons à une longue table où se trouve une collègue de travail que j'ai invitée. Son regard acculé me fait une piqûre de rappel. Elle a été placée à côté d'un vieux monsieur asiatique que je ne connais pas. Il lui pose mille questions à mon sujet.

– Alors comme ça tu es médecin maintenant ? me lance une Sandra espiègle.

– Mais non, pas du tout, mais va le leur expliquer ! Tu veux que j'essaie de te changer de place ?

– Non, laisse tomber, ça m'amuse, et puis j'en apprends tellement sur toi !...

Elle ne doit pas s'ennuyer tant que cela finalement. Sait-elle seulement que je ne connais pas les trois quarts de l'assistance ?

Je suis content que ma grand-mère ait pu faire le déplacement malgré ses quatre-vingt-neuf ans. Elle est venue me rendre visite un an plus tôt. J'ai insisté pour lui faire découvrir le charme des environs et la forêt, toute proche. Pauvre mamie, elle a manqué d'y rester ce jour-là. Nous avons dû nous arrêter à chaque pas, Ventoline à la main. Il ne fait pas bon vieillir. Elle a élevé ses sept enfants seule, les portant tous à bout de bras après le décès de son mari. Perdre son père à l'âge de sept ans suffit-il à expliquer l'hypocondrie hystérique de ma mère ? Mon père en tout cas a préféré la fuir, sans se soucier de me voir la souffrir seul au quotidien. Aujourd'hui, je me constitue ma propre famille. Ils n'ont plus rien à redire.

– Melci d'êtle venue, maman..., susurre Cassandra à ma mère.

Je vais me réveiller.

La soirée se poursuit. Je suis un homme marié à présent.

Il me faut absolument reprendre des forces et trouver le temps de manger, je ne suis déjà pas bien gros : 67 kilos pour 1,85 m... Un discours m'attend à la fin du repas. Cassandra est radieuse et ravie de faire l'objet de toutes les attentions d'un soir.

On me tend un micro.

– Allô ? Un deux, un deux, ça marche ?... Sabai dee, khop chai laï laï... Alors merci à tous d'être venus et désolé de devoir m'adresser à vous en français. Je vous promets d'apprendre très vite votre si jolie langue. J'espère que vous passez une bonne soirée et je ne vais pas la plomber par un long discours. Simplement vous dire que ce mariage mixte me ravit et j'espère que vous m'accepterez dans votre communauté. Je tenais aussi à remercier Neung de m'accueillir dans sa vie. Nous avons l'espoir de lui donner un petit frère ou une petite sœur très prochainement pour agrandir notre petite famille. Tout est allé très vite, mais quand l'amour frappe à la porte... Et bien sûr merci à *ma femme*. Je vais devoir m'habituer à ce mot, qui est nouveau pour moi, merci donc à Toon, comme vous l'appelez tous, de m'aimer et de m'avoir choisi comme époux. Je suis pressé de découvrir votre culture, surtout le Laos, que je n'ai pas encore eu la chance de visiter... Mais comme vous voyez, j'ai déjà commencé avec le costume... euh... merci à son papa, Phanpadith, mon beau-père maintenant, de venir de si loin. Et évidemment, merci à ma famille d'être présente en ce jour si spécial. Voilà… je laisse la parole à Cassandra, euh… Toon, qui s'en sortira bien mieux que moi. J'espère que le dîner vous plaît. Je crois que le gâteau et le champagne nous attendent avant de tous se déhancher sur la piste de danse… Tiens, je te passe le micro, ma chérie…

– Melci beaucoup, j'ai pas tout complis ce qu'a dit mon mali palce qu'il palle beaucoup tlop vite, donc je ne vais pas pouvoil tout vous tladuile. Melci à tout le monde en tout cas d'êtle venus, melci à ma famille et à mes amis d'êtle ici, melci à la famille de Gélald… maman, papa, mamie, on est tlès contents que vous soyez venus. Et maintenant, paldon, mais je vais paller en thaï…

Je ne saisis rien au reste de son discours mais il amuse beaucoup l'assistance et les applaudissements sont nourris. Cassandra paraît très à l'aise, loin d'être timide finalement.

Nous servons ensuite le champagne avant de trancher la pièce montée, tradition oblige. Pas de durian, la patronne n'a pas fait d'impair ; j'espère seulement que les invités asiatiques ne m'en tiendront pas rigueur. L'orchestre entame la soirée par un air folklorique laotien sur lequel il nous faut ouvrir le bal.

– Oui, une minute, une seconde, encore un dernier verre de champagne…

Je n'en mène pas large. Cassandra a bien essayé de m'apprendre les rudiments d'une danse traditionnelle laotienne. Toute la grâce repose sur le mouvement des mains. Je suis raide comme un piquet et très probablement ridicule dans ma veste trop étroite cousue de fil d'or… Je feins d'ignorer l'hilarité de Giancarlo.

La soirée dansante est un flop. Très peu de gens nous rejoignent sur la piste. Je demande aux musiciens de changer de répertoire, tente, champagne aidant, une chorégraphie sur la BO de *Pulp Fiction*… en vain. Un grand nombre d'invités se sont éclipsés sur les coups de 23 heures, en s'excusant. Ils travaillent tôt le lendemain et ne font pas le pont. Moi non plus. Il n'est pas question de voyage de noces pour l'instant, je reprends le boulot le surlendemain. Le navire doit rester à flot. Il ne faut pas couler avant même d'avoir quitté la berge.

Khalil n'a pas attendu et toutes les voitures sont désespérément pleines. Personne pour se proposer de nous raccompagner. Heureusement, mon pote Seb ne nous fait pas faux bond. Il a été mon voisin à Paris et habitait à l'époque à l'étage au-dessus. En face du cimetière Montmartre. Au moins n'avions-nous pas de problème de vis-à-vis…

C'est donc lui qui nous raccompagne le soir de notre mariage. Sébastien a apprécié la soirée. L'Asie lui plaît. Qu'est-ce qui ne l'attire pas ? Il a dragué ouvertement ma mère pour se faire envoyer une nouvelle fois sur les roses. Le pauvre n'a pas bien compris à qui il avait affaire. Il se fait des illusions. Sa cible, à elle, ce sont plutôt les jeunes de trente ans. Il faut dire qu'elle est bien conservée, même si sa tenue d'un soir – une robe en satin blanc tout droit sortie d'une maison de poupées en porcelaine – est quelque peu décalée pour l'occasion. Sébastien s'est pris un vent monumental. Ce qui ne l'empêche pas de retenter sa chance dès qu'elle se représente.

Nous rassemblons nos affaires sans omettre de récupérer la boîte au trésor ; je compte bien éplucher le contenant des enveloppes une à une dès notre retour à la maison. Nous réglons les derniers menus détails – très bonne opération pour la patronne du restaurant, ce soir-là –, avant d'embarquer dans le carrosse affrété par mon ami. Une vieille Ford cabriolet, couleur vert bouteille.

Je suis mort de fatigue et lutte pour ne pas piquer du nez en m'efforçant de tenir la conversation à Seb. Neung et sa maman discutent à l'arrière en laotien et Phanpadith se laisse bercer par les effluves de champagne, la tête posée sur l'épaule de mon père, lequel tente de participer à notre discussion depuis le siège arrière. Une heure plus tard nous sommes rentrés et je ne manque pas de remercier chaleureusement Sébastien.

Cassandra se charge de compter les donations de nos généreux convives, calculette à la main. Le montant total ne dépasse pas les 2 000 euros, pas même de quoi rembourser l'addition du dîner nuptial.

La charge émotionnelle et la fatigue accumulée ont bientôt raison de moi. Je sombre dans un coma profond sans même honorer notre nuit de noces.

Je me réveille tôt le lendemain matin. Cette nuit de sommeil m'a suffisamment requinqué pour filer à la banque. La maisonnée dort encore.

Une vingtaine de chèques endossés, la plupart ne dépassent pas les 50 euros ; quelques enveloppes avec du liquide aussi, le plus généreux donateur a été Sezgin. Le peuple ottoman gagne à être connu.

23

Retour à la maison. Je suis content d'être un homme marié. Je me sens comme la première fois où j'ai fait l'amour. Je suis un dépucelé du mariage.

Mon père doit repartir le lendemain matin. Nous avons décidé de sortir à Paris pour marquer le coup. Un bowling nous rappelle au bon souvenir de la salle à Montparnasse, celui qui nous a refusé l'entrée à l'anniversaire de Neung.

Aucun molosse cette fois, la salle est pleine et il nous faut attendre avant de striker sur une piste. Ma technique est toute personnelle, je me distords en m'avachissant le plus possible pour viser les quilles. Mon père et Phanpadith ne sont pas plus doués et le premier prix est décerné à celui qui n'en touchera pas une.

La soirée a vite filé, lever tôt le lendemain, c'est déjà l'heure de rentrer. L'achat d'un véhicule n'est prévu que pour janvier, en attendant retour en RER.

Au sortir du bowling, mon regard croise celui d'un homme. Il se retourne tout sourire en dévisageant Cassandra avec insistance. Elle paraît flattée. Mon sang ne fait qu'un tour.

– Tu peux aussi le suivre tant que tu y es !

Cassandra me lance un regard foudroyant avant de stopper net :

– T'AS DIT QUOI ?!

– Tu as vu comment tu l'as regardé aussi ?...

Elle se met à rugir des ordres à son père et son fils. Je comprends qu'elle est résolue à nous planter là. J'ai honte de cet esclandre en pleine rue, devant mon père de surcroît. Elle ne veut pas rentrer, dit qu'elle va passer la nuit à Paris chez Monica. Nous devons repartir sans elle. Il faut lui courir après et toute notre force de persuasion, en français et laotien, pour la faire changer d'avis.

Le retour se fait dans un climat de tension persistante. Cassandra passe la nuit à regarder ses séries thaïlandaises pour effacer l'affront.

Au matin, elle embrasse chaleureusement mon père comme si de rien n'était :

– Lentle bien papa, fais un bon voyage, on t'attend ici poul Noël.

Je raccompagne mon père à la gare avant de filer directement au travail.

La routine reprend. Les samedis soir, je rentre particulièrement tard de mes cours dispensés aux quatre coins de l'Essonne. Il fait froid et un repas chaud m'attend en rentrant, c'est déjà bien même si je me sens un peu seul au milieu des conciliabules qui se font en laotien.

Le retour de mon beau-père au pays est prévu en janvier. Il est resté égal à lui-même tout au long du séjour. Discret, respectueux des autres. J'aurais aimé pouvoir communiquer davantage avec lui pour qu'il m'explique, par exemple, le flou qui entoure la naissance de Cassandra et son accident d'avion. Malheureusement son français se limite aux quelques mots d'usage et je ne progresse guère dans sa langue.

Neung est mieux intégré dans son collège à présent et commence à se faire des amis. Les projets de Cassandra, en revanche, n'évoluent pas comme elle l'aurait souhaité. Mes ressources ne suffisent pas pour financer un nouveau salon à Yerres ou Brunoy. Je propose à Cassandra de consulter un notaire pour mettre mon appartement à nos deux noms. Avant de la connaître, j'avais obtenu à la Caisse d'Épargne un crédit immobilier avec un taux à 5 % sur vingt-cinq ans sans apport personnel de financement. Les mensualités dépassent les 1 000 euros, celles des charges de copropriété frisent les 300 et la taxe foncière et d'habitation cumulées sont approximativement du même montant. Sans compter l'électricité et les autres charges courantes. Les dépenses globales pour le seul appartement se chiffrent déjà à plus de 1 800 euros par mois. Cassandra n'a pas donné suite à ma proposition après le rendez-vous chez le notaire.

Je l'entends quelques jours plus tard très remontée au téléphone, elle parle en français. Elle paraît très affectée en raccrochant.

– Khalil m'a mal pallé. Il a clié sul moi.

– Pourquoi ? Que s'est-il passé ? Je n'ai jamais rien compris à vos projets de toute façon.

– Il veut que je tlavaille poul lui comme manageuse de son hammam à Palis, polte de Clichy.

– C'est n'importe quoi ! Tu lui as dit que nous avions d'autres projets ? Celui d'avoir un enfant par exemple ! Redonne-moi son numéro, je vais m'expliquer avec lui. Allô, Khalil ? C'est Gérald, qu'est-ce qui se passe ? Tu t'es disputé avec Cassandra ?

– J'ai pas le temps de te parler, on se rappelle…

J'essaie de le joindre plusieurs jours d'affilée. En pure perte. Cassandra a cru qu'il faciliterait la vente de son salon. Il n'a réussi qu'à l'illusionner en lui promettant de l'associer à des affaires aussi hypothétiques que douteuses. Bon débarras.

Le crédit que Cassandra a contracté avant notre mariage s'élève à plus de 500 euros par mois, il faut l'amortir. Je me sens un peu responsable de sa démission du restaurant de Franck. L'horaire tardif de la fin du service n'était pourtant pas tenable en habitant à plus d'une heure et demie de là et notre vie de famille en aurait forcément pâti.

Mon cabinet de psy fonctionne à plein régime le soir et les dîners pris en commun se font de plus en plus rares. Bien que séparé du reste de l'appartement, les allers-retours aux toilettes de Neung, Cassandra et consorts ne sont pas du meilleur effet sur mes patients, et la suggestion de se retenir entre deux séances ou faire ses besoins dans un pot en cas d'urgence ne remporte aucun suffrage.

DEUXIÈME PARTIE

1

Les fêtes de fin d'année sont déjà là. Je ne parviens pas à joindre les deux bouts avec les surplus liés aux dépenses du mariage alors que l'achat d'une voiture devient chaque jour plus indispensable. Souscrire un nouveau crédit et augmenter la trésorerie Revolving.

Dans le train, sur le chemin retour du travail, je reçois un SMS. C'est Cassandra.

« Chéli, je enceinte, on va avoil un bébé. »

Mon esprit se fige, mon cœur s'emballe, les larmes coulent. Je relis les mots encore et encore. Le plus beau jour de ma vie et je suis seul dans ce RER bondé avec des gens indifférents que je ne connais pas. Je voudrais partager dans l'instant cette émotion si intense avec ma femme. Je m'empresse de lui répondre :

« Mon amour, c'est merveilleux, je suis le plus heureux des hommes. J'arrive, je cours, je vole !… »

Un enfant, un bébé. Je vais être papa. PAPA !!!

Une heure après, je l'étreins, à bout de souffle.

– Mon amour, mon amour, c'est magnifique ! Tu vois, tu n'y croyais pas… Tu n'as pas mal ? Je peux poser ma main là ? Je t'aime, c'est le plus beau des cadeaux. Neung, tu vas être grand frère. Mon trésor, tu dois te reposer. On va prendre soin de toi. Tu penses que c'est une petite fille ou un garçon ? Comment on va l'appeler ? Mais pourquoi tu n'as pas attendu que j'arrive pour me l'annoncer ?

– J'étais tlop plessée de te le dile tout de suite quand j'ai lu « enceinte » sul le test.

Je ne tiens plus en place.

Je passe la soirée surexcité à fomenter mille projets, à réfléchir aux prénoms. Cassandra préfère une petite fille, Neung et son grand-père resplendissent. J'entraîne Phanpadith dans une danse folle, j'appelle tous mes amis, mon père, ma mère, ma sœur. J'aime le monde entier. La vie ne m'a jamais paru aussi belle.

Le lendemain, nous allons sur les quais de Seine offrir un cadeau à Cassandra et célébrer cette fabuleuse nouvelle. Avoir un nouveau petit chat lui tient à cœur. Nous avons déjà Milane, mais je ne veux pas la décevoir. Elle porte la vie en elle. Elle va faire de moi un autre homme. Un père. C'est si incroyable. Magique. Irréel et magique.

Elle opte pour un chat roux à tête de vieille, le British Shorthair. Une bouille ronde écrasée avec deux grands yeux encroûtés mal réveillés. 1 200 euros, paiement en quatre fois, ça lui fait tant plaisir.

Neung est aux anges en découvrant cette nouvelle boule de poils, il trouve qu'elle a une tête de Japonais et veut l'appeler Naruto. Pourquoi pas ? Ses quatre pattes décident finalement du nom : le chat a marché sur le clavier de l'ordinateur allumé, les lettres « Yuki » sont apparues, il en est ainsi. Nous avons évité « Ywzx », pour lequel tout le savoir phonétique aurait été bien vain.

Premier examen gynécologique quelques jours plus tard. Je reste sur mon nuage.

– Votre enfant n'est pas plus gros qu'un poing mais vous pouvez déjà entendre son cœur battre.

L'instant est plus intense encore car il est partagé cette fois. J'entends les pulsations de notre bébé avec force et régularité. Cassandra sourit aussi. Je ne me lasse pas d'écouter les battements de cœur de notre enfant. Ce n'est encore qu'un fœtus mais je me sens déjà tellement heureux et fier.

En sortant du gynéco, nous dévalisons la première pharmacie en vitamines multiples : Gynefam, Suveal Grossesse, Oligobs, Gestarelle, Vinalac, Omnibionta Prénatal… Notre bébé et sa maman ne seront carencés en rien. Nous achetons aussi un Tomypod, un Doppler de poche pour revivre ce miracle au quotidien. Nous avons huit mois à tenir, je suis tellement pressé de connaître son sexe. Au cinquième mois normalement. Cassandra m'a convaincu que ce serait une fille, nous allons l'appeler Luna. Sa grossesse est à risque pourtant, elle a déjà trente-six ans, trente-sept en fait car une erreur a, semble-t-il, été commise sur sa carte de séjour. Le risque de trisomie 21 est de 1 pour 400, une amniocentèse est préconisée dès le quatrième mois de grossesse. Je ne veux pas y penser. L'amour, le repos et les vitamines leur seront bénéfiques. Notre enfant deviendra le plus beau, le plus merveilleux de tous, je n'en doute pas.

Une semaine après, mon père revient passer les fêtes et partager avec nous le bonheur de cette formidable nouvelle.

– On ne se quitte plus, tu fais pension ici, dis-je alors qu'il descend du train… Je plaisante, je suis content que tu sois là. Tu vas être grand-père, tu te rends compte !

2

Je compose avec les banques. Nous avons ouvert deux comptes communs, à la Caisse d'Épargne et la BNP, pour pouvoir jongler avec les différents montants des découverts autorisés. Neung reçoit une console Wii pour Noël, Cassandra un tout nouvel iPhone, une eau de toilette pour mon père et mon beau-père. Enfin, un pack multisports est destiné à l'ensemble de la famille où boxe, bowling et tennis se pratiquent sur écran interposé. Il y a un ado ici, j'en prends mon parti.

Une vidéo de moi à côté du sapin, prise avec le portable de Cassandra, boxant dans le vide face à l'écran sur la console de Neung, en caleçon, devant le regard médusé de Phanpadith et l'hilarité de mon père le soir de Noël, m'aura définitivement guéri de toute nouvelle tentation.

Le réveillon du 31 est prévu dans le restaurant de Franck avec Kulap, Bapit et Chalong. Pour fêter comme il se doit l'arrivée prochaine de notre futur bébé. Nous ne les avons pas invités au mariage mais ils ne nous en tiennent pas rigueur. L'occasion aussi pour moi de bizuter mon père au durian et pour celui de Cassandra d'abuser du champagne. Franck essaie toujours de refourguer son restaurant mais nous nous révélons de bien mauvais clients.

– Sus à l'envahisseur capitaliste ! hurle mon père peu après minuit, repris en chœur par Phanpadith.

C'est tout juste s'ils ne nous mettent pas dehors. Cassandra a bien bu aussi en dépit de mes suppliques, mais je ne veux pas altérer cette belle harmonie. Pour rentrer, c'est à celui qui portera l'autre sans se ramasser. Je retiens ma femme en essayant de ne pas trébucher tandis que mon père porte à bout de bras son nouveau frère laotien. Neung marche quinze pas derrière de crainte de croiser un copain, voisin de notre résidence.

Je nous revois, mon père et moi, un an plus tôt, en train de déterrer à mains nues un arbuste en pleine nuit dans la forêt voisine. Pas de bol, notre tribut, si petit fut-il et bien que rempoté sur le balcon, ne fit pas long feu. Retour à bon port ce soir-là.

Fin des fêtes, départ de mon père et rappel aux impératifs de rentrée.

Nous passons les premiers jours de janvier à éplucher les sites d'annonces de voitures d'occasion. Plus le choix avec la venue du bébé. Cassandra retient une BMW à 4 000 euros vendue par un concessionnaire de Paris. Il ne faut pas être trop regardant sur le kilométrage ni son année de construction mais l'allure d'ensemble est plaisante à voir. Reste à vérifier sur place et obtenir son financement. Pas le moindre contrôle des crédits déjà souscrits, l'octroi de ce montant n'est qu'une formalité pour ma banque.

Daumesnil, le garage en question est tenu par un couple aussi chaleureux que commercial.

– Vous êtes enceinte ? Mes félicitations. Comme c'est merveilleux… Ma femme a utilisé cette voiture durant quelques mois, elle est fiable et très solide, vous verrez.

Qui ?… Sa femme ? Pas sûr que le propriétaire du véhicule laissé en dépôt-vente approuve.

Un employé nous détaille la carrosserie, je n'y connais rien mais j'opine du chef. À trente-cinq ans c'est ma toute première auto, on ne va pas s'en vanter non plus. La couleur bleu azur du véhicule achève de nous convaincre.

– C'est d'accord, on la prend.

– On peut s'occuper de la plaque d'immatriculation et de la carte grise si vous voulez, mais il vous faudra patienter quelques heures supplémentaires.

Nous sortons prendre un café. Fini la corvée du transport des courses à pied, adieu bus et stress des trains en retard. Je rêve de week-ends à la mer en famille. En attendant, il nous faut retourner à Yerres et c'est pas gagné. Je ne connais que la C1 de mon auto-école et n'ai plus posé la main sur un volant depuis plus de trois mois.

Pas le temps de cogiter : coup de fil du garage.

– Elle est prête, les papiers vous attendent.

Je signe le chèque avec une commission pour le changement de plaque et j'entame une prière en m'installant côté conducteur. Cassandra ne doit pas mesurer mon état de panique. Je n'ai que quelques dizaines d'heures de conduite au compteur et ne me suis jamais confronté seul au périphérique parisien. Sans compter les motos et scooters qui déboîtent, les piétons qui traversent n'importe où en ville ni les klaxons intempestifs. Je n'ai pas osé coller le « A » réglementaire à l'arrière pour tout nouveau conducteur devant le concessionnaire. Déjà en infraction. Nous avons souscrit en ligne et imprimé dans la matinée la vignette verte. J'ai opté pour une assurance tous risques, au cas où… 183 euros mensuels. Obtenir tard son permis et conduire une grosse cylindrée n'est pas recommandé. Je commence à regretter une petite Citroën lambda.

Gauche : pédale d'embrayage, milieu : frein – il ne faut pas que je l'oublie celle-là – et à droite l'accélérateur – tout doux sur celui-ci… Contact clé OK, le clignotant est à gauche, à ne pas confondre avec les essuie-glaces. Pas besoin de phares à cette heure, c'est déjà ça de gagné.

Premier calage. Écrase bien l'embrayage avant de passer la première. J'essaie de me remémorer en accéléré les conseils du moniteur et mesure à présent toute sa patience. Cassandra fait office de copilote. Elle n'a pas le permis mais nous a imprimé la feuille de route.

Pas de voiture en vue, je quitte la place de parking en espérant n'avoir pas à ramener la BM en triste état à notre couple garagiste.

Premier feu rouge. Deuxième calage. Je vois le visage de Cassandra s'assombrir à chaque nouvel impair.

– Toulne à dloite.

– Trop tard, dis-le-moi avant : comment veux-tu que je devine ?…

Nous devons rejoindre la porte de Bercy. Je décide de prendre les choses en main, je connais Paris comme ma poche en tant que piéton. Cassandra ne me parle plus.

– Mon cœur, ne me laisse pas tomber sur ce coup-là, j'ai besoin de toi. Tu te rends pas compte !

Pas de réponse.

Seconde première, première seconde, pas besoin de passer la troisième en plein Paris. Châtelet, bords de Seine.

– Chérie, parle-moi.

– Je n'ai jamais vu quelqu'un conduile comme toi !

– Putain mais tu le savais, je viens seulement d'avoir le permis !

– J'aulais dû demander à Dao de nous leconduile jusqu'à Yelles.

J'essaie de rester concentré. Porte de Bercy. Alléluia.

– Et maintenant, je vais où ? Dis-le-moi à l'avance parce qu'après je pourrai plus tourner…

– Dilection Malne-la-Vallée.

– OK, je vois le panneau… c'est là.

Premier tronçon d'autoroute, les voitures filent à toute allure, les klaxons fusent, focus, reste à droite, j'en tremble presque. On n'a pas idée de donner son permis au premier venu.

Je garde en tête la leçon apprise au sujet de l'angle mort et pivote la tête à gauche pour être sûr de mon fait. Écart de conduite.

– Chérie, j'y arrive pas sur l'autoroute, c'est trop flippant, je vais sortir, cherche avec moi la nationale, s'il te plaît.

Mon taux d'adrénaline est au maximum. On finit par rejoindre la N6, je l'ai inaugurée avec mon père un an plus tôt lors des travaux d'installation dans mon appartement. Nous avons emprunté la voiture d'une amie mais une journée entière ne nous a pas suffit pour se repérer sans GPS. Nadia a fini par nous rejoindre à mi-chemin pour récupérer sa Yaris, comprenant à qui elle avait affaire. Ou craignant le pire pour sa voiture. Mon père s'est fait flasher à 57 km/h du côté de Villeneuve en plus, il a dû essuyer le coup. Il n'a plus de voiture. À quoi peuvent bien lui servir ses douze points de toute manière ? Il projette de les vendre. No comment. Quatre-vingt-dix euros la prune à ma charge, en attendant. Au moins je ne vais pas me faire reflasher, à la vitesse où nous allons aujourd'hui. Je suis scrupuleusement la voie de chemin de fer : Maisons-Alfort-Alfortville, Créteil-Pompadour, Villeneuve-Saint-Georges… toujours tout droit. Cassandra ne dit plus un mot.

– Mon amour, tu demanderas à quelqu'un qui s'y connaît, tu verras, c'est pas évident de conduire une nouvelle voiture lorsqu'on vient d'avoir son permis.

Aucune compassion sur ce coup-là.

Je finis par reconnaître la pyramide de Brunoy, je tourne à gauche et les klaxons résonnent de plus belle. Il y a une voie d'insertion à emprunter sur la droite. Je le saurai maintenant. Nous passons devant mon auto-école, je baisse la tête, à tout hasard.

Rond-point Wittlich : priorité aux engagés sur la voie sauf s'il y a un feu rouge. Des voitures démarrent en face. Je freine brusquement. Nouveau calage. Énième rappel à l'ordre. Je tourne à gauche. Il me faut accélérer plus fortement dans la montée mais nous sommes arrivés. En un seul morceau. Après avoir quitté Paris deux heures et demie plus tôt. Cassandra refait surface.

– Tu t'entlaînes un an tout seul avant que je lemonte dans cette voitule…

On se gare sur ma place de parking. J'en ai deux en fait, comprises dans le lot d'achat avec l'appartement. Je savais bien qu'elles me serviraient un jour. Et pas de créneau à faire. Vais-je imiter les abrutis qui retournent les essuie-glaces quand un visiteur a le malheur de se garer à leur place ? Je n'en suis pas là. Il me faudra quand même maîtriser cette machine. Tenir le volant m'a plu en fait, en dépit des conditions. Pas l'ombre d'une autoroute pour aller bosser sur Athis, juste la bonne vieille nationale. Je vais retenter l'expérience très vite. A quoi bon tout ça, autrement ? Je n'ai pas d'alternative de toute manière avec l'arrivée du bébé, les visites chez le médecin, la clinique en cas d'urgence… j'en oublie très certainement.

3

La voiture a manifestement un problème dans les montées, il faut appuyer à fond sur l'accélérateur. J'en parle à mon oncle qui pense que ça doit venir de l'embrayage. Je rappelle le garage.

– Monsieur Weinstein, c'est M. Taubenhaus, je vous appelle au sujet de la BM bleue, elle ne monte pas les côtes.

Le ton monte, je brandis la menace du droit de rétractation et évoque la clause des vices cachés.

– L'un de mes employés va venir examiner le problème. Demain 9 heures, ça vous ira ? Redonnez-moi votre adresse.

Bien vu tonton, ça venait bien de l'embrayage. Le patron du garage se justifie en s'appuyant sur le contrôle technique et le carnet d'entretien du véhicule. Nettement moins sympathique quand il s'agit de rembourser.

– Vous auriez dû me dire que vous veniez d'avoir le permis aussi…

– Et ça aurait changé quoi ? Elle aurait mieux fonctionné ?!

Nous tombons d'accord sur une prise en charge de la moitié des frais pour le changement d'embrayage. Je viens de me faire avoir, mais aucune envie de me lancer dans une nouvelle galère.

Cassandra me laisse gérer le problème.

Un dépanneur emporte la voiture. Une semaine après, elle est fin prête.

Je la récupère accompagné de mon oncle, le frère cadet de ma mère. Il s'est proposé de me la reconduire jusqu'à Yerres en raison de la neige et de mon inexpérience… Un vrai Monsieur Bricolage, tonton Luc. Il m'a déjà dépanné une fois ou deux pour un problème de machine à laver. Il est père de deux enfants, deux fils qu'il a assumés seul, ou presque, après son divorce. Il a plutôt assuré. Ma grand-mère l'a beaucoup aidé aussi, trop contente de profiter de la présence de ses petits-enfants. Elle a mérité sa retraite après une vie de labeur, seule, sans son mari défunt et sept enfants à charge. Ma mère est la troisième de la fratrie. On privilégie toujours les garçons dans la mentalité espagnole.

Le mécanicien a fait son job, mais j'en suis quand même de 400 euros de ma poche. Elle a intérêt à bien rouler.

Je me fais la main les jours suivants, Cassandra n'a pas tenu sa promesse de ne plus remonter dans notre belle BM, nécessité oblige. J'omets seulement de lui narrer un ou deux incidents sans conséquences, comme une marche arrière ratée à mon travail où j'ai embouti un véhicule en stationnement. Une femme du voisinage, zélée, ne m'a pas raté :

– Je vous ai vu, et j'ai noté votre numéro de plaque !

– Bah allez-y, z'avez pas vu le « A » à l'arrière, je fais ce que je peux ! Et puis vous voyez une trace quelque part, vous ?…

Que ça à foutre d'ennuyer les honnêtes gens ! Il faut bien que je m'exerce. Heureusement, je ne me rends à Athis-Mons que deux fois par semaine et il n'y a aucune suite.

Le samedi suivant, nouvel essai. On n'a pas idée de bâtir une ville sur un plateau. Je manque de pratique avec le démarrage en côte. Gros embouteillage. Je fais patiner l'embrayage. Les secondes paraissent des minutes et ce foutu feu rouge ne change pas de couleur. Mon pied se crispe, je transpire à grosses gouttes. Les premières voitures redémarrent enfin, mais la pente est trop raide et le poids de la berline m'entraîne inexorablement vers l'arrière jusqu'au pare-chocs avant de la voiture suivante. J'appuie comme un dératé sur l'accélérateur, la voiture finit par remonter, je crois ne jamais m'en sortir. Je parviens en haut du plateau, l'autre véhicule s'arrête à ma hauteur. Une femme me fait signe de me garer un peu plus loin. Je la suis, résigné.

– Je suis désolé, embrayé-je, je viens de l'acheter, elle a un problème avec le frein à main, je l'ai pourtant fait réparer…

– Oui les BM sont très lourdes, j'en avais une aussi, on va devoir faire un constat. Vous avez un formulaire ?

– Euh, non…

– Je pense en avoir un dans ma boîte à gants.

La femme doit avoir mon âge, brune, un peu ronde et pas antipathique. Je remplis méthodiquement mon tout premier constat. Je m'applique à dessiner un schéma de l'accident. Nous nous quittons en bons termes. Une personne civilisée. J'arrive en retard au travail. Dans la soirée, j'adresse le formulaire à mon assureur.

Quelques jours plus tard, je reçois un courrier explicite : « accident non responsable », le conducteur qui suit doit être maître de son véhicule… Ont-ils saisi que nous étions en côte ? Je m'attends à tout moment à recevoir un coup de fil outré de ma bienfaitrice pour me demander de combler son malus. Il ne fait pas bon être honnête de nos jours. On ne l'y reprendra plus.

Une contrariété du même type a lieu trois semaines plus tard, avec Cassandra. Nous devons nous rendre à Saint-Leu-la-Forêt pour une cérémonie dans un temple laotien à laquelle elle tient tout particulièrement. Il est question de porter chance à notre bébé, notre union, et au père de Cassandra aussi qui s'apprête à retourner chez lui, au Laos, la semaine suivante. Un moine doit nous bénir lors d'un rite qui consiste à répéter des prières, en langue indienne, et imiter ses gestes.

Ce lieu de culte est modeste, pourtant je suis frappé par l'exposition de hauts monticules pyramidaux en dollars et en euros. Une tradition, m'apprend-on. Je comprends que ces cérémonies sont monnayées, mais ne souhaite pas contrarier Cassandra dans son état, encore moins m'opposer à ses croyances. Une religion, le bouddhisme ? Ces moines ne subsistent que grâce aux dons des fidèles. Au regard de leurs silhouettes à l'embonpoint généreux, ils ne doivent manquer de rien. La dévotion que Cassandra témoigne envers ces bonzes pose question. Comment doit-on manifester son respect ? En dépit de mes efforts, le prêtre bouddhiste comprend très vite à qui il a affaire. En gage de bienvenue, il me gratifie d'un jet d'eau qui fuse droit dans mon œil gauche, lequel s'irrite et pique fortement tout le reste de la journée. J'aurais juré voir un air narquois au milieu de sa prière.

Deux heures durant je débite des paroles que Cassandra ne comprend pas davantage que moi. Le ponte y entend-il seulement quelque chose ? Il ne parle pas le français pour me dédire en tout cas.

Ses prières n'effacent pas une certaine rayure faite le matin en me garant à Yerres. Nous sommes en retard et il ne faut pas faire attendre Monsieur Bonze. Je ne me sens pas encore prêt pour conduire en dehors de mes itinéraires habituels. Ce parking est à étages et son stationnement en pente. La manœuvre est ratée. Ma tentative de marche arrière ne fait qu'accentuer l'éraflure causée à la portière voisine bordeaux d'une Citroën Picasso flambant neuve. Je ne trouve pas le temps de laisser mes coordonnées sur son pare-brise.

Il fait nuit à présent, j'ai passé ma journée à penser à cet écart de conduite.

Je propose à Cassandra de faire quelques courses tandis que je m'enquiers de l'incident. Le parking est presque vide à cette heure. Presque. Un couple et leurs enfants sont postés devant ma voiture, à côté de la leur, manifestement une Picasso bordeaux redécorée d'un long trait bleu azur. Ils semblent très remontés, attendant de pied ferme l'auteur du méfait.

Je poursuis ma route, sachant que je ne tarderai pas à recevoir de leurs nouvelles. Ils ont mon numéro de plaque, et celui de mon assurance sur la vignette.

Retour à pied à la résidence donc, tête basse. Cassandra vient aux nouvelles. Je lui explique la situation pour ne retourner là-bas que quelques heures plus tard, après le réconfort du dîner.

Les lieux sont déserts à présent. Ma voiture roule toujours. La maxime de mon père me revient en boucle : « Sus à la propriété ! »

4

Le papa de Cassandra repart fin janvier. La confiance de Cassandra en ma conduite demeurant toute relative, elle insiste pour réserver un taxi. L'horaire matinal du vol à Roissy ne permet pas à Neung de nous accompagner. Il serre fort son grand-père avant de se rendre au collège.

Phanpadith est économe en paroles, même lorsqu'il s'exprime en laotien, pourtant nos yeux à tous deux embués ne laissent pas de doute sur notre attachement réciproque. Nous espérons nous revoir prochainement avec le bébé, au Laos, ou ici à nouveau. Tout dépendra de ma capacité à nous faire émerger la tête de l'eau.

Les frais du ménage sont exponentiels et la spirale des crédits, inexorable : obligés de souscrire un nouveau pour en rembourser le précédent. Nous sortons peu pour retrouver l'équilibre des finances. Seuls les repas demeurent opulents. Il ne manque de rien dans cette cuisine et tant pis s'il faut se procurer chez Tang Frères des œufs de cent ans, de la viande séchée, ou même du poisson pourri, dont on ne peut visiblement se passer.

Cassandra devient casanière, son ventre s'arrondit tandis qu'elle prend un plaisir non feint à faire mijoter de nouveaux plats. Je me suis habitué au riz gluant et aux soupes épicées, elle étoffe maintenant son savoir culinaire aux tacos et autres enchiladas mexicains. Elle s'est commandé une plaque « spéciale plancha » et nous prépare toutes sortes de viandes, calamars et crevettes, pimentés de sauces asiatiques. La taille de mon estomac suit difficilement. Je saute le déjeuner du midi lorsque je suis au travail pour ne pas la vexer le soir et faire honneur à ses recettes. Je suis heureux de savoir notre bébé en parfaite santé. Je ne me lasse pas de le sentir bouger.

Neung s'interroge au sujet de son rôle de grand frère en devenir. Il tchate tous les soirs avec ses amis virtuels lorsqu'il rentre de l'école. Il m'est impossible d'apprendre ses leçons à sa place. Il a beaucoup de mal. Ses deux années de retard se ressentent dans ses notes. Il préfère dessiner ou regarder des mangas plutôt que de combler ses lacunes. Difficile d'être sur tous les fronts. Les cinq villes pour lesquelles je travaille maintenant exigent des diagnostics et des bilans réguliers et détaillés quant aux progrès de mes élèves. Leur rédaction me prend un temps fou. C'est loin d'être l'aspect du travail qui me plaît le plus, je préfère le contact direct avec les élèves et l'interaction qui en découle. L'évolution de leur niveau, tant à l'oral qu'à l'écrit, n'est visiblement pas suffisant aux yeux des décideurs et le financement annuel de ces actions dépend en grande partie de ces fameux rapports. Je garde quant à moi l'esprit focalisé sur l'échographie à venir, celle du 3e mois. Nous pourrons enfin voir notre enfant, fût-ce par écran interposé.

La gynécologue est une femme avenante d'une cinquantaine d'années. Nous avons délaissé le centre Miromesnil pour éviter les longs trajets vers Paris.

Cassandra se dévêt, j'ai la permission de rester. On applique un gel sur le ventre et l'image apparaît. Instant de contemplation. On peut reconnaître la tête, le ventre, les jambes, les bras… Je serre la main de Cassandra. On peut presque le toucher. Il est là, juste devant nos yeux.

– Son pied est coupé, c'est normal, docteur ?

– Rassurez-vous, tout est normal.

– Legalde chéli, notle petite fille nous dit coucou !

– Pour déterminer le sexe, c'est encore trop tôt, mais je peux déjà vous donner une idée de la date prévisionnelle de l'accouchement : ce sera entre le 9 et le 17 septembre.

– Et pour l'amniocentèse, docteur ? Il paraît qu'il y a des risques…

– Les accidents sont extrêmement rares et il est préférable d'en faire une vu l'âge de votre épouse.

– Mais regardez-la, elle a l'air d'avoir vingt ans. Notre enfant tiendra d'elle.

Cassandra comme la gynécologue sourient de concert. Elle s'exprime peu devant les médecins, gênée sans doute par son accent ou son niveau de français. Que dois-je dire de mon absence de progrès dans sa langue ?

– Je voulais aussi vous demander, docteur, je ne sais pas si c'est le moment… j'ai peur de faire mal au bébé pendant l'acte…

– Ne vous inquiétez pas, votre enfant est dans une poche protectrice, le placenta, il n'y a aucun risque pour lui. La nature est bien faite, vous savez !

Nous reparlons de l'amniocentèse en sortant. Nous devons mettre toutes les chances de notre côté, rendez-vous est pris pour le mois suivant. Nous pourrons alors connaître le sexe de notre enfant. Un mal pour un bien. Je ne comprends pas les parents qui ne veulent rien savoir avant l'accouchement. Je n'ai pas leur patience. Et le plaisir de préparer la chambre du bébé, le choix des couleurs, les achats de ses futurs vêtements ?

Nous souhaitons redécorer l'appartement de fond en comble avant l'arrivée de notre enfant. Dans un mois nous serons fixés. J'ai prévu de partir à la mer ensuite. Passer une semaine à Montpellier chez mon père pour nous détendre et profiter du soleil. Nos toutes premières vacances en famille tous les trois, tous les quatre en fait.

5

Nous redoutons ce 29 mars, jour du rendez-vous à la clinique de l'Essonne pour l'amniocentèse. La gynécologue a prescrit un patch anesthésiant à apposer sur le ventre une heure avant l'intervention.

Je conduis lentement pour ne pas crisper Cassandra et coupe le son du GPS TomTom qui a le don de l'horripiler. Je me gare finalement sans difficulté, mes progrès sont patents. Il faut encore patienter dans une immense salle d'attente.

– Madame Taubenhaus ?

Je ne peux l'accompagner et ne cesse de penser à cette aiguille qui va les transpercer. J'essaie de me focaliser sur un magazine dont je relis les premières lignes en boucle. Elle ressort un quart d'heure plus tard, la mine déconfite.

– On va avoil un galçon…

– Mais c'est formidable, mon amour !

– J'ai déjà un galçon, je voulais une petite fille.

– … Dis-moi plutôt comment ça s'est passé… ça ne t'a pas fait mal ?

– Si, tlès, sultout quand le docteul a letilé l'aiguille. On doit attendle encole deux heures ici…

Je me renseigne à l'accueil.

– Oui, il faut patienter pour vérifier que l'examen n'a pas déclenché de contractions utérines ou perturbé le bébé…

On lui a demandé de boire beaucoup d'eau avant de venir pour assurer une netteté à l'échographie. Je l'accompagne aux toilettes. J'ai rarement vu Cassandra aussi fatiguée. Je digère les informations. Je vais être papa d'un petit garçon. Je ne partage pas sa déception. Ce ne sera donc pas Luna. Je suis heureux de savoir enfin. Mille nouveaux prénoms fourmillent déjà dans ma tête.

Une heure plus tard, nous quittons la clinique : résultats dans quinze jours et repos total d'ici là.

Cassandra supporte difficilement de rester alitée à ne rien faire. Neung et moi prenons soin d'elle. Il prépare les repas tandis que je m'applique à rincer soigneusement fruits et légumes. J'achète moins de viande rouge pour éviter tout risque de toxoplasmose. Adieu steaks tartares qu'elle aime tant. J'ai mis le bac de litière au balcon et m'occupe quotidiennement de l'hygiène des chats. Les quinze jours passent péniblement et les séries thaïlandaises en continu le soir commencent à me taper sérieusement sur le système. Je préfère ne rien dire pour ne pas la stresser davantage.

Coup de fil providentiel de la gynéco :

– Monsieur Taubenhaus ? J'ai de bonnes nouvelles, les résultats sont négatifs, votre fils se porte comme un charme.

– Merci docteur, je vous aime !

À nous mer, coquillages et crustacés. Je n'ai pris qu'une semaine et nous avons décidé de rouler de nuit pour gagner une journée de plage. La rentrée de Neung a lieu le 26 avril. Nous partons donc dès le 17 au soir, juste après le dîner. J'ai travaillé toute la journée.

De ma vie, je n'avais vu voiture aussi remplie. Cassandra a dévalisé Tang Frères par crainte de ne pas trouver de nourriture asiatique à Montpellier… Il y en a jusque sous ses pieds, côté passager. Elle est enceinte, le bébé va bien, c'est là l'essentiel.

Je me découvre une vraie passion pour la conduite de nuit. Neung et Cassandra ont promis de me faire la conversation pour me tenir éveillé mais ils ne tardent pas à rejoindre Morphée. Je me contente donc de Franceinfo avant d'opter pour Fip, las des news en continu, des témoignages et faits divers à tout bout de champ. Je préfère m'abandonner au grain de voix envoûtant d'Amy Winehouse dont on diffuse justement l'intégrale cette nuit-là. Je veille à ne pas trop appuyer sur la pédale. L'aiguille du compteur dépasse vite les 160 et les points attribués à un nouveau conducteur se cantonnent au nombre de six la première année. Prudence et ralentissement donc.

La ligne droite de l'autoroute me convient parfaitement, le trajet se fait sans encombre, quelques camionneurs mis à part, qui se sont amusés à occuper les deux voies sur une quinzaine de kilomètres.

À 5 heures nous accostons sur la plage de Palavas-les-Flots pour contempler le lever du soleil. Je réveille définitivement l'équipée à l'ouverture de la première brasserie pour un petit déjeuner des plus copieux. Nous patientons une heure supplémentaire avant d'appeler mon père. Il ne nous attend que pour 9 heures. Nous parcourons le centre-ville de Montpellier avant de réaliser qu'aucune voiture n'y circule à l'exception des camions de livraison. Je quitte les lieux fissa pour me garer comme je peux. Les créneaux demeurent un point à travailler.

Mon père commence par râler devant la quantité de bagages à transbahuter jusque chez lui. Cinq allers-retours sont nécessaires pour en venir à bout.

– Il y a tout ce qu'il faut ici, c'est n'importe quoi !

Ne jamais contrarier une femme enceinte, il n'a donc pas appris ça avec ma mère…

Mon père sous-loue l'une des deux chambres de son appartement pour arrondir ses fins de mois. Il s'est arrangé avec sa colocataire, la chambre sera à nous le temps de notre séjour. Parfait. Je ne suis plus très frais après la nuit passée au volant.

Avant de goûter la température de la mer, un petit somme tombe donc à point nommé.

À mon réveil mon père prépare le repas. Neung et sa maman sont sortis se promener. La bonne odeur de cuisine doit les attirer, ils reviennent déjà.

– Alors, vous avez trouvé la place de la Comédie ? dis-je avec un grand sourire.

– Non, on a fait des coulses et on a acheté des bougies palfumées poul papa.

– Euh… merci.

Elle en est addict et j'ai peine à la convaincre que ça n'est pas recommandé pour le bébé.

– Tu nous accompagnes à la plage tout à l'heure, papa ?

– D'accord, mais on va à Carnon. Y a trop de monde à Palavas.

Mon père ne cesse de me faire des réflexions sur ma façon de conduire tout au long des 15 km qui nous séparent de la plage.

– Tu es trop brusque dans les virages.

– Ah, tu vois chéli… Je n'allête pas de lui dile !

Je m'abandonne à un nouveau roupillon sur le sable chaud consolateur lorsque Cassandra m'en extirpe.

– Chéli, la femme là dit que j'ai pas le dloit de plendle des clabes.

– On ne lui a pas demandé l'heure ! T'inquiète mon cœur, t'occupe pas d'elle, je reste avec toi. Mon père est passé où ?

– Il est palti boile un café.

Clopes et caféine sont ses carburants depuis toujours.

Ma femme est experte ès crabes et cette plage en regorge. Je n'en ai jamais vu en si grand nombre et sa technique à deux doigts pour les attraper est infaillible. En un quart d'heure, le seau est plein, mais elle en veut toujours plus. Je retourne à la voiture, un sac plastique doit bien traîner dans ce souk.

Lorsque je reviens, Cassandra a la mine défaite tandis que mon père drague les fonds marins.

– Chéli, j'ai peldu mes lunettes de soleil et l'appaleil photo est tombé dans la mel !

Plus de trace des lunettes dans l'eau trouble du ressac. Je les lui ai offertes aux frais de ma mutuelle. Un opticien conciliant de Montparnasse les fait passer pour des lunettes de vue avec la complicité d'un ophtalmo qui facture 40 euros une consultation fictive, remboursée par la sécu. Au final, la paire de Ray-Ban nous revient quasiment à l'œil ; j'amortis les frais comme je peux.

L'appareil photo numérique est bel et bien foutu, au moins va-t-elle nous épargner l'avalanche de clichés qu'elle publie systématiquement sur son site de partage en ligne.

Je pique une dernière tête avant de rentrer, ma sieste en plein cagnard n'a pas été très salutaire. En sortant, je grelotte, pressé de retrouver l'appartement de mon père. Il a préféré ne pas se baigner pour épargner sa peau de vieux rouquin fragile.

Je démarre sans prendre la peine de remettre mes baskets pour conduire. Le bruissement des crabes dans le sac à mes pieds me déconcentre et mes tongs se coincent dans les pédales. Je les retire discrètement en évitant de solliciter mon père.

Se garer à Montpellier se révèle pire qu'à Paris et payer l'horodateur à la journée revient à se couper un bras. Mon père connaît une cour d'immeuble où garer la voiture sans risques. L'accès est étroit, je n'en ai pas été avisé. Grand boum. L'enjoliveur en plastique de mon phare gauche y reste.

Je descends constater les dégâts ; il éclaire toujours, j'aviserai à mon retour.

Cassandra a trouvé un allié de poids pour critiquer ma conduite, je n'ai jamais prétendu être Schumi non plus. Neung est plongé dans sa tablette et fait mine de ne pas être concerné.

Nous faisons ensuite la connaissance d'Élise, la colocataire de mon père, une brune à lunettes d'une quarantaine d'années qui nous attend dans l'appartement. Elle reste dîner avec nous.

Les crabes sont petits et Cassandra les fait frire dans l'huile pour les servir en amuse-gueules, dans leur carcasse, comme des chips. Élise est végétarienne et fait de grands yeux ronds.

– C'est plein de vitamines, c'est tlès bon poul le bébé !

Neung se régale aussi. Les goûts et les couleurs…

Élise et mon père s'éclipsent après le dîner. Neung, qui dort sur le sofa du salon, vient bientôt s'enquérir des gémissements provenant de la pièce voisine. Je comprends mieux pourquoi Élise nous a si facilement cédé son lit.

Réveil en sursaut au milieu de la nuit. Je reconnais la silhouette de notre colocataire dans la pénombre.

– Faites comme si je n'étais pas là. J'ai juste oublié un truc dans ma commode, dit-elle avant de disparaître.

– Chéliiiiiiiiiiiii !

– Oui, bon, j'en parlerai à mon père…

Il élude la question le lendemain ; je n'insiste pas. Les stigmates de ses folles années.

Notre choix est fait : notre fils s'appellera Esteban. Nous avons épluché tous les prénoms possibles et imaginables : Sébastian, Thomas, Nathan… Le deuxième prénom sera laotien. Jackavan, qui signifie « galaxie » : Esteban Jackavan Taubenhaus. Tu iras loin mon fils.

Nous invitons mon père à déjeuner le lendemain dans un restaurant réputé de fruits de mer à Bouzigues pour y déguster des moules crues. Je me surprends à apprécier les huîtres, si fraîches et savoureuses ici. Aucun risque d'allergie.

Nous passons les jours suivants à visiter Montpellier.

Je leur fais découvrir le Corum, Antigone, le quartier moderne de la ville, mais Neung s'ennuie. Je sais qu'un aquarium géant a ouvert depuis peu, nous prenons donc un tramway le lendemain jusqu'à l'Odysseum et le Mare Nostrum.

Les requins font grand effet, les manchots sont attendrissants à souhait et la peluche dauphin achetée à la sortie de la visite ravit tout l'équipage.

Il doit être midi et je propose de retourner déjeuner chez mon père. On me lance des yeux noirs en retour. Ils souhaitent déjeuner à l'Hippopotamus d'à côté. Les dépenses vont bon train et il nous faudra encore payer l'essence pour le trajet retour, ma paie ne tombera pas avant la fin du mois.

– J'ai ton bébé dans le ventle et il a besoin de manger !

– OK, OK, je vous explique juste, c'est tout.

Je pensais que les humeurs des femmes enceintes étaient un poncif largement exagéré, je me trompais. Elle prend Neung précipitamment par la main pour me planter là.

– Je vais déjeuner avec mon fils. Toi vas chez ton pèle ! lance-t-elle avant de s'engouffrer dans le premier tramway.

Je panique, l'appelle sur son portable. Elle ne décroche pas. Je me refais le fil de la journée, de la semaine… où ai-je fauté ? Un sentiment entièrement nouveau m'anime : elle porte une part de moi en elle, je ne suis plus rien sans eux.

Je retourne place de la Comédie, espérant les trouver au McDo. Rien. Elle est capable de rentrer à Paris en m'abandonnant sur place. Les conditions du séjour chez mon père ne doivent pas lui plaire… Je m'échine pour faire face aux dettes et nous assurer un bel avenir à tous. J'en tremble presque. Aucune trace d'eux chez le paternel. Je ne m'étends pas. Pas envie de le voir tirer sur l'ambulance. Je laisse un énième message à Cassandra. Je me sens épuisé.

Réapparition en fin d'après-midi comme si de rien n'était. Elle ne souhaite pas revenir sur la question.

Nous partons dans la nuit du vendredi au samedi pour avoir un jour de relaxe avant la rentrée. Bagages retour dans la BM. So long, daddy.

6

Cassandra est fatiguée et passe ses journées au lit. Elle ne prend plus la peine de se maquiller et je la retrouve le soir comme je l'ai laissée le matin. Elle s'adonne depuis peu aux parties de Sudoku en ligne, Tetris et autre Candy Crush Saga et ne prend même plus la peine de lever la tête lorsque je rentre du travail ; je préfère me concentrer sur les préparatifs pour l'arrivée du bébé. Le ventre de plus en plus arrondi de sa maman lui donne corps. Il ne manquera de rien.

J'accompagne Cassandra à tous les rendez-vous gynécologiques et tiens à assister aux cours collectifs de préparation à l'accouchement, prévus dès le sixième mois de grossesse. Ils ont lieu à l'hôpital privé Claude-Galien de Quincy, à quelques kilomètres de chez nous. Sept séances sont prévues.

L'absence des futurs pères me surprend. De mon côté, j'ai la chance de pouvoir m'organiser et ne raterais pour rien au monde un événement concernant notre enfant. Je me suis acheté un carnet pour y noter tous les conseils de la sage-femme. Mme Firmin, qui est de la vieille école, n'est visiblement pas là pour rigoler avec nous. Schémas à l'appui, elle détaille chaque étape de la grossesse deux mois durant. Tout est passé au crible : les maux de dos, les nuits difficiles, les flatulences et diverses réjouissances, les motifs nécessitant une consultation, le travail pour déclencher l'accouchement, la péridurale et la césarienne… Par deux fois la sage-femme me prie de sortir pour que ces dames se sentent plus à l'aise de mimer l'accouchement.

– Mais vous vous êtes déshabillées ?

– Non, on a juste fait les gestes et la lespilation.

7

Au septième mois de grossesse l'ambiance change du tout au tout. Cassandra ne supporte plus l'inactivité et se met subitement à me reparler de son salon de beauté.

– J'ai leçu une lettle de Palis Habitat qui me demande de payer les loyers en letald du salon, je peux plus lester comme ça ici, on va avoil tlop de ploblèmes, il faut que j'allive à le vendle.

Son salon dépend de l'Opac et, en tant que gérante, elle en est responsable. Je l'ai accompagnée une fois, avenue Lafenestre, dans le 14e arrondissement de Paris ; elle a alors réglé le montant d'un trimestre par chèque. Plus de 4 000 euros. J'ignore encore que l'argent qu'elle sort provient d'un prêt qu'elle a souscrit pour honorer cette dette. Nous le remboursons maintenant. Elle ne paie plus les loyers du salon depuis près d'un an et le service juridique a été saisi. Son ex, quoique cogérant, refuse d'assumer sa part. Nous avons consulté une avocate spécialiste en droit des affaires.

– C'est une dette professionnelle, ils ne peuvent rien saisir chez vous. Si vous le vendez pour un euro symbolique, ce sera au futur gérant du bail de solder le passif. Ça ne sera plus votre problème.

Mais Cassandra tient bec et ongles à réaliser une plus-value et refuse de déposer le bilan. C'est une affaire personnelle sur laquelle je n'ai pas droit de regard, ne pouvant l'aider à la régler matériellement. Je tente donc de la rassurer comme je le peux, souhaitant éviter tout stress au bébé et à sa maman.

– Tu veux qu'on reprenne rendez-vous avec l'avocate ?

– Non, seulement quand j'aulai tlouvé un acheteul.

Cassandra passe maintenant ses journées au téléphone, dimanche inclus, parlant dans sa langue avec le ton décidé d'une femme d'affaires.

Un jour, je reçois un SMS au travail.

« Chéli, je tlop contente, j'ai tlouvé quelqu'un qui achète mon salon, ce fini nos ploblèmes ! »

J'en apprends davantage en rentrant. Nous devons nous rendre à Paris le lendemain pour faire visiter son salon. Nous irons en voiture ; il n'est pas question qu'elle se fatigue dans son état.

Nous partons tôt le matin afin de rendre le local présentable. Nous faisons le ménage avant d'opérer un tri sommaire ; notre cave de Yerres déborde d'objets inutiles et encombrants.

Nous avons rendez-vous avec deux femmes asiatiques. La première, une Thaïlandaise, chevelure courte, allure élégante, doit avoir une soixantaine d'années. La seconde est plus jeune, une Vietnamienne qui gère déjà deux salons sur Paris, m'a expliqué Cassandra, admirative.

Elles inspectent scrupuleusement les lieux, le sous-sol, les tables de massage, jusqu'à l'étage et son appartement. Les discussions vont bon train et je ne comprends pas un traître mot. J'essaie de jauger l'atmosphère en fonction de leurs gestes et attitudes. Cassandra doit sans doute parler du stock de produits de beauté. La table manucure me rappelle le jour où je lui ai servi de cobaye pour la pose de faux ongles.

– Chéli, c'est pas bon poul tes patients que tu te longes les ongles, laisse-moi faile, tu vellas comme tu selas content aplès…

Elle m'avait étalé une sorte de cire-gel qui mit un temps infini à sécher sous une lampe à UV exposée à la vitrine du magasin. J'avais l'air fin. Le résultat fut spectaculaire mais malheur à moi si je me fourrais les doigts dans la bouche : le goût et l'impression étaient horribles ! Au bout de deux semaines, la texture commença à s'étioler. Mes mains ne ressemblaient plus à rien. Je ne renouvelai pas l'expérience.

La discussion se prolonge et le mot « eulos » revient en boucle. La dame âgée intervient peu, la Vietnamienne paraît plus coriace. Cassandra ne s'en laisse pas conter.

Elles finissent par se serrer la main et je fais de même par mimétisme.

En refermant la porte, Cassandra affiche un large sourire.

– Chéli, on a lendez-vous jeudi poul signer les papiers, et Mme Pathasak va me faile deux chèques de 5 000 eulos poul légler toutes les factules et me lacheter le stock.

Nous poursuivons la discussion sur le trajet retour. Mon impression n'est pas des plus favorables.

– Mon cœur, elles avaient l'air bizarre, tu es sûre de pouvoir leur faire confiance ? Ce serait bien qu'on montre le contrat à Maître Denicourt avant de signer quoi que ce soit.

Je faillis perdre le contrôle du véhicule. Cassandra vient de m'asséner un coup violent à l'épaule. Je la regarde incrédule, avant de me réfugier dans un profond mutisme. Elle est enceinte. Elle porte mon enfant.

Je ne décroche pas un mot durant le dîner et pars me coucher tôt ce soir-là.

Tard dans la nuit, elle vient se coller à moi.

– Chéliiiii

-Mmmm…

– Paldon, tu es un bon mali, c'est moi qui tlop stlessée.

Je mets cet incident dans la case de l'oubli. Je suis impatient de voir Esteban sourire, l'entendre gazouiller, le bercer et le couvrir de baisers.

Le jeudi suivant nous retrouvons Mme Pathasak et son acolyte dans un restaurant thaï à Ivry-sur-Seine. Elles ont fait rédiger un contrat en français que nous lisons attentivement. Cassandra attend l'aval de notre avocate. Elle croit nécessaire de préciser que cette initiative est de mon fait, de crainte de les vexer.

Le soir même nous scannons une copie du contrat à Maître Denicourt, qui nous répond de manière rassurante. Cassandra peut poursuivre sa transaction. Un nouveau rendez-vous est donc pris avec ces dames. Elles signent dans la foulée. Mme Pathasak devient l'associée de mon épouse tandis que la Vietnamienne endosse la gérance à sa place. Les chèques sont établis : deux de 5 500 euros et un troisième d'un montant de 2 000 euros. Ils ne combleront pas la totalité du passif dû à l'Opac. J'insiste pour les faire transiter par l'avocate. Cassandra m'explique qu'elle ne peut les déposer à la banque car son compte de société est à découvert. L'avocate a confirmé, je ne suis coresponsable que des crédits souscrits après le mariage. Et je ne peux encaisser ces chèques, ayant ma propre société, une BNC créée à l'ouverture de mon cabinet. Je l'ai depuis transformée en auto-entreprise. La majeure partie de mes ressources proviennent maintenant de mes cours. Étendre mon activité libérale n'est plus envisageable, le cadre ne s'y prête pas, et je ne suis plus célibataire.

Cassandra suggère d'en parler à ma mère, laquelle endosse le premier sur son compte et préfère déposer le second sur celui de ma grand-mère. Elle établit ensuite un chèque que nous déposons sur notre compte commun. La dette à l'Opac sera réglée partiellement. L'avocate a négocié un premier versement de 6 000 euros qui permet de retarder l'échéance. Cassandra semble rassurée, moi pas. À moins qu'elle ne réduise le train de ses dépenses.

– C'est avec l'algent de mon salon !... Je n'ai plus aucun habit qui me va avec mon ventle et j'ai acheté des choses poul ton fils.

Le montant des courses hebdomadaires devient faramineux. Je ne l'ai encore jamais vue dans une telle frénésie dépensière. Au supermarché, je me surprends à redéposer les produits inutiles des rayons qu'elle a dévalisés. La note ne descend jamais en dessous de 400 euros. En plus de l'appartement, mes cotisations à l'Urssaf et le montant toujours plus important des crédits Revolving – sans compter les siens –, mon salaire ne suffit plus. Les droits de Cassandra à l'indemnisation chômage sont épuisés et elle ne va pas postuler pour un emploi au septième mois de grossesse. Je souhaite qu'elle se repose, elle restera en congé maternité après la naissance d'Esteban.

8

Neung attend avec impatience la venue de son frère. Il passe ses soirées à jouer avec Yuki, notre chat, auquel il s'est beaucoup attaché au détriment de Milane qui me le fait payer entre les griffures sur le canapé, le vomi quotidien et les crottes sous le canapé. On m'a proposé de travailler le midi dans un collège de Grigny. Je dois ensuite y retourner à 16 heures. Je dois me résoudre à accepter. Je passe mes journées à faire des allers-retours au risque de voir disparaître ce nouvel apport financier en frais d'essence.

Cassandra a ressenti des contractions plus vives : panique et direction les urgences de la maternité. Je ne manquerais pour rien au monde l'arrivée du bébé. C'est une fausse alerte. Il est dit que notre fils parviendra à terme. Il se sent à l'abri dans le ventre de sa mère.

J'essaie de tisser des liens avec Neung aussi. Il est invité à l'anniversaire de sa meilleure copine. Je lui propose de l'accompagner acheter son cadeau et le déposer chez son amie en voiture. Je suis content de lui faire plaisir et espère enfin briser cette cloison qu'il maintient entre nous.

La fête bat déjà son plein. Mal me prend de saluer par la fenêtre en faisant marche arrière. Boum. Je viens d'emboutir le véhicule d'un voisin.

Je me confonds en excuses, fort heureusement la voiture n'a rien. Pas sûr toutefois d'avoir gagné des points avec Neung sur ce coup-là.

– Tu t'es bien amusé chez ta copine ?

– Tout le monde a bien rigolé avec ton « A » derrière la voiture.

No comment.

Je l'emmène à Paris quelques jours plus tard pour remplacer son ancien manteau qu'il ne supporte plus. Il a repéré une boutique sur les Pages Jaunes dont le style de vêtements lui plaît beaucoup. Nous prenons le RER pour éviter toute nouvelle déconvenue de stationnement.

La devanture du magasin, rue de la Roquette, est couleur ébène, style gothique.

Nous tombons d'accord sur un modèle de manteau noir cintré plus discret que les autres, soucieux de lui éviter les moqueries de ses camarades. Il ressemble de plus en plus à ses personnages de mangas favoris.

Il s'est mis en tête aussi de se faire des extensions de cheveux. Noires et bleues. Je botte en touche.

– … Vois ça avec maman.

Cassandra ne supporte plus quant à elle de se sentir cloîtrée à la maison. Le dernier mois paraît interminable.

9

7 septembre, Cassandra perd les eaux. C'est le jour J, nous nous précipitons à la maternité, les contractions et le travail ont commencé. On l'alite dans une pièce munie d'un simple rideau. Des forceps traînent sur une étagère. Le personnel a l'air débordé.

Les heures passent. Le col ne se dilate pas suffisamment, on lui applique un gel pour accélérer les contractions. Le temps s'étire à l'infini, Cassandra supplie pour avoir une péridurale ; la dilatation doit atteindre trois centimètres, nous explique-t-on.

Je me sens inutile. Nous reprenons les exercices :

– Inspire, chérie, creuse les reins… expire et fais le dos rond, comme on l'a répété à la maison.

– J'ai tlop mal !

Une bonne heure s'écoule ainsi. Une femme en blouse blanche fait son apparition.

– Bon, on passe à la péridurale.

Nouvelle demi-heure, un médecin finit par arriver. Anesthésie locale. On fait asseoir Cassandra sur le bord du lit, la sage-femme lui maintient la tête et les épaules. Elle doit rester parfaitement immobile. L'effet est immédiat.

– Ça ne sera pas douloureux, ne vous inquiétez pas.

L'anesthésiste s'empare d'une seringue avec une aiguille longue comme ma main et l'enfonce entre deux lombaires.

– Il faut attendre maintenant.

Trois heures passent. Nous sommes arrivés en début de matinée, il est presque 15 heures. La sage-femme vient vérifier la dilatation du col. Dix.

Cassandra pousse en suivant ses contractions sur le monitoring. J'évite de m'attarder sur l'entrejambe. Je lui tiens la main, on essaie de mettre en pratique les exercices répétés avec notre sage-femme et je maudis le réfectoire où elle m'a laissé croupir. À quoi sert la théorie quand on voit la mère de son enfant souffrir ?

– Vous ne poussez pas, là !…

Elle appuie fort avec son bras sur le ventre de ma femme. Broyage de main. Je voudrais étrangler la sage-femme. J'étouffe en silence. Il me faut être fort. Esteban n'arrive pas à descendre.

Un homme entre dans la pièce. L'obstétricien. Il l'ausculte à son tour.

– Ça stagne, on va faire une césarienne.

J'embrasse Cassandra. Elle a le teint diaphane. On la transporte dans une autre salle. Je n'ai pas le droit de les suivre. On m'enlève ma femme et mon bébé.

Je reste seul dans la pièce. Mes yeux ne quittent plus la pendule, je ne respire pas.

Quarante minutes, un temps infini, et une parole de délivrance :

– Tout s'est bien passé. Suivez-moi, vous allez voir votre fils. La maman va bien, elle doit se reposer, vous la verrez dans quelques heures.

Je bois ses paroles. Je me retrouve dans une nouvelle salle. On me tend un bébé, mon fils.

Aucun mot ne parvient à sortir de ma bouche. Il est beau, comme il est beau !

Je me sens gauche. Je le tiens dans mes bras, c'est incroyable. C'est mon enfant, mon garçon, j'ai envie de le crier, le célébrer. Je suis papa. Il est tout petit, tout léger et j'ai peur de lui faire mal. Une aide-soignante me sourit. Esteban porte un petit bracelet avec son nom marqué au feutre bleu. Je commence à réaliser. Je reconnais la couverture et le petit bonnet que nous lui avions achetés en prévision du grand jour. L'obstétricien réapparaît, nous l'avions rencontré ici même quelques semaines plus tôt.

– Il a une bonne tête. Il me fait penser à mon petit-fils, dit-il avant de disparaître.

Z'auriez pas pu anticiper la césarienne ? aurais-je dû lui faire remarquer. Neung était né par voie basse ; notre fils doit être plus costaud, voilà tout.

L'aide-soignante m'explique qu'Esteban va être placé dans une couveuse une petite demi-heure.

– Vous resterez avec lui, c'est la procédure normale après une césarienne, ne vous inquiétez pas. On lui fera sa toilette aussi. Vous pourrez retrouver votre femme dans sa chambre ensuite. Elle sera fatiguée…

10

– Il fait 3 kilos 800 grammes et mesure 51,5 centimètres : c'est un beau bébé ! me dit la sage-femme.

Je souris et contemple Esteban qui dort dans sa petite couveuse. Je suis heureux et inquiet à la fois. J'aurais souhaité que Cassandra soit avec nous. Elle dort, m'assure-t-on.

Deux longues heures encore avant de la retrouver. Esteban ouvre difficilement les yeux et ses gestes sont encore désynchronisés. L'aide-soignante m'explique que son premier bain lui sera donné le lendemain. Une lingette suffira pour ce soir. Nous lui mettons sa première couche et je l'habille avec un body. Rien ne manque à la liste fournie par la maternité.

Nous montons enfin. Je transporte Esteban dans un berceau à roulettes. Cassandra peine à sourire, son teint est translucide. Elle est épuisée. Nous nous asseyons tout près d'elle. Me voilà apaisé.

Il est 21 heures, je n'ai pas le droit de passer la nuit à l'hôpital et les visites ne se font que l'après-midi. Je rentre la mort dans l'âme, je ne veux pas les quitter, fût-ce pour quelques heures. Ma place est à leurs côtés.

Je retrouve Neung et le rassure. Sa maman va bien, nous irons ensemble à la maternité demain, il n'a pas cours le mercredi après-midi. Il est impatient de voir son petit frère.

Le matin, je file au bureau d'état civil de Quincy-sous-Sénart pour déclarer la naissance d'Esteban. Je me sens fier. Je suis papa.

– Gérald-Yannis… Yannis n'est pas votre deuxième prénom, c'est un prénom composé, me dit l'agent de mairie.

Je l'ignorais. On en apprend tous les jours. Je renais avec mon fils.

J'attends Neung pour déjeuner avec lui et nous partons à l'hôpital. Ma mère va venir aussi. Sera-t-elle meilleure grand-mère que maman ?

Cassandra est encore très affaiblie par la césarienne. Notre fils dort dans son berceau. Neung veut le réveiller et le prendre dans ses bras. Une infirmière entre et m'explique que la montée de lait tarde à venir ; elle me laisse deux biberons de 90 ml.

Ma mère déboule dans la chambre d'hôpital tandis que je donne le lait à Esteban.

– Cassandra ne veut pas lui donner le sein ?

– Bonjour maman…

Ma mère a un avis sur tout et n'hésite pas à le faire savoir. Mon amie Nadia vient opportunément changer l'ambiance. Je suis allé la voir à la maternité de Clamart quelques années plus tôt. Manelle, sa fille, a cinq ans maintenant et s'exprime comme une grande. Son frère Ghilès est plus timide. L'après-midi est riche en anecdotes et souvenirs ; je n'ai pas souvent l'occasion de voir Nadia depuis que nous ne travaillons plus ensemble. Cassandra dort. Ma mère fait la tête, elle n'a pas la vedette.

Le lendemain, une montée de lait nous redonne espoir pour l'allaitement au sein d'Esteban. Cassandra supporte difficilement la tétée et un baume protecteur ne suffit pas à diminuer sa douleur. Elle récupère petit à petit.

La semaine file vite entre les visites des infirmières, puéricultrice, gynécologue, pédiatre… Notre fils est en parfaite santé. Cassandra insiste pour rester la semaine entière à l'hôpital et se rétablir complètement. Les nuits s'éternisent sans eux.

L'avant-veille du départ, j'embrasse femme et enfant, comme chaque soir avant de partir à 21 heures pour l'extinction des feux. En sortant de la chambre j'aperçois un homme en tenue de ville qui me fixe du regard en scrutant l'intérieur de notre chambre. L'étage est désert, je reste sur une mauvaise impression.

À mi-parcours, j'appelle Cassandra sur son portable. Elle ne répond pas. Je m'inquiète. Je ne suis plus le même homme. Mari et père. Je fais demi-tour en appuyant sur l'accélérateur.

J'entre sans difficulté dans le hall. Quid du personnel hospitalier ? L'ascenseur tarde. Deuxième étage, chambre 203, Cassandra est étonnée de me revoir.

– Chérie, j'étais inquiet, pourquoi tu ne m'as pas répondu au téléphone ?

– Je suis allée aux toilettes.

Une infirmière pointe son nez. Je l'interpelle.

– J'ai vu un homme bizarre ici tout à l'heure ; je croyais que les visites se terminaient à 21 heures ?

– Ce doit être le papa de la 207, sa femme vient d'accoucher, ne vous inquiétez pas...

Excès de prudence.

Jour du départ. Enfin.

– 8,50 euros pour les communications, le reste est pris en charge par votre mutuelle.

Je respire. Retour chez nous. Grand moment que celui d'introniser Esteban dans notre appartement. Il n'attend plus que lui.

11

Cassandra peine à se remettre de la césarienne. Elle est encore très fatiguée et changer Esteban l'indispose. Je demande un congé paternité, le coordinateur de la Réussite éducative de Ris va être père dans quelques semaines, lui aussi.

– Quand ta fille sera née tu comprendras…

La sécurité sociale ne prend pas en charge ce congé du fait de mon statut de vacataire. Sans importance, ne pas pouvoir partager chaque instant des premiers jours de la vie de mon fils m'aurait été insupportable.

Les difficultés de Cassandra avec l'allaitement perdurent, j'achète un tire-lait pour conserver des biberons au frais. Rien n'équivaut le lait maternel pour renforcer les défenses immunitaires. Que ne puis-je lui donner le sein ! J'ai vécu si intensément chaque étape de la grossesse à l'accouchement. J'ai entendu dire qu'il est désormais possible de reproduire une cellule à partir d'un chromosome XX et créer la vie en se passant des hommes. Quid de la complémentarité ?…

Ces deux semaines filent en un éclair. Heureusement Cassandra va un peu mieux même si Neung tient plus souvent son frère dans les bras que la maman. Sensation de plénitude que sentir son enfant tout contre soi. Je le vis intensément.

J'étoffe mon répertoire de berceuses pour en inventer une nouvelle chaque soir.

Une semaine plus tard je me résous à acheter du lait en poudre pour soulager Cassandra. Elle reste le plus souvent enfermée dans notre chambre, même pour prendre ses repas. Neung s'occupe de sa mère lorsque je suis au travail. Elle a installé le chauffe-biberon à portée de main. Il est la cause de l'une des plus grandes peurs de ma vie.

Je suis dans la cuisine lorsqu'un cri de Cassandra me précipite dans la chambre. Esteban est en pleurs, il a tiré sur le fil électrique du chauffe-biberon, s'ébouillantant le visage.

Sans réfléchir, je l'enduis de couches entières de Biafine avant de foncer aux urgences. Par miracle l'eau chaude l'a surtout atteint au cou et sous le menton. À quelques centimètres près, notre fils aurait été défiguré à vie. J'ai peine à retrouver le sommeil les nuits suivantes.

Une infirmière passe chaque matin changer le pansement d'Esteban. Les rougeurs disparaissent rapidement. Je ne respecte plus les limites de vitesse pour revenir à la maison au plus vite.

Un mois plus tard, Cassandra s'est physiquement remise de l'accouchement, mais elle demeure soucieuse. Tout pourtant semble si beau et je prends un plaisir sans pareille à m'occuper de notre fils. Je lui ai collé des étoiles phosphorescentes au-dessus de son lit et développe des talents insoupçonnés. L'assemblage de sa commode me rappelle les kits Ikea où il manque invariablement une pièce, une vis, provoquant l'exaspération de ma mère lorsque j'étais enfant. J'y passe la journée. Reste à parfaire la déco avec des décalcomanies de Barbapapa. Barbatruc… je retombe en enfance avec notre fils.

12

Fin octobre, mon père vient nous rendre visite, je vais le chercher en voiture à l'aéroport d'Orly. Il n'a pas encore vu son petit-fils.

– Doucement dans les ronds-points, regarde dans le rétro, tu freines trop brusquement…

Bienvenue, papa.

Arrivés à Yerres, je redémarre au feu vert. Passage piétons à droite, une femme traverse, je m'arrête. Choc à l'arrière. Le véhicule suivant m'est rentré dedans.

– Bordel de merde !

Ça faisait longtemps.

Je me gare à la station d'essence toute proche. L'autre voiture me suit. Mon père en rajoute :

– Te laisse pas faire, il est en tort, il devait rester maître de son véhicule. Tu me laisseras vérifier le constat.

Un grand type à l'accent portugais descend de sa Ford, l'allure agressive.

– Fallait continouer, y avait la plache, cague fato !

– Ben tiens, et écraser la dame aussi, tant que vous y êtes. Z'avez pas vu le bonhomme vert ?

– Cha va, j'ai vou lo « A » chour votré voitoure, moi j'ai mon permis dopouis vingt-chept ans !

On rédige le constat. Je suis rodé. Le type est en tort, 100 % responsable, et ne le digère pas. Je vérifie le numéro de sa plaque pour m'assurer qu'il n'y a pas d'embrouilles.

– Vai-te foder.

On est à deux doigts de se mettre sur la gueule. Mon père ne la ramène plus.

Retour à la maison. Le coffre arrière est fichu.

– Chérie, un connard vient de me rentrer dedans…

– Encole !

Je me console avec Esteban.

Mon père s'amuse avec son petit-fils. Il a l'air fier. Comment ne pas craquer devant un tel minois ? Il me reste à régler le problème du coffre. Je déniche un carrossier en urgence. Devis : 3 000 euros.

– Vous vous foutez de moi ? La voiture ne les vaut même pas !

– C'est comme vous voulez, mais je n'ai pas le droit de vous laisser repartir comme ça. Si vous avez un accident, c'est moi qui suis responsable.

– Et qui saura que je suis venu vous voir ?!

Je me contente d'un fil de fer pour maintenir le coffre fermé et déclare le sinistre à l'assurance. Un expert examine le véhicule quelques jours plus tard et propose de me le racheter 1 200 euros. Je refuse et finis par recevoir un chèque de 900 euros pour les travaux de réparation. Dans la foulée un courrier de la préfecture m'apprend que mon véhicule est classé épave. Je résilie illico l'assurance. Au prix où je la payais, j'étais leur vache à traire.

Je roule un mois entier la peur au ventre, obligé de me servir de la voiture pour aller travailler. Mon père repart dans le Sud en me laissant dans la mouise ; fauché comme les blés depuis toujours, il ne peut rien pour moi.

Cassandra me convainc d'acheter un nouveau véhicule. Impossible de rouler plus longtemps avec la BM, surtout maintenant avec Esteban. Un ami laotien a bien réussi à rafistoler le coffre et il ferme à nouveau, mais le moteur ne démarre plus qu'au booster. Une arnaque, cette bagnole. Va pour une nouvelle.

J'augmente à 10 000 le prêt de 5 000 euros obtenu un an plus tôt. La BNP m'établit un chèque de banque. Une remise est offerte pour l'achat d'un véhicule neuf, prime à la casse en plus.

Concessionnaire Citroën à Montgeron. Une femme blonde, la trentaine, nous reçoit dans son bureau.

– Quel beau bébé ! Félicitations aux jeunes parents…

Nous optons pour une C3 couleur bordeaux toute équipée. 14 000 euros, une affaire aux dires de la vendeuse.

– Un délai de cinq semaines est prévu pour la livraison.

Nous espérions repartir avec. Il neige et je ne sais même pas si la BM va redémarrer.

– Nous sommes assez pressés, vous n'avez pas de véhicule immédiatement disponible ?

– Euh… il y aurait bien le modèle d'exposition.

Marché conclu. Bon plan pour la vendeuse à ce prix-là et grosse commission en perspective. Je lui laisse mon chèque de banque et nous signons pour un prêt complémentaire. J'ai tous les papiers sur moi. Une heure plus tard nous repartons au volant de la nouvelle C3, carte grise en poche.

Elle est plus haute que la BM et tout est en plastique. Je ne suis pas à l'aise. Esteban s'est endormi à l'arrière dans son siège bébé. En sécurité à présent. Je souscris dans l'heure qui suit une nouvelle assurance auto, moins chère, résolu à ne plus me faire arnaquer.

Trois jours plus tard je reçois un appel de la vendeuse du concessionnaire.

– Votre véhicule est fiché, la prime de 4 000 euros ne peut pas s'appliquer. Vous devez vous renseigner à la préfecture.

Nous filons à Évry. 18 000 euros pour cette voiture Playmobil, elle ne les vaut pas !

Deux heures d'attente et nous apprenons le fin mot :

– Votre véhicule est effectivement fiché. Vous pouvez rouler avec, mais vous ne pouvez plus le revendre…

Qu'est-ce qu'ils ne vont pas inventer ! Je dois absolument récupérer la BM ; trouver 4 000 euros supplémentaires pour financer ce pot de yaourt est hors de question.

Nous déboulons chez le concessionnaire. Il neige et le sol de l'habitacle est couvert de boue. Je compte bien le leur rendre dans l'état où il est.

La vendeuse est au téléphone. Nous patientons une bonne demi-heure. Esteban pleure dans sa poussette.

– Vous avez signé, nous ne pouvons pas la reprendre.

Moins sympathique, tout à coup, la blondasse.

– Vous savez bien que j'ai un droit de rétractation de sept jours. Je veux voir votre directeur.

– Il n'est pas disponible.

– Nous ne bougerons pas d'ici tant que nous ne l'aurons pas vu.

Les rapports de force toujours. Triste constat.

Un quart d'heure plus tard, nous sommes reçus par le directeur de l'agence. Je feins l'ignorance quant au « fichage » de ma voiture, ce qui n'est pas faux puisque je pensais n'avoir plus le droit de la conduire.

– On va vous rendre votre chèque et annuler le crédit. Mais j'en serai de ma poche, une fois utilisé, notre véhicule n'est plus vendable.

Ils n'auraient pas dû nous fourguer le modèle d'exposition au prix d'un véhicule neuf. Il est en tort et le sait.

Par chance, j'ai fait plastifier la carte grise de la BM. Il suffit d'effacer l'inscription « cédé » inscrite au feutre. Peu après on nous rend les clés. Ma bonne vieille voiture. Je l'aime bien en fait. Reste à la faire repartir. Je n'ai plus le booster avec moi.

Nous la récupérons sur le parking. Il neige toujours ; la vendeuse nous suit à l'extérieur.

– Excusez-moi. J'étais pieds et poings liés…

Cause toujours. J'espère que ton patron te remontera comme il faut les bretelles.

La BM démarre au premier tour de clé. Miracle. Rien ne vaut les vieilles allemandes. On ne m'y reprendra pas de sitôt.

13

La question du salon de beauté refait surface. La nouvelle gérante n'a pas soldé le passif dû à l'OPAC comme elle s'y était engagée et Cassandra reste redevable de plus de 14 000 euros. Elle parle maintenant de se remettre à travailler. Je suis dépassé. Oubliées, les trois années d'arrêt pour s'occuper d'Esteban. Que ne puis-je rester à m'occuper de lui ? À quoi bon s'échiner à travailler pour cinq villes et endosser les problèmes des patients le soir ?

Je me résigne la mort dans l'âme à faire une demande d'inscription en crèche. La réponse ne tarde pas : aucune place n'est disponible et nous ne sommes pas prioritaires au regard de nos ressources trop élevées. Allez donc le lui dire.

Nous passons le premier Noël d'Esteban chez mon oncle à Paris. Mère, grand-mère, cousins sont de la partie. Nouvelles dépenses, mais une soirée de répit.

De courte durée. Retour aux réalités. Cassandra passe l'essentiel de son temps au téléphone et je l'entends s'énerver en thaï.

– Tu étais encore avec la vieille du salon ?

– Tu ne peux lien faile alols laisse-moi légler ça !

– Je ne peux peut-être rien faire mais je me tue à travailler tous les jours.

– Justement, c'est poul ça que je ne peux plus lester ici comme ça…

Le Nouvel An arrive vite. Cette fois nous le passons chez des amis de Cassandra près de Melun. L'ambiance est moins insouciante que l'année précédente, fût-elle arrosée de champagne. Être papa me remplit néanmoins de force et d'espoir.

Le mois de janvier doit précipiter les événements.

Je reçois un coup de fil de Cassandra un samedi soir alors que je ne suis pas encore rentré du travail.

– Je suis au salon, ils ont changé la sellule et quelqu'un d'autle habite dans l'appaltement.

Qui s'occupe d'Esteban alors ?!

J'arrive enfin chez nous. Neung tient son frère dans les bras. Il a quinze ans, pas encore l'âge de s'occuper d'un bébé.

– Ça fait longtemps que maman est partie ?

Impossible d'obtenir une réponse claire. Cassandra me rappelle à 23 heures pour que je vienne la chercher à la gare de Yerres. Elle m'explique que Mme Pathasak ne lui répondait plus au téléphone et qu'elle était allée voir ce qui se passait au salon de beauté. Un homme aurait ouvert la porte de l'appartement, expliquant qu'il habitait là depuis cinq mois avec femme et enfants et versait un loyer de 800 euros au propriétaire chaque mois. Je me sens las.

– J'enverrai un mail à l'avocate demain pour lui demander conseil, mais je t'en prie ne laisse plus jamais Esteban tout seul.

– Il était avec Neung…

J'écris à l'avocate la nuit même.

– Tu as essayé de joindre l'autre femme, la Vietnamienne ?

– Elle ne lépond pas.

– Essaie avec mon portable, elle ne connaît pas mon numéro.

Cassandra tente le coup le lendemain matin. La conversation est sur haut-parleur. Le ton monte.

– C'est l'autle, là, qui t'a dit d'appeler ?

– Passe-moi le téléphone… L'autre, c'est son mari, espèce de petite conne. Vous préparez quoi, au juste ? Vous croyez que ma femme est aussi bête !

Elle m'insulte et raccroche.

Le lundi suivant nous recevons une réponse de l'avocate. Elle a vérifié sur Infogreffe et nous apprend que ni la cession des parts, ni le transfert de gérance n'ont été enregistrés. Elle nous conseille d'adresser un courrier recommandé à l'expert-comptable du nouveau gestionnaire pour le mettre en demeure en mentionnant les irrégularités constatées : changement de serrures, location sans contrat ni déclaration au fisc de l'appartement… Faute d'une régularisation, nous déposerions le bilan de la société. Aux yeux des tiers, Cassandra reste toujours la gérante et caution pour les dettes.

Nous nous exécutons et patientons quelques jours. Rien. Aucune réponse. Cassandra appelle une amie pour faire garder Esteban et je me résigne à retourner au salon avec elle un vendredi après-midi.

Il est ouvert, une jeune femme s'occupe d'un client. Nous demandons à parler à la patronne, elle compose un numéro et Mme Pathasak ne tarde pas à faire son apparition.

Elle feint de ne pas comprendre.

– Vous vous foutez de notre gueule ? Vous croyez vraiment que ma femme est stupide ? Vous n'avez pas transféré la gérance, rien réglé à l'OPAC, et vous avez loué l'appartement en changeant les serrures ! Mais vous espériez quoi ? On va porter plainte, vous allez rendre les clés et dégager avant lundi ou bien c'est la police qui va s'en charger !

Elle finit par me passer sa copine vietnamienne au téléphone. Nouvelles insultes.

– Putain d'arnaqueuse ! Je vais t'envoyer les flics dans tous tes salons, moi ! Profiter de ma femme enceinte et fragile après l'accouchement, vous avez pas honte ? Votre contrat était bidon, notre avocate a vérifié sur Infogreffe : Cassandra reste gérante et caution. Et pendant ce temps-là vous encaissez l'argent des clients sans rien rembourser… Vous nous croyez abrutis ? Je ne parle peut-être pas thaï ou vietnamien, mais on est en France et il y a des lois ici. On va porter plainte au commissariat et vous allez fermer boutique !

Elle menace de venir, nous l'attendons de pied ferme. La vieille Thaïlandaise passe le quart d'heure qui suit au téléphone, paniquée. Elle finit par raccrocher pour un aparté avec Cassandra. Elles semblent se mettre d'accord. Cassandra récupère une paire de clés. Elles vont quitter le salon, me confirme-t-elle.

Je renchéris :

– On repasse dimanche. Tout ce qui reste ici finira dans la rue !

La Vietnamienne n'est jamais venue en fin de compte. Nous repartons. L'air ambiant est pourri ici.

En sortant, Cassandra a le sourire. Rien n'est réglé pour autant. Devoir revenir dimanche me déprime. Je n'aspire qu'à retrouver notre fils.

Deux jours plus tard tout a été débarrassé. Malgré le conseil de l'avocate, Cassandra n'est toujours pas décidée à déposer le bilan. J'ai assez à faire. Je ne veux pas m'en mêler davantage.

14

8 février 2017, 6 heures du matin. La sonnette de la porte me réveille en sursaut.

– **POLICE !** entend-on crier sur le palier.

J'enfile un peignoir. Les coups pleuvent sur la porte. J'ouvre et trois policiers pénètrent précipitamment. Le premier, la main posée sur la gaine de son arme, m'isole dans le salon. Son collègue m'interpelle :

– Il y a combien de personnes ici ?

– Euh, trois, non quatre avec le bébé.

– Ils sont où ?

– Ma femme est dans notre chambre au fond du couloir et mon beau-fils dort dans cette chambre.

Je montre l'autre côté de la salle à manger. Mon cœur bat la chamade. Je ne comprends pas ce qui se passe.

– Vous possédez une arme ici ?

– Une arme ? Non, bien sûr que non.

La femme en uniforme part vérifier la chambre de Neung :

– C'est mon beau-fils, il a quinze ans.

– Il dormait, on l'a réveillé, il a peur, confirme-t-elle à ses collègues.

Cassandra nous rejoint enfin avec Esteban. On me demande de le prendre et je le serre dans mes bras.

– Direction centrale de la police aux frontières, c'est une commission rogatoire, on est ici pour votre femme, elle est placée en garde à vue. Cela peut durer jusqu'à 96 heures.

– C'est pas 48 heures ? dis-je.

Je n'ai rien sous mon peignoir, je dois être ridicule.

Cassandra demeure impassible.

– Non, pour les affaires de trafic de faux papiers, c'est le double.

– Trafic de faux papiers ? Il doit y avoir une erreur. Ça concerne son salon de beauté à Paris ?

Le policier acquiesce. J'essaie de rassembler mes idées.

– Des personnes l'ont arnaquée, elle a signé un contrat il y a quelques mois qui s'est avéré un faux, on n'avait plus accès à la boutique ni à l'appartement et ma femme était enceinte. J'ai échangé des mails avec une avocate. Tout y est détaillé. Ma femme est innocente. Je peux les imprimer si vous m'y autorisez ?

– Allez-y, cela peut être utile à votre femme comme à la procédure, nous répond la policière.

Son ton est plus apaisant que celui de ses collègues.

Je vais dans notre chambre, suivi d'un policier. Je confie Esteban à Neung qui reste dans le salon avec sa mère et les deux autres agents.

– Il y a du jeu sur le plancher. Vous ne cachez pas une arme là-dessous ?

– Mais non, c'est un placard que j'ai cassé avec mon père pour agrandir la chambre quand j'ai acheté l'appartement.

– Vous êtes psychologue, c'est ça ?

J'acquiesce.

J'imprime notre correspondance des derniers mois avec l'avocate et nous retournons au salon.

– Ça va aller, mon amour. Je vais téléphoner à Maître Denicourt. Elle va leur expliquer. Je peux connaître l'adresse où vous l'emmenez ? dis-je à l'attention des policiers.

On me tend un papier imprimé avec l'inscription DCPAF/OCRIEST, une adresse à Lognes et le numéro de téléphone d'un commissariat.

La porte se referme. Ils emmènent ma femme. Je serre Esteban dans mes bras et tente de rassurer Neung du mieux possible. Les larmes coulent malgré moi. Mon corps tremble.

– Ça va aller, Neung, maman va vite revenir, je suis là. On est une famille. Tu veux que je t'accompagne au collège ce matin ?

Il fait non de la tête et prépare ses affaires pour l'école. Il est encore très tôt.

Je ne sais pas à qui me confier. J'éprouve un sentiment de honte et je me sens vidé. J'appelle ma mère. Je craque au téléphone. J'ai des patients ce soir, elle me propose de venir pour garder Esteban. J'accepte, rester seul me serait insupportable.

Neung part au collège, je ne sais même pas s'il a pris son petit déjeuner. Il n'est pas encore 9 heures. Le temps semble arrêté. Je dois encore attendre avant d'appeler l'avocate. Je prépare un biberon pour Esteban, le tenir et le serrer dans mes bras m'aide à tenir. Je dois être fort. Je suis papa.

J'arrive enfin à joindre Maître Denicourt et je craque à nouveau.

– Restez calme, votre femme va tout leur expliquer, ils ne vont pas la garder. Je vais contacter un confrère pénaliste, Maître Tanier, il vous conseillera mieux que moi, je ne m'occupe que du droit des affaires. Je lui transmets vos coordonnées, il va vous recontacter.

Les heures passent, je n'ose rappeler Maître Denicourt, j'aurais dû lui demander le numéro de son confrère.

Ma mère arrive en début d'après-midi. Esteban fait la sieste. Elle me parle de manger, je n'ai pas faim. Mon portable finit par sonner. Il est presque 15 heures.

– Monsieur Taubenhaus ? Je suis Maître Tanier. J'ai parlé à l'officier qui est sur le dossier de votre épouse, ils ne vont pas la garder, elle devrait sortir en fin d'après-midi.

Je respire et le remercie. Il raccroche. J'avais encore mille questions : doit-on porter plainte pour escroquerie ? Ma femme va-t-elle être traduite devant un tribunal ? Je ne pense plus qu'à la retrouver. J'appelle sur son portable mais ne cesse de tomber sur sa messagerie.

17 heures, je compose le numéro que les policiers m'ont laissé ce matin. Ma femme est déjà partie, sa garde à vue a pris fin à 16 heures. Mon premier rendez-vous va arriver. Je reste inquiet. L'interphone sonne, c'est M. Bricaud, un de mes patients du mardi. S'il savait…

Je l'écoute et le regarde mais mon esprit est ailleurs. À la fin de la séance, je prends le temps d'échanger quelques mots avec ma mère, Neung est rentré du collège, Esteban me réclame. Je le berce alors que le deuxième patient sonne déjà. Toujours aucune nouvelle.

20 heures, j'en termine enfin. Je rappelle Cassandra : messagerie saturée. Elle devrait être rentrée depuis longtemps, pourquoi ne rappelle-t-elle pas ? Ma mère propose de passer la nuit ici. Esteban s'est endormi, son visage est paisible. Je ne peux me résoudre à me coucher.

23 heures, le téléphone sonne. C'est Cassandra.

– Je suis à la gale de Yelles, tu peux venil me chelcher ?

Je file en quatrième vitesse. Je la retrouve dix minutes plus tard, elle est ivre.

– Chérie, tout le monde t'attend à la maison, tes enfants, ma mère qui est venue nous soutenir…

– Ta maman est là ? Tu lui as dit ? Non, je ne veux pas lentler.

– Mon amour, ça a dû être très dur pour toi, mais c'est fini maintenant. J'ai contacté un avocat, on va porter plainte contre Pathasak et sa copine. Mon cœur, on va retrouver Esteban et Neung, tu as besoin de te reposer.

– Je ne veux pas voil ta maman comme ça.

– Mais elle est venue pour nous aider, je lui ai tout expliqué, ne t'inquiète pas.

Ma mère se fait discrète pour une fois. Cassandra lui dit bonsoir et part se coucher. Impossible de trouver le sommeil cette nuit-là.

Je pars travailler tôt le lendemain, tout le monde dort encore. Je rechigne à quitter la maison dans ce contexte. Je prends régulièrement des nouvelles par SMS. Ma mère est partie en fin de matinée.

En rentrant, je retrouve Cassandra alitée. Elle m'apprend qu'on lui a conseillé un avocat pour le salon, elle a parlé de Pathasak et de sa consœur aux policiers. J'espère qu'elles vont prendre cher. Cassandra reste décidée à trouver un travail, dans la restauration ou ailleurs.

– Mais ce sont des horaires impossibles. Et qui te raccompagnera ? Tu n'as même pas le permis. C'est intenable.

Elle veut maintenant qu'une nourrice laotienne s'occupe d'Esteban à plein temps à notre domicile.

– Tu plaisantes ? Notre fils a besoin de ses parents. Hors de question qu'une inconnue vive ici avec nous ! Et qui va la payer ? On s'en sort déjà pas.

Elle est déterminée, cette femme viendra tous les jours de 9 heures à 17 heures. Que devient notre vie de famille ?

Souvansaï se présente le lendemain. Petite, le visage rond, elle doit avoir une quarantaine d'années et ne parle pas le français. Cassandra compte lui verser 600 euros tous les mois.

15

Esteban donne sens à ma vie. Je passe un maximum de temps avec lui et multiplie les allers-retours quotidiens. Les frais d'essence flambent, mais j'éprouve le besoin permanent d'être à ses côtés.

Je ne parviens plus à rembourser la totalité des crédits.

Dans un élan de générosité, ma mère me propose de vendre un tableau qu'on lui a offert, une œuvre de Gao Zengli, un peintre chinois réputé. On nous en offre 8 000 euros. Merci maman. J'obtiens dans la foulée un regroupement de crédits à la Caisse d'Épargne pour un montant de 30 000 euros. Une bouffée d'oxygène.

Cassandra trouve rapidement du travail. Elle semble reprendre pied, aucune poursuite n'a été engagée suite à la descente de police. Elle sera simplement convoquée pour témoigner contre les vraies-fausses gérantes. Elle occupe maintenant ses journées à planifier les rendez-vous d'une certaine femme d'affaires d'origine asiatique. Elle dit lui servir d'interprète ou de guide touristique et dispose d'une enveloppe pour gérer les faux frais, qu'elle utilise notamment pour régler la nourrice. Elle rentre tard le soir et me demande de venir la chercher à la gare en voiture.

De mon côté, je ne me sens plus chez moi. Je ne communique que par gestes avec Souvansaï et me sens mal à l'aise en sa présence. Neung s'enferme dans sa chambre à peine rentré du collège. Je l'entends veiller tard le soir sur son ordinateur et il reste sourd aux remontrances. Cassandra le rejoint quelquefois et je les entends chuchoter tous les deux. La barrière de la langue me pèse et je me sens de plus en plus isolé. Je tente de confier mes difficultés de couple à Giancarlo, mais son ménage bat également de l'aile. Je ne veux pas en rajouter. Notre complicité n'est plus celle d'antan.

Cassandra trouve finalement une autre nourrice, sur Moissy-Cramayel, plus compatible avec nos horaires décalés. Kim parle mieux le français. Je lui confie Esteban le midi ou en début de soirée lorsque j'ai des patients. Cette solution est loin d'être satisfaisante, mais elle me permet de passer davantage de temps seul à la maison avec Esteban. Notre complicité à tous deux grandit chaque jour et je ne pense plus qu'à le retrouver. Il fait mon bonheur et sa présence à mes côtés me redonne confiance en l'avenir et en moi-même.

Un matin, j'entends Neung se lever en catastrophe pour filer au collège sans même prendre le temps de petit-déjeuner. Il a dû manquer la sonnerie de son réveil. Sa porte est restée ouverte, je ne l'ai plus franchie depuis longtemps. Il y fait sombre, une lumière retient mon attention. L'écran de son ordinateur est resté en position de veille. En appuyant sur le bouton, je tombe sur un site de rencontres pour hommes.

Neung a à peine quinze ans, il est encore candide, plongé dans son univers de mangas avec ses personnages androgynes. Quelqu'un lui propose un rendez-vous.

Aussitôt, j'appelle Cassandra.

– Neung a laissé son ordinateur allumé. Il fréquente des sites gays, il a rendez-vous demain. C'est dangereux, il y a des adultes qui se font passer pour des ados, tu sais…

– D'accold, je vais voil avec lui ce soil, je m'occupe de ça.

A-t-elle vraiment tout saisi ? Je me sens impuissant dans ma propre maison.

Je me décide tout de même à parler à Neung lorsqu'il rentre du collège.

– Neung, maman n'est pas beaucoup disponible en ce moment, et moi non plus, ça ne doit pas être évident pour toi, ça te dirait qu'on aille faire un tour au parc avec Esteban ?

– Non, merci.

– Allez, Neung, fais un effort, ça me ferait plaisir.

– Gérald tu es faible... Je ne t'aime pas.

J'ai échoué sur toute la ligne. Je pense aux ados de mes cours avec qui je m'entends vraiment bien. J'ai essayé de leur présenter Neung, ils se sont échangé leurs mails et numéros de portable mais c'en est resté là.

Cassandra rentre plus tôt ce soir-là. Elle s'enferme aussitôt dans la chambre de Neung et je ne suis pas plus avancé lorsqu'elle en ressort :

– Je lui ai coupé Intelnet.

– Mais vous en avez discuté ? Tu lui as expliqué que c'était dangereux ?

– Je connais mon fils, il est seulement inquiet poul ses papiers.

Quel rapport ? Nous avons été conseillés par une association à ce sujet, Neung ne pourra obtenir un titre de séjour qu'à sa majorité. Ses résultats scolaires contribueraient à donner une suite favorable à son dossier, nous a-t-on expliqué. Ses notes demeurent faibles, et son intérêt pour l'école très mesuré.

Cassandra rentre de plus en plus tard et découche à nouveau certains soirs. Comment lutter lorsqu'elle refuse tout compromis, toute discussion constructive ?

Je lui propose un week-end rien que tous les deux pour se retrouver, faire le point, comprendre ce qu'elle veut vraiment et surtout savoir si elle m'aime toujours. Esteban et Neung passeront le week-end chez Kim. L'idée de rester deux nuits séparé de notre fils ne m'inspire pas, mais il faut faire évoluer la situation. Je ne veux pas qu'il grandisse entre des parents séparés qui ne se parlent plus. Et ne voir mon enfant que les week-ends, ou même une semaine sur deux, comme l'a obtenu l'un de mes cousins, me serait intolérable.

Je réserve un hôtel au Mont-Saint-Michel. Cassandra m'en a souvent parlé.

Il fait beau, elle est de bonne humeur. Sa situation s'améliore au regard des nouvelles tenues avec lesquelles elle rentre chaque soir.

– C'est ma patlonne qui me les offle, je dois bien plésenter poul mon tlavail.

Je ne cherche pas le conflit. Comment dois-je m'y prendre pour arranger les choses ?

Nous arrivons samedi en fin d'après-midi, la BM tient parfaitement le coup, elle est comme en rémission, elle aussi.

L'hôtel l'enchante. Le temps de déposer nos affaires et nous nous promenons sur le Mont. Elle s'arrête à chaque boutique de souvenirs et dépense rapidement le montant de l'enveloppe allouée par sa généreuse patronne, qui ne m'a toujours pas été présentée.

– Elle palt souvent en voyage et c'est moi qui dois géler ses affailes.

Quelles affaires ? Du négoce dans le prêt-à-porter, précise-t-elle.

Nous faisons mille photos, comme à nos débuts. La vue sur la baie est magnifique.

Nous poursuivons avec un restaurant de fruits de mer. Je veux mettre toutes les chances de mon côté.

– Je t'aime, tu sais, mon amour…

– Non, tu ne m'aimes pas.

– Mais que dois-je faire pour te le prouver ? Être le père de ton enfant signifie tout pour moi. Esteban a besoin de toi aussi. Tu as l'air mieux depuis que tu travailles, mais essaie de rentrer un peu plus tôt, pour que nous puissions au moins dîner ensemble, comme une vraie famille. C'est ce que tu voulais aussi, non ?

Elle me regarde et prend le temps avant de me répondre.

– Je vais en paller à ma patlonne, elle est contente de mon tlavail, je pense qu'elle sela d'accold poul me laisser paltil à 19 heules maintenant.

– Nous pourrions aussi faire des sorties le dimanche tous les quatre.

Le souhaite-t-elle seulement ? Cela fait plusieurs semaines que nous n'avons pas fait l'amour. Nous nous rattrapons cette nuit-là.

Nous prenons le petit déjeuner dans une crêperie du Mont-Saint-Michel le lendemain avant de pousser jusqu'à Saint-Malo... Nouveaux mitraillages photographiques le long des fortifications et dégustation de kouign-amann.

Nous sommes de retour le dimanche soir aux environs de 22 heures. Je suis soulagé de retrouver Esteban. Le prochain voyage se fera tous ensemble, nous nous le sommes promis.

16

Cassandra aime être entourée de ses amis. La communauté laotienne se réunit tous les week-ends et nous la rejoignons maintenant les dimanches après-midi. Je tente de m'intégrer au mieux mais je ne comprends pas la teneur des discussions et me sens seul au milieu de tous lorsqu'Esteban fait la sieste.

Un soir, je suis convié à un dîner. Cassandra tient à me présenter Francis, qu'elle a rencontré chez des amis. Ils souhaitent développer ensemble un site de photos et vidéos touristiques qui cible la communauté asiatique. Le carnet d'adresses de Cassandra ne cesse de grossir, j'ai épousé une femme d'affaires. Sa détermination emporte tout.

Francis est âgé d'une quarantaine d'années, grand, noir. Un homme très disert. Nous parlons architecture, des plantations de bananes et de café en Guadeloupe dont il a hérité, de Senghor et du colonialisme. Il critique la communauté chinoise et met en avant un peuple thaïlandais, selon lui plus ouvert… pas sûr que les chemises rouges aient le même avis. Il trouve aussi le bouddhisme plus tolérant que le taoïsme. C'est à mes yeux affaire de culture plus que de religion. Je lui parle de mes cours de FLE et des différentes communautés qui s'y complètent.

La soirée passe vite et je ne m'y ennuie pas. L'échange et le débat me manquent au quotidien.

Les vacances d'été se précisent. Ma grand-mère maternelle possède en Espagne un quatre-pièces à deux pas de la plage propice à la détente et au farniente, auxquels j'aspire tant.

– Je vais me faile lefaile les seins, m'annonce-t-elle fin juin.

– … Tu as une idée du prix que ça coûte ? Tu es belle comme tu es, tu n'en as vraiment pas besoin.

– C'est ma patlonne qui me l'offle.

– Mais nous avons besoin de cet argent. As-tu seulement regardé nos comptes ? !

Impossible de lui faire entendre raison. C'est pour elle une obsession ou un complexe d'adolescente. J'en pleure de désespoir.

Outre l'aspect financier, les conséquences liées à l'opération sont nombreuses. Elle ne pourra plus tenir Esteban dans ses bras avant longtemps. Je ne la comprends pas.

Cassandra veut aussi que je l'accompagne à la clinique dans le 16e arrondissement. Elle ne sera pas en état de rentrer seule. Je suis inquiet pour elle.

L'opération est de courte durée. Tout se passe bien. Je ne tiens pas à en connaître le prix. Elle a proposé de déposer une partie de la somme sur notre compte commun et de régler l'intervention en trois fois par chèque bancaire. Le montant de notre découvert ne me laisse guère le choix. La vente du tableau de ma mère et le rachat d'une partie de nos crédits n'ont fait que repousser les échéances.

Je tiens pourtant à nos toutes premières vacances avec Esteban, à l'endroit même où j'allais avec ma mère lorsque j'étais enfant, face au rocher de Gibraltar. J'y ai appris cette langue, à même la plage, avec tous mes cousins. Mes meilleurs souvenirs.

Cassandra tient à voyager en voiture plutôt que de prendre l'avion. Il n'est pas dit que le prix de l'essence sera plus économique ni même que la BM supportera le voyage. Nous n'avons de toute façon pas les moyens de louer un véhicule sur place. Je compte leur faire découvrir la Costa del Sol, mais surtout

Séville, Tarifa et Cadiz. Il me tarde que l'été arrive.

L'année scolaire se termine enfin, Neung passe en 3e à la rentrée prochaine. Il vient d'avoir seize ans et la tradition exige qu'il s'initie à un rituel bouddhiste. Méditer une semaine entière dans un temple. En Belgique. Dans le but de purifier son âme et celle de ses proches par la prière. Nos vacances attendront. Il doit aussi se raser la tête, lui qui tient tant à sa longue chevelure. J'en ai mal pour lui.

– Ils lepousselont dulant l'été, coupe court Cassandra.

J'ai l'idée d'organiser pour lui une fête d'anniversaire à la maison avec ses amis.

Cassandra voit les choses en grand, comme toujours. La quasi-totalité de la classe de Neung est invitée chez nous. Sa mère lui a commandé un énorme gâteau dans une pâtisserie parisienne réputée. Francis passe en coup de vent, leur site web commence à marcher. Ils viennent de toucher leur toute première rétribution : 800 euros que Cassandra a déjà dépensés pour la fête.

– Je paie bien la noullice poul Esteban, je peux offlil un bel annivelsaile à mon gland fils !

Là n'est pas le problème. Elle a fait imprimer des cartons d'invitation et acheté apéritifs et boissons en quantité.

– Tu ne vas pas proposer de l'alcool à des ados, quand même ?

– Et si leuls palents viennent aussi ?…

La fête bat son plein, les amis de Neung jouent à Just Dance sur la Wii, je ne me risque pas à l'humiliation. Quelques-uns fument sur le balcon, d'autres déambulent dans l'appartement. Un jeune malin à la mèche hirsute ne peut résister à la provocation :

– Moi j'aime pas les psys.

– Tu en as le droit.

– Ils servent à rien.

– Beaucoup n'en ont pas besoin, c'est vrai.

– C'est tous des profiteurs.

– Tu as eu une mauvaise expérience ? Ton opinion semble déjà faite. Parler et prendre du recul peut faire du bien quelquefois, tu ne crois pas ?

– Ouais mais y a pas besoin de payer pour ça.

– C'est un point de vue, mais si tout le monde s'improvisait psy, j'ai peur qu'il y ait quelques ratés. Je n'aurais pas idée de faire réparer une fuite d'eau par un serrurier, d'ailleurs je n'y connais rien en plomberie. Quand ça m'est arrivé, j'ai senti passer la note…

– Vous êtes bien un psy, toujours à nous embrouiller !

Un cri de douleur qui vient du salon nous empêche de poursuivre. Une jeune fille s'est tordu la cheville et ne peut plus poser le pied par terre. Ses parents sont injoignables ; je leur laisse un message. Nous filons aux urgences. Deux de ses amis veulent l'accompagner, Neung souhaite venir aussi. C'est sa fête et il ne peut pas laisser tout le monde en plan. Il se laisse convaincre.

Charlotte est une jeune fille sympathique et pleine d'humour. Je ne regrette pas le déplacement.

– Vous avez fait des progrès en conduite depuis la dernière fois, bravo !

C'est chez elle que j'avais accompagné Neung après l'obtention de mon permis.

– Je croyais que le « A » c'était quand on avait dix-huit ans…

Nous partons tous les quatre dans un grand éclat de rire. L'hôpital a du bon parfois.

La maman de Charlotte nous rejoint bientôt et je suis de retour à la maison en début de soirée. Les bougies ont été soufflées et les derniers convives sont sur le départ. Je rassure Neung quant à la cheville de sa copine. Il a eu un smartphone comme cadeau d'anniversaire. Esteban gambade dans son trotteur. Une journée réussie finalement.

17

Une semaine plus tard, 300 kilomètres nous attendent pour rejoindre Neung dans son temple bouddhiste, le Wat Phra Dhammakaya à Lede, en Belgique. Il a effectué le trajet aller avec des amis de Cassandra dont le neveu participe à la même cérémonie que lui. Nous sommes partis tôt pour prendre le temps de visiter Bruxelles, toute proche. Esteban est du voyage. L'autoroute belge est limitée à 120 et je me fais bêtement flasher. Pas de régulateur de vitesse dans la BM. J'ai toutes les peines du monde à convaincre mon père de prendre l'infraction à son compte même s'il a tous ses points et pas de voiture.

De Bruxelles je ne connais que la gare routière où j'ai passé de longues heures à me geler en plein hiver douze ans auparavant. J'y ai attendu une correspondance de car pour rendre visite à ma demi-sœur Nurith. C'est l'occasion cette fois de faire un clin d'œil au Manneken Pis et d'admirer la Grand-Place de Bruxelles.

Il n'est pas encore l'heure pour les moules-frites, alors nous nous rabattons sur des gaufres chocolat-chantilly. Nous enrichissons la collection de photos de Cassandra en posant devant l'Hôtel de Ville et la Maison du Roi. Il est déjà l'heure de rejoindre Neung.

Nous avons un mal fou à trouver une place pour se garer tant il y a du monde ici. L'architecture des lieux n'a rien de bouddhiste. Nous reconnaissons Neung qui court en file indienne dans la cour en compagnie d'autres enfants plus jeunes que lui. Il a revêtu la tunique traditionnelle orange clair. Son crâne rasé le change beaucoup. Un signe de renoncement au matérialisme, m'a-t-on dit.

On nous installe dans les jardins de la propriété pour déjeuner. De nombreux plats asiatiques nous attendent au milieu de plusieurs dizaines de personnes. Seuls les jeunes disciples, dont Neung, mangent à l'écart. Il vient finalement nous retrouver pour le dessert.

– Ça va Neung ? C'était bien ici ? Ça t'a plu ?

– Oui, très bien.

– Et vous avez fait quoi toute la semaine ?

– On a prié.

Il y a de nombreuses pièces à l'étage où se reposer. On s'y assied à même le sol. Nous avons avec nous le nécessaire pour la préparation des biberons d'Esteban. Un rituel de fin de stage est encore attendu en milieu d'après-midi. J'en profite pour faire un somme.

À 15 heures, la salle est pleine. En son centre, tous les jeunes assis en tailleur. Ils doivent clore leur initiation par une dernière prière et répéter les paroles d'un moine, agenouillé face à eux. Esteban s'est mis à pleurer et je ne peux assister à toute la cérémonie. Je m'excuse pour lui changer sa couche. Je le berce longtemps, il finit par s'assoupir. Le voyage matinal m'a bien fatigué et je ne tarde pas à l'imiter.

Cassandra et Neung ne nous rejoignent qu'en fin d'après-midi. Il a retrouvé ses vêtements de ville. L'heure du départ a sonné.

Je roule toute la soirée dans un calme absolu : femme et enfants ont rejoint Siddhartha et Morphée. Nous sommes de retour à Yerres.

18

4 août. Le jour du grand départ est arrivé. Deux mille cinq cents kilomètres en voiture, de nuit : la clim est défaillante et Esteban supportera mieux le trajet. Le coffre déborde. À l'arrière, Neung et son frère peuvent à peine bouger. Cassandra s'est chargée des bagages. Il y en a partout. Deux escales sont prévues avant d'arriver à Algésiras. La première chez mon père à Montpellier, l'autre à Mazarrón, dans la maison de mon cousin Javi. Le booster est de la partie, j'ai fait faire une révision de la BM, elle est censée tenir.

Le plein fait, nous partons à minuit pour ne pas réveiller trop tôt mon père à l'arrivée comme la fois précédente.

La première partie du trajet est calme et silencieuse. J'aime conduire de nuit, particulièrement sur l'autoroute, sensation d'être hors du temps.

Je stoppe une petite heure vers 4 heures du matin, le temps d'une pause pipi pour tous et d'un petit somme pour moi. Il me tarde d'arriver à Montpellier dans ce capharnaüm. J'appréhende aussi qu'Esteban ne se réveille trop tôt.

Nous arrivons à bon port sur les coups de 8 heures et mon père vient nous aider à décharger une partie du stock qui encombre la voiture.

– Pourquoi prendre autant de choses inutiles ? Vous n'en utiliserez pas la moitié !

– Je le sais bien…

Nous ne comptons rester que deux jours chez mon père. Je dors une partie de la journée. Au réveil, je vais boire un café en tête à tête avec lui. Je lui raconte l'opération des seins, nos difficultés financières et la descente de la police quelques mois plus tôt. Je lui explique que notre couple ne va pas bien. Ce voyage est censé nous ressouder. J'ai besoin de vacances et de plage, loin des problèmes.

– Mais comment tu fais pour garder le cap avec tes patients ?

Je suis entré dans une spirale et n'ai guère le choix. Je n'emprunterai pas le même chemin que lui trente-cinq ans plus tôt. Tout quitter comme il l'a fait. Femme et enfant. Pour ne me voir que pendant les vacances d'été. Je ne le supporterais pas pour Esteban.

Mon père n'est pas homme de compromis. Il n'a surtout rien à perdre. Je le supplie de ne pas aborder le sujet avec Cassandra.

Nous repartons le lendemain soir. L'ambiance est froide et tendue. J'aurais mieux fait de ne rien dire à mon père.

Mille autres bornes nous attendent jusqu'à Murcie. La plage et le farniente seront nôtres ensuite.

Nous faisons un nouveau plein juste après la frontière ; l'essence est moins chère en Espagne. Je vois les panneaux défiler : Barcelone, Valence, Alicante. Le changement d'air tant attendu. Quel bonheur pour moi de parler à nouveau la langue de Cervantès.

Je réveille tout ce petit monde à Mazarrón aux environs de 8 heures du matin et contacte mon cousin. La route qui mène à son chalet – une maisonnette qu'il a construite lui-même pour y passer ses week-ends – n'est pas indiquée sur mon GPS. Il est prévu de nous retrouver devant le supermarché du coin.

Nous sommes en avance. Nous attendons l'ouverture des magasins pour acheter un paquet de *Polvorones*. Esteban a besoin d'être changé et nos jambes de se dégourdir.

Malheureusement, je ne trouve pas la grande surface indiquée par mon cousin. Le GPS m'a fait prendre la route du port. Mauvaise pioche.

– Oiga por favor, usted sabe donde está el Mercadona ?

– Si pero es al otro lado de Mazarrón, estamos en el puerto aquí…

Je rappelle mon cousin. Il nous rejoindra dans un café du port.

– Même avec un GPS tu tlouves lien…

– Tu sais que je viens de me taper une nuit blanche pendant que toi tu ronflais !

Cassandra se met à parler en laotien avec Neung. Nous avons sorti la poussette.

– Laisse-nous à l'aélopolt… on va plendle l'avion poul lentler à Palis.

– Quoi ? Mais c'est n'importe quoi ! Mon cousin est en route. On est tous fatigués.

Javi ne tarde pas à arriver, je m'efforce de ne rien laisser paraître. Cela fait des années que je ne l'ai vu et je suis content de le retrouver. Il a sept ans de plus que moi. La mère de son fils l'a quitté une douzaine d'années plus tôt. Il n'a pas obtenu la garde.

Mon cousin est né en France, tout comme sa sœur aînée, Silvia, avant d'émigrer en Espagne. Leur mère était très attachée à son Andalousie natale.

Je suis heureux de lui présenter notre fils. Malgré son accent prononcé, Javi parle encore assez bien le français. Je nous revois, enfants, jouant sur la plage.

Nous le suivons en voiture. Il bifurque sur un chemin de montagne en plein milieu de nulle part. Il a une vieille Jeep et je comprends pourquoi. Nous parvenons à bon port malgré quelques secousses.

Une horde de chiens vient nous accueillir en sautant sur nous. Javi adore les animaux depuis toujours. Il est devenu biologiste.

– No, né bous inquiétez pas, ils sont pas méchantes.

Javi a refait sa vie avec Pilar dont j'ai fait la connaissance quelques années plus tôt. Elle est née avec une malformation du pied, les médecins étaient catégoriques : elle boiterait toute sa vie. Elle en a tiré une grande force et un caractère affirmé. Je m'entends bien avec elle.

Nous n'en sommes qu'à la deuxième étape du voyage. Il nous reste cinq cents bornes jusqu'à Algésiras et l'appartement de ma grand-mère. Une formalité. Nous comptons repartir dans la nuit. Pilar et Javi nous ont gentiment prêté leur lit pour une sieste réparatrice. L'ambiance accueillante nous fait du bien. Un apéritif au milieu des cigales accompagné de quelques rondelles de chorizo finit de nous requinquer complètement. Javi nous propose de participer à un jeu qui lui tient à cœur. Il s'agit de reconnaître sa propre production de bière parmi d'autres, industrielles quant à elles. Je tais le fait que je déteste la *cerveza* depuis toujours. Nous avons la chance de réussir son test initiatique, il ne nous en apprécie que plus.

Javi prend quelques photos avec un appareil professionnel dans lequel il a investi. Il me fait la surprise de faire encadrer l'une d'elles quelques semaines plus tard et de me la donner. Esteban est dans mes bras, le plus beau cadeau qu'il aurait pu me faire.

Le soir venu, nous dégustons un délicieux *puchero*, un mélange de pois chiches, de viande de bœuf bouilli et de soupe, en plein été et par une chaleur suffocante, c'est original.

L'heure est déjà venue de repartir. Je suis triste de les quitter mais nous les reverrons sur le chemin du retour.

La tension réapparaît ensuite. Je n'ai pas remis d'essence dans la voiture et la station que m'a indiquée Javi est fermée de nuit. Je m'engage sur l'autoroute en priant d'en trouver une autre très vite. Heureusement, je peux refaire le plein avant que le voyant rouge ne se mette à clignoter. Cela devra tenir jusqu'à Algésiras. Le booster n'a pas servi depuis notre départ. Tout semble tenir de ce côté-là.

L'autoroute n'est qu'à deux voies et passe à travers la montagne et les champs asséchés. Grenade, Málaga, Marbella... L'Andalousie et sa célèbre pancarte à l'effigie de l'immense taureau noir. Tout un symbole.

À l'aube, nous prenons le petit déjeuner dans une cafétéria, l'endroit tranche avec celles de nos autoroutes et leur modernité sans âme. Un comptoir en zinc, du *dulce de leche*, des *churros* et un *cafe con leche*. Pas un chat à cette heure... Il nous reste moins de cent kilomètres à faire. Je suis impressionné par le calme et le courage d'Esteban après tant de temps passé sur son siège bébé. Nous sommes pressés d'arriver.

La mer et l'apparition du rocher de Gibraltar fleurent bon l'arrivée. L'Afrique nous fait face et le Maroc peut se voir par temps clair depuis Tarifa. Je ne rate pas la sortie : Urbanización Las Colinas. Reste à récupérer la clé chez ma tante Paca qui habite l'immeuble en face de celui de ma grand-mère. Elle a un fils, Alberto, d'une dizaine d'années mon cadet. Son mari, mon oncle Pablo, est un homme d'une profonde gentillesse qui s'est toujours mis en quatre pour faire plaisir à ses proches. Il a malheureusement tardé à se faire opérer d'une hanche faute de moyens suffisants. Le système de santé est rudimentaire et les soins mal remboursés en Espagne. L'Andalousie est l'une des régions les plus pauvres. Le chômage chez les jeunes bat des records. Crédits à foison pour financer maisons et appartements à taux variables sur cinquante ans. Le piège intégral. La bulle a fait pschitt. Du jour au lendemain, de nombreux chantiers et projets immobiliers sont restés en plan. Mon oncle ne touche qu'une petite pension d'invalidité à présent.

Ma tante a davantage de cernes et de rides mais son flot continu de paroles est resté intact. Alberto a pris quelques kilos et la crise ne l'a pas épargné. À trente ans, il vit toujours chez ses parents. Un stupide écart pour conduite en état d'ivresse le tient pieds et poings liés : deux ans de travail d'intérêt général à l'entretien d'un parc municipal. Cela ne lui laisse aucune possibilité pour un quelconque revenu. Il dépend entièrement de ses parents. Insupportable à vivre. Aucune intimité. Comment s'émanciper, avoir une petite amie ou fonder une famille dans ces conditions ?

L'appartement de ma grand-mère n'a pas changé. Un joli quatre-pièces avec vue sur le port et le fameux rocher. Gibraltar demeure une source de tensions avec l'Angleterre.

Neung déplore l'absence de connexion Internet. L'occasion est trop belle de se désintoxiquer de nos carcans. Nous avons installé pour Esteban un lit pliable dans notre chambre. J'ai eu tant de mal à le caser dans la voiture.

Cassandra tient à faire le plein de courses avant d'aller à la plage. Sa récente opération de la poitrine ne lui permet pas de s'exposer trop longtemps au soleil. Parasol, casquettes, lunettes et crème solaire indice cinquante s'avèrent des investissements indispensables. Ce pays caniculaire a semble-t-il fait l'impasse sur les brumisateurs… Je finis par en dénicher dans une pharmacie, importés de France et vendus 13 euros l'unité. Il y a de quoi se faire une jolie fortune en les démocratisant à bon marché dans les grandes surfaces ici. Je garde cette idée pour moi de crainte d'être pris au mot par Cassandra.

Même en vacances, notre rythme à tous deux demeure très différent. Elle se couche tard et continue à gérer ses affaires par téléphone pour ne se réveiller qu'en début d'après-midi. Je suis donc seul à m'occuper d'Esteban le matin. Elle enchaîne ensuite par une bonne heure dans la salle de bains avant de prendre son petit déjeuner. Mère et fils paraissent atteints d'une frénésie alimentaire et le frigo se vide aussi vite qu'il se remplit. Avec une préférence pour la glace au *turrón* par cette chaleur étouffante.

L'ennui gagne la maisonnée. Nous sortons un soir avec Alberto en prenant soin de confier Esteban à ma tante. La soirée est malheureusement gâchée par un stupide concours de *Chupitos* – un cocktail particulièrement prisé des Espagnols vu son prix modique – qui dépasse vite la mesure. Alberto et Cassandra ne savent s'arrêter.

– Uno más, regalo.
– Encole un, c'est poul moi…
La barrière de la langue ne semble plus leur poser problème et la note est salée. L'état de mon cousin devient rapidement incontrôlable. J'ai commis l'erreur de laisser Alberto et sa Seat León turbo nous conduire à ce bar. J'insiste pour prendre le volant sur le trajet du retour. Vainement. Il roule beaucoup trop vite et s'amuse à faire semblant de nous planter dans le décor. Je crois réellement que notre dernière heure est venue sur un rond-point en plein cœur d'Algésiras. Il redresse le volant in extremis avant de s'esclaffer et de partir dans un discours incohérent et suicidaire.
– No vale la pena. Por Dios.
– Que si, vale la pena, Alberto, estoy padre ahora. Ten cuidado con el coche, te lo supplico.
Je me jure de ne plus jamais remonter dans une voiture avec lui. Au retour, ma tante me reproche de n'avoir pas su gérer son fils. Mierda.
Il est temps de changer d'air et de leur faire découvrir ma si belle Andalousie. Sus aux frais d'essence.
Je les emmène dans le petit village de Bolonia admirer l'un des sites romains les plus importants de la péninsule. Baelo Claudia a été une ville majestueuse de l'Andalousie romaine. Les vestiges qu'il en reste aujourd'hui n'ont pourtant pas l'effet escompté. Ils se rabattent sur la plage voisine. Je m'amuse de mon côté avec Esteban en sautant d'un rondin de bois à l'autre, plantés dans le sable. Je trébuche. Genou et hanche largement éraflés.
– Tu aulais pu tomber sul lui !
Le jour suivant nous visitons Séville, après deux heures de trajet sous une chaleur qui bat des records. Cassandra veut faire une promenade en calèche, mais que faire de la poussette ? Je souhaite revoir la cathédrale, splendide, et le Real Alcázar avec son palais gothique et ses jardins magnifiques, mais ils ont trop chaud et se refusent à marcher davantage.

Les bouteilles fraîches d'eau minérale ne font pas le poids face un Starbuck's Café nouvellement implanté au cœur du centre historique. La plaza de España, la Tour et la Maison de Pilate nous attendent, mais ils ne décollent plus des quais du Guadalquivir. Esteban et la canicule ont bons dos. Je crains de ne pas les retrouver si l'on se sépare. Nous sommes de retour à Algésiras en début de soirée.

Nous décollons rarement avant 11 heures le matin. Tous les soirs, je mets le booster en charge, en cas de panne. L'une de ses pinces ne fait bientôt plus contact avec la borne de la batterie. Il faut la remplacer mais elle s'adapte mal, ce qui complique le démarrage. Le percolateur en est la cause, m'a-t-on expliqué. La BM doit tenir en l'état.

La ville de Málaga me laisse un goût particulièrement amer. La Costa del Sol et ses flots de touristes ne sont pas le problème. J'ai eu le malheur de boire dans la canette de Neung. Il prend son air dégoûté.

– Allez Neung, j'ai pas la gale, quand même…

– Laisse-le tlanquille !

– Mais je ne fais que plaisanter avec lui. Ça ne va pas le tuer de partager une goutte de Coca avec moi.

Elle met un terme à la conversation. Nous sommes en terrasse et je rentre régler l'addition. Je trouve table vide à mon retour. J'ai avec moi le sac d'Esteban et tout son nécessaire : biberon, couches, eau… Il fait quarante-cinq degrés. Je panique en repensant aux menaces qu'elle a proférées à Mazarrón. Le séjour ne se passe pas du tout comme je l'avais espéré. Je laisse message sur message à Cassandra, elle ne décroche pas.

Je n'arrive plus à réfléchir. Cela vire au cauchemar. Je ne pense plus qu'à Esteban. Deux heures d'angoisse à balayer les rues. Les plus longues de mon existence. Finalement je retourne à la voiture, garée loin du centre-ville. Ils m'y attendent.

J'oscille entre rage et soulagement. Esteban va bien.

– Tu n'as pas eu mes messages ? Qu'est-ce qui t'a pris de partir comme ça sans prévenir ?!...

Elle grimpe dans la voiture sans prononcer un mot. Je reprends la route en sens inverse avec une immense fatigue et un sentiment nouveau que je ne connais pas. La colère froide.

La visite surprise le lendemain de ma cousine Silvia, la sœur aînée de Javi, tombe à point nommé. Elle habite avec mari et enfants à Jerez de la Frontera, à 150 kilomètres d'Algésiras. Elle a fait le trajet spécialement pour nous voir. Cela fait dix ans que je ne l'ai pas vue. Elle est l'aînée de mes cousins et cousines. Elle a entamé des études en pharmacie avant de tomber enceinte très jeune. Santi, son conjoint, travaillait alors pour Telefónica. Il a réussi professionnellement et Silvia a préféré se consacrer à l'éducation de leurs enfants. Ils sont mariés depuis vingt ans.

Ils insistent pour nous avoir quelques jours avec eux. Je ne connais pas ses fils et c'est aussi l'occasion de visiter Cadix et changer d'atmosphère.

Ils habitent une maison cosy avec jardin et patio. Leurs enfants, Victor et Cristobald, sont âgés de quatorze et vingt ans. Neung, qui, je le comprends, doit s'ennuyer, se trouve un comparse pour les jeux vidéo. Pas besoin de parler la même langue. L'aîné, quant à lui, profite de ses vacances et découche chaque nuit, entre discothèques et invitations chez ses amis.

Cadix est imprégnée de culture romaine. Je suis personnellement plus attaché à l'architecture arabo-andalouse. Enfant, j'ai été marqué par Ronda, où ma grand-mère était née.

Nous baignons trois jours dans un climat familial et doux. Cassandra s'y sent bien. Ne pouvons-nous en faire autant ?

Retour à Algésiras. La plage El Rinconcillo fait face au rocher de Gibraltar et son fameux détroit. Confluent de la Méditerranée et de l'Atlantique. Enfant, j'adorais marcher sur le sable humide par marée basse. Un jour, nous avions ramassé des coques avec ma mère, mais faute de les avoir laissées dégorger assez longtemps nous n'avions pu les déguster. Ma déception fut vive. J'ai encore le goût du sable dans la bouche.

Nous avons tenté de fouler le sol britannique quelques jours plus tôt. Neung et Esteban ont été confiés à ma tante. Après trois heures de file d'attente confinés dans la voiture on nous a retenus à la frontière : un visa était nécessaire aux résidents non européens et Cassandra ne pouvait bénéficier d'aucune exception. Je n'envisageais pas de rendre visite seul aux fameux macaques de Gibraltar et encore moins dévaliser les boutiques duty free. So long, Marks & Spencer. Je voulais éviter un autre raté.

Vient le jour du grand départ. Il n'est que 7 heures et je tiens à assister une dernière fois au lever du soleil face au rocher. Neung a préféré rester au lit avec son frère. Le retour à l'appartement sonne le glas de toutes mes espérances. Esteban a réveillé Neung, écourtant sa grasse matinée. Je vais conduire de nuit, il aura tout le temps de ronfler à loisir. Je m'occupe du biberon d'Esteban tandis que Cassandra se maquille. Huit heures de route nous attendent jusqu'à Mazarrón et je souhaite me reposer un petit moment avant notre départ à la nuit tombée. Je m'allonge à peine lorsque Neung déboule dans ma chambre.

– Tu es toujours fatigué !

– Neung, je vais conduire toute la nuit, c'est dangereux si je manque de sommeil. On peut avoir un accident, tu ne veux pas qu'il nous arrive quelque chose quand même !

Qu'a-t-il compris ? Il se précipite sur moi pour m'asséner des coups. Je reste sidéré. Qu'ai-je dit pour le mettre dans un état pareil ? Je tente de maintenir ses poings mais il se débat et me griffe. Je ne l'ai jamais vu comme ça. Il ne s'arrête pas. Malgré ses seize ans, il est encore frêle, et je ne réplique pas. Loin de vouloir calmer cet accès de folie, Cassandra encourage son fils :

– Je te complends, Neung, je te complends…

Moi pas. J'entends ma femme appeler ma tante au téléphone.

– Tata, viens tout de suite, ils se battent… Neung et Gélald.

Assiste-t-elle à la même scène que moi ? Elle sait que je déteste la violence. Je me sens désespérément seul.

Neung y met toutes ses forces. Je suis griffé de partout, j'essaie de le tenir allongé en lui maintenant les poignets mais ses coups ne cessent pas et ma poitrine me fait de plus en plus mal.

– Arrête ! Mais qu'est-ce que tu as ? Qu'est-ce que je t'ai fait ? Calme-toi !

L'interphone retentit. Neung s'arrête enfin.

Quelques instants plus tard on tape à la porte. C'est ma tante. Comment expliquer ce qui vient de se passer ? Nous sommes dans l'appartement de sa mère. Pauvre grand-mère restée à Paris. Un porte-parapluie a été cassé. J'ai des griffures au visage et au cou. Les mots ont-ils encore un sens ? Neung ne nie pas. Ma tante lui fait la morale. Esteban est resté tout ce temps dans son trotteur. Je le prends dans mes bras comme pour le protéger. Je donnerais tout pour retourner chez nous à cet instant.

Ma tante finit par repartir, je suis en état de choc. Je ne pense qu'à regagner Yerres le plus rapidement possible. Je n'envisage plus qu'une seule escale à Montpellier pour pouvoir parler à mon père. Je préfère éviter mon cousin à Mazarrón, me débarrasser de ce trajet retour et ne plus penser à rien. J'ai peur pour Esteban maintenant.

Il faut encore faire les bagages. Plus aucun son ne sort de ma bouche, je souffre en silence, me concentrant sur le chargement du convoi. Mon corps me fait mal.

Je vais seul chez ma tante pour lui rendre les clés. Tout le monde doit déjà être au courant. Tout ça n'est plus possible.

Le voyage retour est interminable. Personne ne se parle. Je sens les yeux de Neung braqués sur ma nuque. Esteban dort.

– Allête-toi, j'ai envie de faile pipi.

Je stoppe à la première aire d'autoroute. Cassandra réapparaît presque aussitôt.

– C'est felmé, y a pelsonne ici ! crie-t-elle avant de claquer violemment la portière et de réveiller tout le monde.

– Je m'arrête à la prochaine station-service…

Elle est folle, elle aussi. J'ai tout raté. Sur toute la ligne.

Au petit matin, je me sens à bout de forces. Je ne peux tenir jusqu'à Montpellier sans m'arrêter quelques heures. J'appelle Javi, résigné : un lit nous attendra chez lui. Je ne me trompe pas de route cette fois et retrouve le chemin de son chalet. Le moment est mal choisi pour les retrouvailles, je ne suis vraiment pas en état de faire la causette. Je demande à Javi et sa femme de veiller sur Esteban pour me réfugier dans le sommeil.

Je me réveille vers 14 heures, on nous invite à déjeuner. Je n'aspire qu'à repartir, mais il eût été grossier de décliner. Esteban joue dans le jardin, il a déjà bu son biberon.

Juan, le père de Javi, est passé le voir. Il en profite pour me demander des nouvelles de la famille restée en France. Il doit sentir mon malaise en dépit de mon sourire de circonstance.

Nous repartons finalement sur les coups de 16 heures. Je prétexte un impératif professionnel pour justifier la précipitation. Mon oncle, plus encore que les autres, n'en est pas dupe.

Je n'ai pas vraiment récupéré. La fatigue et le stress ne font qu'amplifier ma sensation de mal-être. J'ai du mal à respirer. Je me concentre sur le GPS et les kilomètres s'enchaînent. J'en oublie l'essence et l'apparition du voyant rouge me met une pression supplémentaire. Tout le monde dort, je n'ose imaginer les conséquences d'une panne maintenant. Je prie pour voir surgir une station dans la nuit sur cette autoroute sans fin.

Les kilomètres défilent et toujours rien, aucun panneau à l'horizon. Dois-je me risquer à sortir de l'autoroute ? Barcelone n'est plus très loin, mon GPS indique une station dans sa périphérie. Je m'attends à ce que la voiture s'arrête à tout instant. Il fait noir et chaud. L'air est suffocant. Chose à ne pas faire, j'appuie sur l'accélérateur.

Miracle : une station au milieu de nulle part. Je respire. Personne n'en sait rien. J'ai besoin d'un café que j'additionne d'un Red Bull. Plus question de nous arrêter en Catalogne sur le retour, comme initialement prévu. Les choses sont allées trop loin. Cassandra ne relève même pas. Montpellier n'est plus qu'à trois cent cinquante kilomètres. Trois heures et demie de route. Le jour s'est levé. J'appelle mon père. Nous ne serons pas chez lui avant 11 heures. Esteban va avoir chaud sans climatisation dans la voiture. Cassandra s'obstine à ne lui donner que du lait. Il a onze mois pourtant, et non six. Tout va changer.

Mon père comprend immédiatement qu'il s'est passé quelque chose. Je laisse nos affaires dans la voiture. Neung et Cassandra partent se coucher dans une chambre. J'emmène père et fils nous dégourdir les jambes.

Esteban ne se lasse plus de boire de l'eau. J'achète deux petits pots et demande de nous les réchauffer au micro-ondes dans une brasserie. Je retrouve un semblant de sérénité pour vider mon sac. Mon père embraye :

– Je t'avais dit de ne pas poursuivre ce voyage, qu'ils allaient te rendre dingue. Tu ne peux pas continuer comme ça.

J'ai un étau dans l'estomac. Mes douleurs au thorax se sont accentuées. Mon père décide de m'emmener aux urgences. C'est déjà l'heure de la sieste pour Esteban et l'attente à l'hôpital va durer. Je demande à mon père de m'y conduire et de retourner chez lui prendre soin d'Esteban.

La salle d'attente est pleine et j'y passe une bonne partie de l'après-midi. On me fait une radio, je n'ai rien de cassé hormis les griffures et hématomes. Avec qui donc ai-je vécu ces deux dernières années ? Mon père n'a cessé de charger Cassandra mais je ne peux me résoudre au divorce. À qui serait confié notre fils ? Je ne pourrais vivre un seul jour sans lui. Neung m'a agressé. Il ne m'a jamais accepté. J'ai tout essayé, témoigné intérêt et bienveillance. Je connais maintenant son imprévisibilité, sa violence. J'ai peine à réfléchir.

L'urgentiste me délivre un certificat médical : «… déclare avoir reçu des coups par l'un des membres de sa famille… ». Je n'envisage pas de porter plainte mais je ne me vois plus vivre ainsi. De quoi serait-il capable, seul avec son petit frère à la maison ? Je ne peux faire comme si rien ne s'était passé. C'est trop demander.

Mon père revient me chercher, tout va bien chez lui. Esteban a fait la sieste et s'amuse avec ses jouets. Je suis impatient de le retrouver.

Nous repartons la nuit même. Mon père m'a convaincu de prendre des décisions. J'attends d'être rentré à la maison. J'ai surtout besoin de repos.

Au petit matin nous sommes de retour à Yerres. Les chats ont vomi partout. Je file dans la chambre pour retrouver mon lit, mettre un oreiller sur ma tête et sombrer dans un sommeil comateux.

Je me réveille en début d'après-midi. Je suis résolu à avoir une explication.

– C'est très grave ce qui s'est passé, pourquoi Neung a fait ça ? Je ne sais pas de quoi il est capable ! Je n'ai plus confiance en lui.

– J'ai pallé avec lui, il veut s'en aller, il va habiter chez mes amis d'Épinay. Il continuela le collège. Moi aussi je vais paltil, je vais voil ma sœul en Thaïlande. Elle va m'aider à légler mes affailes. Tu acceptes de me laisser voil Esteban quand je veux, quand je selai en Flance, ou on divolce et c'est la guelle !

Comment en sommes-nous arrivés là ? Mes larmes ne cessent de couler. Je ne peux en entendre davantage. Son mode de vie et ses valeurs ne sont pas les miens.

Je vais m'occuper d'Esteban. Je dois être fort pour lui, et le protéger.

19

Cassandra a déserté. Je me retrouve seul avec Esteban. Je n'ai pas voulu ça. Tout se bouscule dans ma tête. Tout est allé si vite entre sa mère et moi. M'a-t-elle seulement laissé le choix ? Notre enfant donne sens à ma vie. Je suis papa.

Je ne veux plus compter sur la nourrice laotienne. Dans quelques jours je vais reprendre le travail.

Le lendemain je contacte la mairie en expliquant ma nouvelle situation. J'obtiens un rendez-vous à la crèche avec la coordinatrice du service petite enfance.

– Monsieur Taubenhaus !…

Je me retourne et reconnais Olivier Zemouri. J'ai collaboré avec lui dans le FLE à Épinay voici quelques années. Une expérience difficile. Je croyais avoir un bon contact avec les enfants, mais il s'agissait d'élèves de maternelle, petite et moyenne section. J'avais des groupes de cinq et n'étais pas formé à enseigner à des enfants aussi jeunes. Ils pleuraient dès que leur mère partait. Certains se déshabillaient sous la table. Un cauchemar. Une expérience sans lendemain.

– Olivier ?… Qu'est-ce que tu fais là ?

J'essaie de cacher mon émoi. Je ne dors plus depuis des nuits. Cassandra n'a répondu à aucun de mes messages.

– C'est avec moi que tu as rendez-vous. Je succède à Mme Daricourt comme coordinateur du service petite enfance.

Olivier se montre à l'écoute et humain. Je craque littéralement dans son bureau.

Il se plie en quatre pour me trouver une assistante maternelle de la crèche familiale. Elle gardera Esteban à domicile en fonction de mes horaires de travail. Une grande partie de sa rémunération va être prise en charge par la CAF. Je retrouve espoir et remercie mon sauveur.

Esteban fait ses premiers pas. Moment magique. Je suis si fier. Nous soufflons sa toute première bougie seuls tous les deux. Cassandra n'a donné aucune nouvelle. La période d'adaptation chez l'assistante maternelle va durer quinze jours.

Ana est d'origine portugaise et doit avoir une cinquantaine d'années. La prise de contact a été bonne. Nous ne sommes restés qu'une petite demi-heure le premier jour, Esteban a pleuré, mais rien là que de normal au début, d'après elle.

J'envoie un nouveau message à Cassandra. Elle répond à celui-ci.

« Je ne veux pas que mon fils change de noullice, il est bien chez Kim… »

Je recommence à m'inquiéter. L'adaptation chez Ana se passe bien, elle ne peut s'opposer à son bien-être. Je décide de consulter un avocat. J'obtiens l'adresse d'une spécialiste du divorce à Paris, Maître Françoise Teisseire. Rendez-vous est pris pour le surlendemain matin. J'appelle Giancarlo ce soir-là pour tout lui raconter. Il me propose de passer la nuit suivante chez lui avec Esteban. Je suis soulagé de le retrouver en pareilles circonstances.

Le cabinet de l'avocate se situe à Nation. Elle n'y va pas par quatre chemins.

– Je vous conseille d'engager une procédure. Il faudrait assigner en référé pour statuer au plus vite sur la garde de votre fils. Votre femme exerce l'autorité parentale comme vous, et peut à tout moment s'opposer à vos décisions concernant l'enfant.

Je me laisse convaincre. Cassandra a quitté le domicile conjugal et j'ignore jusqu'à sa nouvelle adresse. Une convocation lui est donc adressée à son salon de beauté à Paris.

J'ai besoin du livret de famille pour finaliser l'inscription à la crèche, mais je ne parviens plus à remettre la main dessus. En fouillant dans les papiers je m'aperçois que mon passeport a disparu, lui aussi. Je panique. Je me souviens l'avoir rangé dans un tiroir au retour des vacances. Cassandra l'aurait pris ? J'essaie de la joindre à nouveau. La dernière fois qu'elle a vu Esteban remonte à plus de quinze jours maintenant. Elle me répond par mail.

Elle a eu besoin du passeport de notre fils. Sans plus d'explications. C'est pourtant bien le mien qu'elle a pris. Un passeport allemand rouge, identique à celui d'Esteban. Elle a dû les confondre. Que compte-t-elle en faire ? Partir ? M'enlever notre fils… Je rappelle l'avocate, en panique.

– Le risque est réel, je vais demander au juge une mesure d'interdiction de sortie du territoire sans l'autorisation des deux parents.

Elle m'informe aussi qu'une date en référé vient d'être arrêtée au 4 octobre. Elle me conseille de remettre à Cassandra une photocopie du passeport d'Esteban contre la restitution du mien et un double du livret de famille. Tout ça va trop vite pour moi. Il me faut voir Cassandra. Lui parler. Que veut-elle au juste ?

Je réponds à son mail et lui scanne le document. Dans la foulée, je reçois une copie du livret mais les idées se bousculent dans ma tête. J'appelle mon père. Il sera là dès demain.

Cassandra réapparaît le jour suivant pour récupérer des affaires. Elle me rend mon passeport mais refuse toute explication. Je lui dis que mon père va passer quelques jours à la maison pour s'occuper d'Esteban, mais elle ne veut rien entendre. Elle s'oppose à présent à la poursuite de l'adaptation chez Ana, menaçant d'appeler la police. Pour quel motif ? Elle repart sur ces mots. Je me sens perdu.

Elle revient en début de soirée. Entretemps, mon père est arrivé, Sébastien nous a rejoints aussi. Son logement est en travaux et je lui ai proposé de l'héberger quelques jours chez nous. Leur présence à tous deux tranche radicalement avec la solitude des dernières semaines, et me rassure.

Les retrouvailles entre mon père et sa belle-fille sont glaciales. Cassandra fait mine de n'avoir jamais quitté l'appartement. Elle a dû recevoir l'assignation en divorce. Elle veut soudainement donner le bain à Esteban.

Un quart d'heure plus tard elle m'appelle de son portable depuis la salle de bains, distante de quatre mètres. Elle me demande de lui apporter une serviette et de me laver les mains. Ce que je fais pour ne pas envenimer davantage la situation. Elle s'énerve pourtant : il aurait fallu me laver les mains « avant » de lui apporter la serviette. Je n'insiste pas.

Elle s'est mis en tête de préparer un biberon à présent. Esteban a déjà bu son lait juste avant. Celui qu'elle a choisi se donne le matin, trop riche à digérer la nuit. Je le lui explique. En vain. Elle couche Esteban avant de repartir avec un sac volumineux. Sans même dire au revoir. Nous laissant dans un climat de tension palpable.

Le calme est de courte durée. Elle refait surface peu après 23 heures. Je suis déjà couché, mon père et Sébastien regardent la télévision dans le salon. Esteban s'est endormi dans son lit près de moi.

Cassandra a décidé de s'établir un campement improvisé avec des draps et une couverture à même le sol. C'est absurde et je le lui fais remarquer. Elle peut dormir dans le lit ou prendre le canapé. Elle ne me répond pas. Je ne parviens plus à trouver le sommeil.

Elle se relève peu de temps après pour mettre en marche un convecteur bruyant, susceptible de réveiller notre fils. Nous sommes en septembre et il fait encore chaud. Je m'apprête à l'éteindre lorsqu'elle se met à hurler. Je la vois balancer ses draps dans le couloir. Mon père intervient.

– Tu es folle de crier comme ça. Tu as pensé au petit ? !

Elle sort de l'appartement pour téléphoner sur le palier. Mon père ramasse les draps avant de tenter une discussion avec elle. Il comprend qu'elle a appelé la police. Elle a réveillé tout le monde.

L'interphone retentit quelques minutes plus tard. Cassandra choisit cet instant pour revenir et réinstaller les draps par terre dans le couloir.

Mon père ouvre la porte aux policiers. Les mêmes images qu'en février dernier.

– Monsieur Taubenhaus ? Votre femme nous a appelés pour violence conjugale.

Je n'en crois pas mes oreilles. Cette fois c'est moi l'accusé. Les policiers semblent habitués. Ils interrogent Cassandra et moi séparément. Je les informe de ma demande de divorce suite à l'abandon de ma femme du domicile conjugal. Je me suis retrouvé tout seul avec Esteban durant plus de trois semaines. Mon père et Sébastien relatent à leur tour les faits auxquels ils ont assisté, confirmant qu'aucune violence n'a eu lieu ici. Mon père insiste sur la mise en scène autour des draps.

Cassandra ne porte aucune marque de coups. Les policiers mettent en avant la procédure en cours, laquelle doit statuer sur la garde de l'enfant. Ils ne peuvent interférer, Esteban n'est pas en danger. Ils prient donc Cassandra de se retirer pour ne pas envenimer la situation. Ce qu'elle fait.

– Elle n'a pas eu un regard pour l'enfant en partant, remarque la policière.

– J'ai trouvé un sac caché derrière la porte avec le nécessaire de toilette pour bébé, renchérit mon père.

Son intention était bien de quitter le domicile avec notre fils cette nuit-là. Elle ne recule devant aucun stratagème. Je vais mourir de stress.

Quelques heures plus tard, je reçois un SMS de ma banque pour une autorisation de paiement d'un montant de 270 euros chez Micromania. Que je ne valide pas. Dans la foulée, je constate une autre commande Worldpay d'une centaine d'euros, déjà débitée celle-ci. J'ai pourtant sur moi ma carte bleue, Cassandra a dû utiliser ses références et copier mon pictogramme. Au matin, je fais opposition avant de me rendre au poste de police.

– Il ne peut légalement y avoir vol entre époux...

On refuse ma plainte.

Deux jours plus tard je reçois un coup de fil de ce même commissariat.

– Brigadier-chef Vesson. Votre femme a porté plainte contre vous pour violence conjugale. Il me faudrait votre déposition. Votre père et M. Bramé seront convoqués aussi.

Mon père a rendez-vous dès le lendemain à 14h heures. Je dois suivre, et Sébastien ensuite.

Mon esprit reste focalisé sur les propos des policiers lors de l'intervention chez nous. J'espère qu'ils ont bien été relayés à l'inspecteur chargé de l'enquête.

Au retour du poste, mon père se montre rassurant :

– Il est sympa, le flic. Je lui ai tout expliqué, ça va bien se passer...

Je lui confie Esteban avant de filer à mon tour au commissariat. Je repense soudain à Junger, l'ex de Cassandra, qu'elle avait accusé de coups et blessures, tout comme son ex-mari et le Laotien cogérant de son salon... Mon tour est venu. Quel but a-t-elle ? Je suis déjà ruiné et ne sais plus comment rembourser les dettes.

– Il y a des choses qui ne cadrent pas dans le récit de votre femme.

Je reste près de deux heures pour ma déposition. Je raconte les moindres détails de notre histoire depuis le premier jour de la rencontre avec ma future femme. Je me risque à corriger les fautes d'orthographe du brigadier-chef en relisant ma déposition, avant de la signer.

– Vous avez de la chance d'être tombé sur moi, mes collègues n'ont pas ma patience…

Je sors soulagé mais vidé, pressé de retrouver Esteban.

L'audition de Sébastien aussi s'est bien passée.

Appel du brigadier Vesson quelques jours plus tard.

– L'enquête est close, je transmets au procureur, votre femme nous a remis des photos d'elle, le visage tuméfié, mais je ne les ai pas jointes au dossier. Mes collègues n'ont rien constaté de tel le jour de son appel. Elle a aussi présenté un certificat médical datant de deux jours après les faits mentionnant un poignet cassé ; je l'ai transmis en précisant qu'elle n'en avait pas fait état lors de son dépôt de plainte.

Je m'affaisse un peu plus.

Les jours suivants sont particulièrement éprouvants. Je tremble à l'idée de croiser Cassandra en sortant du domicile. Mon père a accepté de rester jusqu'à l'audience en référé du 4 octobre. Je compte les jours. Encore une longue semaine à tenir.

Les événements se bousculent. Je reçois une convocation par mail d'une association de médiation familiale située à Paris. Ils s'excusent pour l'information tardive et me demandent de la transmettre à ma femme. Nous avons rendez-vous deux jours plus tard. J'appelle aussitôt Maître Teisseire.

– Allez-y, c'est préférable, ce sera bien vu par le juge pour l'audience de la semaine prochaine.

Dépité, je transfère le mail à Cassandra.

Rue La Rochefoucauld, dans le 9e. Comment une médiation serait-elle encore possible après ses fausses accusations contre moi ? Nous avons atteint le point de non-retour.

11 h 45, Cassandra n'est toujours pas là. Une femme aux cheveux gris finit par me faire entrer dans son bureau.

– J'aurais préféré que votre épouse soit présente…

– J'ai transmis votre mail dès que je l'ai reçu.

Je suis donc seul à m'expliquer. Je lui parle de la tentative de vol du passeport et de ma frayeur à l'idée que sa mère enlève notre fils.

– Il ne m'appartient pas de prendre position, se contente de répondre la médiatrice.

Je me dépêche de rentrer à la maison. J'ai raté un appel de la directrice de la crèche, que je n'ai même encore jamais rencontrée. Le ton du message est sec. Elle m'explique que ma femme a débarqué le matin même dans son bureau pour exiger de voir Esteban. Elle a fait un esclandre. La directrice insiste sur le fait que ce n'est pas son rôle de gérer les conflits familiaux. Paniqué, je contacte Olivier.

– Oui, elle voulait absolument voir Esteban et refusait toute discussion, confirme-t-il. Elle a fait son petit effet, mais on a géré, ne t'inquiète pas. La directrice a raison, l'aval du juge est indispensable. On poursuit l'adaptation en attendant. Après l'audience, tu nous transmets le document au plus vite. Ça va bien se passer, j'en suis sûr.

La période d'adaptation d'Esteban avec son assistante maternelle prend fin. J'ai repris le travail et appelle mon père cinq fois par jour pour m'assurer que tout va bien. Sébastien a installé un loquet sur la porte d'entrée pour pallier toute nouvelle intrusion.

Lorsque je rentre ce jour-là, mon père a la mine défaite. Il n'a pas voulu m'en aviser plus tôt pour ne pas me perturber au travail. Cassandra a tenté de pénétrer dans l'appartement en fin de matinée. Il s'y est opposé. Loué soit ce loquet. Il reste moins d'une semaine avant l'audience. Nous ne tiendrons jamais jusque-là.

Quelques heures plus tard, Cassandra réitère. Sonneries continues et coups violents sur la porte. Je me réfugie dans la chambre avec Esteban. Les insultes fusent. J'en tremble de tous mes membres. J'appelle le commissariat et demande à parler au brigadier Vesson pour lui expliquer la situation. Il me communique le numéro de téléphone de la patrouille pour solliciter une intervention.

Mon père reste collé à l'œilleton pour guetter l'arrivée des policiers. Cassandra n'est pas venue seule, semble-t-il.

Quarante minutes plus tard, on sonne à l'interphone. Mon père ouvre, un agent entre et s'assure en premier lieu que le bébé va bien. On l'a mis au courant de la situation. Il conseille à ma femme de repartir et d'attendre l'audience du 4. Une éternité.

Nuit blanche. Le lendemain, la concierge m'interpelle en bas de l'immeuble :

– Une voiture a été brûlée cette nuit sur le parking ! La police est venue, il y avait plein de jeunes agressifs…

Je blêmis et fonce sur le parking. Place 748, ma voiture est intacte. La 704 est à moi aussi et il y a des traces de goudron fondu. Un véhicule a été incendié, pas le mien. Une coïncidence n'est pas possible.

– Vous devez aller porter plainte, me conseille l'avocate.

Je n'ai jamais vu autant la police de toute ma vie. Nouveau refus d'enregistrer ma plainte. Sans preuve, je me résigne à une simple main courante.

La priorité est de changer la serrure de l'appartement. Devis : 550 euros. Je n'en ai pas les moyens. L'assurance de ma banque prend en charge les deux tiers en cas de vol ou perte de clé, mais une déclaration au commissariat s'avère obligatoire. J'y retourne, contraint. Nouvel agent, moins amène que le brigadier Vesson, il enregistre ma déposition.

Justificatif transmis, la serrure est remplacée. Nouvelles clés. Je me sens un peu mieux, mais la peur ne me quitte plus. J'évite les sorties et passe maintenant par la cave pour rejoindre ma voiture. Olivier a prévenu Ana de ne confier Esteban qu'à moi. Les jours sont interminables.

Mardi 4 octobre 2017. Jour de l'audience. J'attends mon avocate sur les marches du palais. À son arrivée, nous faisons le point. Elle me fait part de ses conclusions : garde de l'enfant au domicile du père, autorité parentale partagée… Je tique.

– L'obtention de la garde exclusive est rarissime pour un père. Cela serait mal perçu d'en faire la demande au juge, argumente-t-elle.

Il me faut céder. Je ne suis pas sûr qu'elle ait réellement pris la mesure du danger.

4e étage, cabinet 305. 11 h 50. Nous montons. Un avocat âgé accompagne Cassandra.

– C'est Maître Pompili…, me souffle mon avocate, impressionnée.

Jamais entendu parler. Les deux confrères se parlent en aparté. Maître Teisseire revient avec des photos de Cassandra sans maquillage, contusionnée, l'œil à moitié clos. On la reconnaît à peine. De quand datent ces clichés ? Le brigadier Vesson avait fait mention de ces photos au téléphone.

– Je ne l'ai jamais touchée, les policiers peuvent en témoigner !

Me croit-elle seulement ?

Le greffier appelle les avocats, pas les époux. Cassandra s'isole. J'aurais tant souhaité entendre ses explications.

Les avocats ne tardent pas à revenir. J'apprends que l'affaire est déportée, le juge s'est dessaisi. Le tribunal compétent est celui d'Évry.

– Le dernier domicile connu de votre épouse est à votre adresse.

Envoyer l'assignation à son salon de beauté était une erreur de mon avocate. Tout est à refaire. Mon père doit rentrer chez lui. Olivier n'aura pas son attestation, ni moi la garde d'Esteban. Mon monde s'écroule.

TROISIÈME PARTIE

1

Mon père est reparti, mon avocate s'est débarrassée du dossier en me recommandant une collègue d'Évry. Elle va lui reverser la moitié des 1 000 euros dont je me suis acquitté. Est-ce l'avocat de Cassandra, ce Pompili, qui l'a tant impressionnée ? Renseignements pris, il s'est fait connaître en plaidant pour une grosse affaire de drogue dans les années 80. Qu'attend-il pour se mettre à la retraite ? Il est clair maintenant que Cassandra n'est pas sans le sou, comme elle le prétendait. Heureusement, Olivier ne m'a pas lâché, il a pris le risque du maintien de la garde d'Esteban chez l'assistante maternelle jusqu'à la prochaine audience.

Je reste tous les matins avec Esteban. Ana le garde trois après-midis par semaine, ainsi que les mercredis et samedis, toute la journée. Je n'ai guère le choix. Il faut éponger les dettes et garder une situation stable aux yeux du juge. J'ai maintenu les séances avec quelques patients à domicile et ne travaille plus que pour trois villes de l'Essonne. Je gagne moins de 3 000 euros à présent tandis que les dettes en exigent mensuellement le double. Il est impossible pour moi de tenir à ce rythme. J'ai dû souscrire un énième crédit pour régler les honoraires de cette nouvelle avocate. Je n'ai pas droit à l'aide juridictionnelle. Un second référé est arrêté au 8 novembre prochain. Un mois d'attente en plus.

Maître Balmy est plus jeune que sa prédécesseure. Elle montre peu de compassion lorsque je lui explique les fausses accusations de Cassandra.

– Vous avez évité la garde à vue, c'est une bonne chose.

Vivre au milieu des affaires de Cassandra m'est devenu intolérable, ses bouddhas et tous les bibelots me rappellent trop à elle… Ma mère accepte de m'aider pour un grand nettoyage. Je ne veux rien conserver. Les cartons s'amoncellent, la poussière est partout. Je jette toutes les bouteilles d'alcool vides, cachées derrière les pleines. Je me rappelle la livraison du fameux bar le jour des noces. Son comportement n'avait pourtant rien d'une alcoolique. Quel recul puis-je avoir vis-à-vis de mes patients lorsque je me sens noyé moi-même…

– Géraaald !

Ma mère vient de tomber sur des papiers que Cassandra a classés dans un dossier. Un document de la préfecture de Paris stipule que son salon de beauté a été fermé en avril dernier pour « prostitution et proxénétisme » !

Je ne parviens à y croire. Elle a donc menti sur toute la ligne. Elle n'a pas eu le temps de récupérer l'ensemble de ses dossiers. J'ai sans doute contrecarré ses plans en changeant la serrure.

Nous ne sommes pas au bout de nos surprises. Je tombe sur une reconnaissance de dette de 20 000 euros où mon nom figure en tant que caution. Sans avoir jamais rien signé de tel. S'y trouvent aussi les documents de son second divorce et des lettres de Junger qui l'accusent de s'être comportée comme une prostituée. Tandis que lui nie en bloc les accusations pour coups et blessures portées contre lui. Il avait bien tenté de me prévenir à notre première rencontre, mais je n'avais rien voulu entendre. L'histoire se répète. Je trouve aussi une lettre adressée à l'ANAEM mentionnant la fin du visa touristique de Neung ; il expire le 24 avril 2015, soit cinq jours seulement avant que je fasse la connaissance de sa mère. Je n'ai été qu'un poisson qu'elle a su ferrer. Et notre enfant dans tout cela ? S'est-elle seulement sentie mère un jour ?

Je me sens sale et veux m'expurger en me débarrassant de ses affaires. Tout oublier.

Je loue un box dans un garde-meubles. 140 euros mensuels plutôt que d'en supporter davantage. Sébastien me donne un coup de main pour tout transbahuter. Je ne conserve rien à l'exception de ses papiers.

Le box est rempli à ras bord et pourtant tout ne veut pas rentrer. Il faut rendre le camion de location avant midi. Je suis à bout de forces. Je laisse le tout en l'état.

Mal m'en prend, je reçois dès le lendemain un appel matinal.

– Monsieur Taubenhaus ? Des affaires sont restées devant votre box. Vous ne pouvez pas les laisser là.

– Elles ne sont pas à moi.

C'est vrai en un sens.

– Vous dites que les affaires qui se trouvent devant le 117 ne vous appartiennent pas ?

– C'est ça.

Second appel un quart d'heure plus tard.

– Vous vous moquez de moi ? J'ai visionné les enregistrements. C'était bien vous hier !

– Ce sont les affaires de ma femme.

– Mais ça ne change rien, le box est à votre nom. On ne peut pas laisser des affaires traîner dans les couloirs. Vous devez débarrasser l'allée avant ce soir.

Je retourne récupérer ces maudites chaises en trop pour les balancer dans la première benne venue. J'en informe Cassandra par lettre recommandée ; sa nouvelle adresse figure sur le dossier transmis par son avocat. Son bordel l'attend en intégralité chez Homebox.

2

Quelques jours plus tard, je reçois un nouvel appel du commissariat. On me demande d'apporter le certificat médical établi aux urgences de Montpellier. Celui qui fait état des coups portés par Neung en Espagne.

Je m'y rends dans l'après-midi, déduisant que le dépôt de plainte de ma femme se poursuit malgré ce que m'a laissé entendre le brigadier Vesson.

J'ai de nouveau affaire au policier qui a rédigé la main courante au sujet de mes clés. Son attitude est très différente cette fois. L'entretien est hostile et pénible. Il se moque ouvertement de moi.

– Et vous ne pouviez pas vous défendre contre un jeune de seize ans ? Il est si fort que ça ?

– Je n'ai pas voulu répondre à sa violence, il était en état de crise.

– Et combien dites-vous avoir reçu de coups ? Une centaine ?...

À l'issue de l'audition, j'apprends que je fais l'objet d'une seconde plainte, déposée par Cassandra au nom de Neung. Elle a demandé à son fils de faire une fausse déclaration ! Je n'en verrai jamais le bout.

Le jour même, je reçois un appel d'une voisine libanaise avec laquelle nous avons sympathisé. Elle a déménagé depuis peu.

– Cassandra m'a appelée. C'est quoi cette histoire ? Elle veut que je lui fasse une attestation. Elle dit que tu l'as frappée ?

– Carole, je suis en plein cauchemar, j'ai trouvé des documents qui prouvent que son salon de beauté a été fermé pour prostitution, et Neung m'a agressé en Espagne. Cassandra veut me prendre Esteban. Elle a appelé la police, mais mon père était là et les agents ont bien vu qu'elle mentait. Je ne l'ai jamais touchée. Elle fait pareil avec tous ses amants. Je me suis fait avoir. Je crois qu'elle fait ça uniquement pour l'argent. Esteban ne compte pas à ses yeux.

– J'ai parlé à une amie ce matin, elle m'a dit que les psys étaient tous cinglés !... me répond-elle en plaisantant.

Je n'ai pas le cœur à rire.

– T'en fais pas, je ne vais pas la lui faire, son attestation, je t'ai toujours vu très attentionné avec elle. Mais je crois que Mme Loisier n'est pas de mon avis.

Les Loisier sont nos voisins de palier. Cassandra use de tous les stratagèmes et les nouvelles se répandent vite. Que va-t-on penser de moi ?

Je me décide à sonner chez eux. Le mari m'ouvre, il est le papa d'une petite fille de l'âge d'Esteban. Je lui explique la situation du mieux possible. Il prend le temps de m'écouter, me répond que c'est sa mère qui a rédigé une attestation sur l'insistance de ma femme. Lui n'était pas présent ce jour-là. Cassandra s'est plainte qu'on lui refusait l'accès de chez elle. Je lui expose les faits dans leur contexte. Mal à l'aise, il me propose de rédiger une autre attestation, sans toutefois prendre parti. Il préciserait simplement que sa mère n'habitait pas chez eux et ne connaissait donc rien à notre situation alors. Jusqu'où Cassandra compte-t-elle aller ?

Esteban aime me triturer le contour des ongles avant de s'endormir. Je me rappelle une berceuse que me chantait ma mère avant de me coucher :

« Duerme, duerme negrito, que tu mama está en el campo, negrito… te va traer muchas cosas para tí, te va traer lindas cosas para tí. Y si el niño no se duerme, viene el diablo blanco, y pum : te come la patita chiquichiquichi… »

Ça ne va pas s'arrêter.

Quelques jours plus tard, je reçois l'appel d'un inconnu. Je me mets sur la défensive. Il dit héberger Cassandra depuis quelques semaines et affirme entretenir une relation avec elle. Ajoutant qu'il commence à s'en méfier. Il sait que nous avons un fils ensemble et que j'ai demandé le divorce. Elle le trompe aussi avec d'autres hommes, affirme-t-il. Il a lu des messages qu'elle a envoyés à d'autres sur son ordinateur. Il tient à rester anonyme, mais me communique tout de même son numéro de téléphone portable. Pour conclure, il ajoute :

– Cassandra prépare un dossier contre toi. Elle cherche à te faire passer pour un fou.

Nous raccrochons. Je contacte aussitôt mon avocate mais elle demeure injoignable. L'audience au tribunal d'Évry approche. Elle ne m'a toujours pas envoyé le dossier avec ses conclusions de plaidoirie et je n'ai eu aucun retour concernant les documents trouvés chez moi dont je lui ai fait part par mail.

Une semaine avant l'audience, nouvelle épreuve : la direction de la Protection de l'enfance me convoque concernant « l'enfant Esteban ». Mmes Debra et Balastero, respectivement assistante sociale et puéricultrice, comptent sur ma présence.

Je réussis à joindre enfin mon avocate :

– Je vous conseille d'y aller, il ne faut pas que vous donniez le sentiment de vouloir vous soustraire à l'enquête sociale.

– Ne peut-on pas remettre cet entretien après l'audience chez le juge ?

Je m'y rends, résigné. Un second rendez-vous est fixé trois semaines plus tard pour rencontrer Esteban avec moi à notre domicile. En attendant elles m'observent. Je suis dans leur bureau avec le devoir de m'expliquer. Elles ne laissent paraître aucune émotion. Je leur raconte tout. Sans rien omettre. Je leur présente l'arrêté préfectoral concernant la fermeture du salon de beauté de Cassandra, j'évoque la nourrice, la place de parking incendiée, insiste pour qu'elles contactent le brigadier Vesson au sujet de la plainte mensongère et son classement sans suite. Je fais état de mes démarches effectuées pour obtenir une place en crèche familiale chez une assistante maternelle assermentée et le refus catégorique de Cassandra alors. Je reviens sur l'épisode du passeport et mets en avant le risque d'enlèvement par sa mère de notre fils. L'audience sera déterminante chez le juge mardi prochain…

– Laissons passer cette date et nous nous reverrons donc chez vous avec votre fils le 22 novembre.

3

8 novembre. Jour de l'audience en référé à Évry. Ma vie se joue là. Moment incongru, j'y croise par hasard Lionel, un ancien patient. Il vient me saluer. À la lecture de mon regard, il n'insiste pas : le monde tourne à l'envers à présent et j'en porte moi aussi les stigmates.

Cassandra apparaît sans maquillage devant le juge, accompagnée d'une nouvelle avocate. Le déroulé des plaidoiries se fait entièrement à charge. Pléthore de surenchères. Elle se présente en victime, femme battue, véritable esclave moderne et prisonnière en France sans droit de sortir du domicile conjugal. Elle affirme que mon père est pédophile et que j'ai insisté pour qu'elle se fasse refaire la poitrine : « Il a dit que j'avais des seins de vieille. » Et son conseil de conclure : « Monsieur ne peut en aucun cas prétendre obtenir la garde de leur fils. »

Révolté et outré, je trouve la force de répondre point par point. Mon avocate a mal préparé son dossier, se trompe sur les dates et réclame pour moi une pension alimentaire de 250 euros que je n'ai même pas requise. Je récuse aussitôt cette demande. Je ne veux pas d'argent. J'insiste en revanche sur les documents trouvés chez moi, la mise en garde à vue de Cassandra en février dernier, ses fausses accusations, son abandon du domicile conjugal et l'attitude irresponsable en tant que mère dont elle a fait preuve depuis le début. Je reviens aussi sur le certificat du prétendu poignet cassé dont je pense qu'il n'était pas le sien, convaincu que Cassandra a envoyé Kim, la garde d'enfants laotienne, chez un médecin munie de sa carte vitale en se faisant passer pour elle. Je sais que la nourrice souffre depuis longtemps du poignet et demande donc au juge une radio comparative qui établira sans équivoque la supercherie. En quittant le bureau je me sens vidé.

– Ça s'est bien passé, vous vous êtes bien défendu, me félicite l'avocate en sortant de l'audience.

Que répondre à cela ? Je ne pense plus qu'à Esteban. J'ai vu sa mère œuvrer avec Neung, assisté impuissant à ce qu'elle a fait de lui.

Le soir même, je tape « urgence papa » sur le clavier de mon ordinateur. Résolu à me battre et changer à nouveau d'avocat.

Les termes de l'ordonnance de non-conciliation vont être rendus trois semaines plus tard, le 1er décembre 2017.

En attendant, je rencontre un nouvel avocat à Paris, Maître Barabé. Un homme à peine plus âgé que moi. Comprendra-t-il mieux la gravité de la situation ? Son cabinet se situe boulevard Ménilmontant, dans le 20e arrondissement. Je suis prêt à m'endetter davantage s'il le faut. Mon fils compte plus que tout pour moi. Je pense même engager un détective privé pour mettre en évidence la vie dissolue de mon ex-femme. Tout plutôt qu'exposer Esteban au danger de vivre avec elle.

– Ça ne sera pas nécessaire. J'ai regardé le dossier de ma consœur, ça fait pas lourd. Il me faut un maximum de témoignages. Amis, ex-petites amies, qui attestent de votre moralité. Vous m'avez parlé de l'ancien compagnon de Madame, ce Junger, il faudrait le convaincre de rédiger une attestation…

– Ce ne sera pas facile, on s'est à moitié battus le jour où je l'ai rencontré. Cassandra avait prétendu qu'il était violent avec elle et son fils. Je la croyais alors.

– Donnez-moi les coordonnées de Junger, je vais le contacter. En attendant, il va me falloir analyser toutes les pièces que vous m'avez soumises. J'aurais besoin d'un acompte.

1 196 euros à titre d'honoraires, TVA comprise, plus les 67 euros pour l'adhésion à l'association grâce à laquelle je l'ai trouvé…

– Ah j'oubliais, j'ai reçu un courrier de Maître Balmy qui demande de lui régler un solde de 700 euros. Ça ne me paraît pas excessif, croit bon d'ajouter l'avocat.

Foutus bobos. Ce sera mon ultime crédit.

Trois jours plus tard, Barabé me recontacte.

– J'ai eu Junger au téléphone, il est d'accord pour témoigner, mais il souhaite d'abord vous rencontrer…

– D'accord, merci beaucoup, Maître. Et vous avez pu joindre cet autre amant qui m'avait appelé ? C'est chez lui qu'elle vivrait actuellement. Je vous avais communiqué le numéro qu'il m'avait laissé.

– Oui, il n'a pas encore donné suite.

Je dois me résoudre à contacter Junger comme il me l'a demandé, mal à l'aise. J'ai été dur avec lui la première fois… et je le sollicite maintenant. Je n'ai guère le choix. Il m'en apprendra peut-être davantage. Ai-je seulement envie de tout savoir ?

Il se montre compréhensif au téléphone ; c'est à mon tour de souffrir. Lui n'est pas lié par un enfant avec elle. Esteban est ma force.

Nous convenons d'un rendez-vous à Meudon-la-Forêt. Je me souviens de ma dernière visite ici. Le commissariat, déjà, et le dépôt de plainte de Cassandra. La situation a bien changé depuis.

Junger m'apparaît sous un jour nouveau. Je lui parle de mon fils et de mes craintes que la justice n'octroie la garde à sa mère.

– J'ai fait venir son fils du Laos, m'explique Junger, ça m'a coûté 2 000 euros… Le soir même de l'arrivée de Neung, elle voulait sortir en discothèque alors qu'elle ne l'avait pas revu depuis des mois… ça m'a choqué.

Il renchérit :

– Je l'ai inscrit au collège à Meudon, je me suis tapé toutes les démarches, mais elle ne montrait aucun intérêt pour son fils. Elle rentrait tard et souvent ivre. Je n'aimais pas laisser Neung seul. Je lui préparais à manger et on dînait tous les deux.

L'histoire se répète.

– Et son salon, il était déjà fermé ?

Il acquiesce. Il n'a fréquenté Cassandra que quelques mois seulement. Elle venait à peine de le quitter lorsque j'ai fait sa connaissance.

– Je suis désolé de t'avoir foncé dessus comme ça l'autre fois, mais elle m'avait dit que tu les frappais tous les deux.

– Je ne les ai jamais touchés ! Elle, je la traitais comme une princesse, j'étais vraiment très amoureux. Je voulais même un enfant d'elle. On a fait tous les examens. Elle disait avoir fait plusieurs fausses couches parce qu'elle avait trop travaillé pour son ex et pensait ne plus pouvoir tomber enceinte.

Je blêmis à chaque nouveau propos.

– Elle m'a fait le même cinéma et porté plainte contre moi aussi. Elle veut la garde d'Esteban uniquement pour l'argent. Elle a essayé de voler son passeport, j'ai très peur pour lui. J'ai eu des menaces. Une voiture a même été incendiée en bas de chez moi.

– Elle voulait que je vende mon appartement, qu'on s'achète un restaurant. Et quand j'ai refusé, elle a changé du tout au tout. Elle m'a menacé de retourner chez son ex pour lui demander de l'argent et voulait contacter la mafia chinoise. Elle m'a griffé et frappé aussi. J'ai fini par ouvrir les yeux. C'est pour ça que j'ai tenu à te prévenir le jour du déménagement.

Nos paroles résonnent en écho. Maintenant c'est mon tour. Il faut la stopper. Dépouiller les hommes n'est pas puni par la loi s'ils sont assez crédules pour se laisser duper. Je n'étais pas riche lorsque nous nous étions rencontrés mais n'avais pas mesuré ma capacité d'endettement. Qu'espère-t-elle encore ? Une pension alimentaire ? Mon appartement ? Notre fils est si merveilleux, je ne peux croire qu'une mère est capable de se servir ainsi de ses enfants. Elle a porté Esteban dans son ventre.

L'après-midi a été éprouvante. Junger est comme un miroir. Je me sens tellement stupide. Il s'est engagé à me faire une attestation.

4

Les événements s'enchaînent. Le 22, j'attends avec Esteban la visite des deux enquêtrices sociales à domicile. Cassandra doit être à l'origine de ce faux signalement. Elles se montrent plus rassurantes, cette fois. Elles ont contacté la crèche et la nourrice, et les retours me concernant sont positifs. Elles souhaitent maintenant connaître les conclusions de l'audience chez le juge.

– Le tribunal rendra sa décision dans quelques jours…

– Vous nous la communiquerez, elle sera utile pour notre rapport.

Elles inspectent aussi la chambre d'Esteban, ses jouets, la salle de bains, questionnent ma manière de lui donner le bain, ce que je lui donne pour les repas. Elles observent Esteban et notre comportement à tous deux.

– C'est un enfant très sociable, très souriant. On a retrouvé une certaine stabilité maintenant.

Dur de se sentir constamment jugé. L'instinct paternel est mon évidence.

– Tenez-nous informées du jugement. Votre enfant évolue dans un cadre adapté, il va bien… Nous allons formuler un avis de classement sans suite.

La décision du tribunal est attendue au 1er décembre. Je ne parviens plus à me concentrer sur mon travail. J'ignore comment cela se passerait si on me retirait la garde d'Esteban, le délai que cela demanderait. La police viendrait-elle récupérer l'enfant à domicile ?

Je ne peux courir ce risque.

J'ai convenu avec Sébastien de dormir chez lui la veille du jugement et prévenu Ana qu'Esteban restera avec moi ce jour-là. Une valise avec le nécessaire pour deux est bouclée. Je me suis acheté une puce de téléphone prépayée. Je suis décidé à partir à l'étranger si la décision m'est défavorable. Esteban et moi sommes de nationalité allemande, je maîtrise mal cette langue, mais je suis prêt à tout quitter et refaire ma vie là-bas avec mon fils si on ne me laisse pas le choix.

Je travaille le 1er décembre à Grigny. J'ai insisté pour que l'avocat s'enquière des conclusions sans attendre. Il a déféré une consœur – avocat postulant – sur Évry ; 700 euros supplémentaires à charge.

À 15 heures il n'y a toujours rien. Je ne veux pas changer mes habitudes pour n'alerter personne. Ma mère a proposé de garder Esteban chez Sébastien jusqu'à mon retour. Je reste l'esprit focalisé sur l'appel de Barabé, bien décidé à faire demi-tour, direction la gare du Nord puis Cologne avec Esteban. Mon oncle allemand est prévenu et nous attendra là-bas.

– C'est bon, vous avez la garde. Des visites médiatisées seront prévues pour la mère en attendant l'expertise psychologique. Je vous transfère le mail. Le juge est de notre côté, il a entendu vos arguments.

Je me précipite chez Sébastien pour retrouver Esteban et le serrer contre moi.

– J'existe aussi, fait remarquer ma mère.

Mesure-t-elle que ma vie vient de se jouer là ?

Nous pouvons rentrer librement. Se sentir à nouveau chez nous. Je suis soulagé. Je prends alors connaissance des termes exacts de l'ONC.

Le magistrat a avant dire droit :

– Ordonné une expertise médico-psychologique et a commis l'association Cadences sis à Viry-Châtillon (91).

– Accordé un exercice conjoint de l'autorité parentale sur l'enfant.

– Sursis à statuer sur la résidence principale de la mère ainsi que sur son droit de visite et d'hébergement.

– Dit que la mère bénéficiera d'un droit de visite médiatisé pendant un délai de 6 mois.

– Madame exercera son droit de visite dans les locaux de Cadences deux jours par mois (à charge pour Monsieur d'emmener l'enfant chez Cadences et de venir le rechercher).

– Dit que les jours et heures du droit de visite de la mère seront décidés par Cadences en accord avec les parents.

– Dit que le droit de visite sera maintenu pendant les vacances scolaires.

– L'association Cadences dispose d'un délai de huit mois à compter de sa saisine pour déposer son rapport.

– Dit que la provision sur les frais de consignation de l'expertise est fixée à la somme de 1 000,00 euros à partager entre les époux.

– Les époux disposent de quatre mois pour régler les frais de consignation à compter de l'ONC.

– Résidence principale chez le père.

– Droit de visite au profit de la mère médiatisé.

– Versement par Monsieur à Madame de 400 euros au titre de la contribution aux charges du mariage.

– Versement par Madame à Monsieur d'une pension alimentaire pour l'éducation et l'entretien de l'enfant d'un montant de 50 euros par mois.

– Déboute Monsieur de sa demande d'interdiction de sortie du territoire.

– Réserve les dépens.

5

Je ne sais pas où trouver les 400 euros supplémentaires chaque mois pour me conformer au jugement, mais je suis pressé que l'expertise ait lieu. Des examens médicaux seront-ils demandés ? Fera-t-on la lumière sur les problèmes de Cassandra avec l'alcool, ses fréquentations, son véritable lieu de résidence, son mode de vie ?...

J'apprends de mon avocat qu'une seconde audience aura lieu le 7 février prochain dans le but d'acter la non-conciliation des époux. Le premier jugement est une procédure d'urgence pour statuer sur la garde et le lieu de résidence de l'enfant. J'accuse le coup. Un autre juge sera-t-il nommé ? Et tout recommencer ? Je me concentre sur les attestations dont mon avocat a besoin pour étayer notre dossier. Celles de Sébastien, Nadia, et de ma tante en Espagne me mettent les larmes aux yeux. Leur soutien m'est précieux. Giancarlo me déçoit profondément en revanche. Je reçois de sa part une réponse laconique par mail :

« Je n'ai rien contre elle et ne me sens pas en position de témoigner dans ce litige, techniquement parlant je ne souhaite pas m'impliquer dans ce conflit. »

Putain de rital, l'adage est bien vrai : on ne connaît ses vrais amis que dans les moments difficiles. Il ne s'agit pas de témoigner contre Cassandra mais simplement de parler de moi, de la personne qu'il connaît depuis plus de vingt ans.

Maître Barabé a insisté pour recueillir les témoignages de moralité de mes ex-petites amies. J'hésite à recontacter Cécile.

Nous nous voyons finalement dans un café à deux pas de chez elle. L'atmosphère est pesante. Tant d'indifférence aujourd'hui quand nous avons été si proches.

– Ma femme m'accuse de choses terribles. Notre enfant est en danger s'il lui est confié. J'ai besoin que tu témoignes de notre relation, que tu dises du bien de moi. Tu me connais, tu sais que je suis incapable de violence envers qui que ce soit.

Mesure-t-elle seulement ma honte de la revoir en pareille circonstance ? Et lui parler de la femme que j'ai épousée, la descente de police et son affaire de prostitution.

– Je comprends, mais je suis toujours mariée et je ne veux pas que mes enfants soient au courant que nous avons eu une relation.

– Mais ils sont majeurs à présent et il ne s'agit que d'un bout de papier dont ils ne prendront même jamais connaissance !

Efforts inutiles, elle ne pense qu'à sa réputation. Je suis papa à présent. Elle n'a pas changé.

Je fais consigner chez un huissier différents SMS envoyés par ma femme depuis notre rencontre. On peut lire noir sur blanc les attentions que j'ai eues pour elle, ma prévenance envers Neung. La demande en mariage…

Je contacte aussi l'association Cadences qui tarde à me répondre.

Je ne perçois plus de versements de la CAF. Cassandra leur a fourni un nouveau RIB et s'octroie indûment l'allocation pour Esteban tandis que les prélèvements de Homebox se prolongent, preuve qu'elle n'est toujours pas allée récupérer ses affaires. Les différents échanges entre avocats ne parviennent pas à régler cette question ; il appartiendra au juge de statuer là aussi.

Je réceptionne deux courriers importants fin janvier. Le premier acte l'avis de classement sans suite de l'enquête sociale effectuée chez moi deux mois plus tôt. Le second est une convocation au commissariat de Brunoy pour une confrontation avec Neung le 2 février prochain, soit cinq jours seulement avant la prochaine ONC au tribunal d'Évry. Je couve l'espoir que l'attestation faite par Junger aidera le brigadier à y voir clair.

6

14 heures. Jour J. Il y a du monde au commissariat. Je patiente. Cassandra et Neung arrivent accompagnés d'un homme qui m'est inconnu. Ils s'installent à l'autre extrémité de la salle.

– Monsieur Taubenhaus…

Le brigadier me demande de le suivre à l'étage avec Neung.

Nous nous asseyons côte à côte, le bureau est étroit.

– Nous sommes là pour faire la vérité sur les accusations portées à votre encontre par votre beau-fils ici présent. Continuez-vous à nier les faits et maintenez-vous vos premières déclarations ?

J'acquiesce.

– Et vous, jeune homme, confirmez-vous votre version des faits ?

Il fait de même.

– Savez-vous qu'il s'agit d'accusations graves et que toute fausse déclaration peut avoir des conséquences graves ?

– C'est-à dire ? J'ai pas très bien compris, questionne Neung.

– C'est-à-dire que vous pouvez être poursuivi et inculpé si vous mentez. Êtes-vous sûr de maintenir vos déclarations en l'état ?

Long silence.

– … C'est ma mère qui m'a demandé de dire ça. Elle m'a raconté que Gérald l'avait frappée.

– Mais Neung, tu nous voyais au quotidien, est-ce que tu m'as vu une seule fois faire du mal à ta mère ? A-t-elle jamais eu la moindre égratignure ?

– Attendez, attendez, vous ne pouvez pas vous parler directement tous les deux. Nous sommes ici pour les faits survenus en Espagne le 27 août dernier. M. Taubenhaus a-t-il oui ou non levé la main sur vous ce jour-là ?

– Non.

– Vous avez donc menti jusqu'ici.

– Oui.

Je me remets à respirer, à exister. Merci Neung. J'ai presque envie de l'embrasser, je lui pardonne tout. Je veux juste comprendre et n'écoute même plus le policier.

– Mais alors pourquoi tu as dit ça, Neung ? Qu'est-ce qui t'a pris de me frapper ? Je n'ai jamais rien eu contre toi. Je voulais qu'on forme une famille.

– Ma mère m'a dit que tous les beaux-pères étaient mauvais.

– Mais Neung, est-ce que j'ai été méchant une seule fois avec toi ? Je voulais le meilleur pour nous quatre. J'allais à tous tes conseils de classe. Et je t'ai toujours dit que c'était très important à mes yeux que vous soyez frères, Esteban et toi. Je n'ai pas compris ce qui s'est passé dans ta tête ce jour-là. Junger dit que tu avais porté les mêmes accusations contre lui, c'est vrai ?

– Attendez, attendez, ne mélangeons pas tout, nous sommes là pour une affaire précise. Vous pourrez toujours vous expliquer ensuite. Vous êtes sûr de vouloir revenir sur vos déclarations, jeune homme ?

– C'est-à-dire ?

– C'est-à-dire, c'est-à-dire… Est-ce que vous avez menti ou pas ?! M. Taubenhaus a-t-il oui ou non levé la main sur vous ?

– Non.

– Et c'est vous et pas lui qui l'avez frappé en Espagne ?

– Oui, je ne sais pas ce qui m'a pris… J'ai perdu la tête, Gérald ne m'a pas tapé.

J'en pleure.

– Comment va Esteban ? me demande Neung.

– Il va bien. Très bien même.

– Il me manque.

– Tu pourras le revoir, Neung, mais là je suis obligé de le protéger…

– Je sais, je ne veux pas non plus qu'il soit avec elle.

– Vous entendez ce qu'il dit ?

– Encore une fois, je dois me concentrer sur l'affaire pour laquelle j'ai été saisi. Ensuite seulement je recueillerai votre plainte, si vous le jugez utile.

– Oui, mais je n'ai rien contre Neung, c'est encore un enfant, c'est sa mère qui le manipule. Contre elle, bien sûr, je vais porter plainte !

– Entendu, relisez et signez déjà ce PV.

Il raccompagne Neung et me demande de patienter. J'avais tant de questions à lui poser encore.

Le brigadier revient seul. Sans Cassandra. Il se contente de recueillir ma plainte pour « déclaration de délit imaginaire ». Je ressors à la fois soulagé et frustré. J'appelle mon avocat pour l'informer des aveux de Neung. J'enchaîne avec Sébastien, mon père, ma mère, Nadia… Tout est fini. La vérité s'est fait jour. Je vais reprendre pied.

7

Le lendemain, je contacte Mme Debra à la Maison départementale des solidarités.

– La confrontation a eu lieu hier avec mon beau-fils, il a reconnu avoir menti, c'est sa mère qui l'avait obligé à porter de fausses accusations contre moi. Elle n'a pas hésité à se servir de lui alors même qu'il est sans papiers. Il n'est pas en sécurité. Sa mère mène une vie dissolue, elle est capable de tout. Je m'inquiète pour lui, je ne sais même pas s'il est toujours scolarisé…

– Écoutez, monsieur Taubenhaus, nous avions été saisis pour une information préoccupante au sujet de votre fils en bas âge, et nous avons classé l'affaire. Votre beau-fils a seize ans, vous avez porté plainte contre sa mère, il y aura une enquête, mais cela ne relève pas de nos services.

De qui alors ?

7 février. L'audience est plus brève que la précédente. Le juge acte les mesures provisoires déjà prises jusqu'à la remise du rapport de l'expertise psychologique. Il tient à s'assurer qu'aucune conciliation n'est possible. Mon avocat reste focalisé sur mes difficultés financières et justifie les crédits en cours pour réclamer une contribution mensuelle de Madame. Je suis,

moi, très peu sollicité. Maître Barabé a versé au dossier l'attestation de Junger et mon dépôt de plainte pour « déclaration de délit imaginaire », enregistré au commissariat cinq jours plus tôt. Mais le PV détaillé de la confrontation avec Neung a été réservé au procureur et il faut maintenant nous adresser directement à lui. Le délai est trop court pour le produire à cette audience. Le brigadier-chef Vesson m'a confirmé le bien-fondé de la procédure, ajoutant que les choses évoluent favorablement pour moi. L'opacité persiste pourtant. Je n'ai toujours aucune réponse de l'association Cadences malgré plusieurs relances, ni pour les droits de visite, ni pour l'expertise psychologique.

Deux semaines plus tard, je prends connaissance de l'ordonnance de non-conciliation. Elle confirme le premier jugement réduisant – je le comprends comme tel – la contribution aux charges du mariage de 400 à 200 euros. Il dispense aussi Madame du paiement de tous les crédits souscrits durant la vie maritale. Cassandra bénéficie de l'aide juridictionnelle tandis que je m'échine à payer rubis sur l'ongle tous les frais de la procédure. J'ai déjà déboursé près de 5 000 euros – une nouvelle demande de crédit m'a été refusée – et je ne parviens plus à m'acquitter de toutes les charges : taxe foncière, taxe d'habitation, charges de copropriété… Je vais être contraint de déposer un dossier à la Commission de surendettement et appréhende la réaction de mon avocat. Le juge nous autorise enfin à assigner ma future ex-femme en « divorce pour faute ». Je n'y comprends rien. Nous avons la prérogative de la demande pour les six prochains mois ; je croyais que c'était depuis longtemps chose faite.

– Non, les mesures en référé ne concernaient que l'enfant. Une ONC des époux était nécessaire au préalable, précise l'avocat.

Nous n'en verrons jamais la fin.

Pour couronner le tout, Maître Barabé n'est pas sûr de la lecture à avoir quant aux 200 euros mensuels de pension alimentaire mentionnés dans le jugement ; il se pose la question de savoir si cette somme ne doit pas s'ajouter aux 400 actés dans le premier au titre de la « contribution aux charges du mariage »... J'ai adressé le mois précédent un premier chèque en recommandé à Cassandra, mais il m'a été retourné. L'adresse fournie par elle au juge est bel et bien fantoche. Elle prétend pourtant vouloir y héberger notre fils !

Moments uniques, premières dents, premiers mots, premières poussées de fièvre. Nous les partageons à deux. Ma mère s'occupe à plein temps de ma grand-mère, mon père est loin et mes amis parisiens franchissent rarement la petite couronne. Mon travail me pèse. Je ne parviens plus à faire face à la déferlante. Heureusement, Ana est sensible et bienveillante avec Esteban. Elle a rédigé une magnifique attestation qui souligne mes qualités de père. Elle est devenue une confidente et mon plus grand soutien au quotidien. Mon fils est en sécurité avec elle même si je me dépêche toujours pour le retrouver au plus vite. Il est mon tout. Je regrette jusque dans ma chair de n'avoir pas su lui offrir une mère aimante. L'expertise va tout éclaircir.

8

Francis, l'ami de Cassandra dont j'ai fait la connaissance avant notre séparation, me contacte début mars. Il se propose comme médiateur et souhaite organiser une rencontre.

– Esteban a besoin de sa mère…

– C'est trop facile maintenant que Neung a tout révélé. Et mère, elle ne l'a jamais été. Elle n'agit que par intérêt financier. J'attends les conclusions de l'expertise psychologique, on verra ensuite…

Il me laisse son numéro de téléphone au cas où je changerais d'avis. Je lui envoie un texto quelques heures plus tard.

« Je veux bien te voir, mais seul… »

J'espère ainsi glaner quelques informations. J'essaie toujours de comprendre qui est cette femme, devenue mon épouse et la mère de mon fils. Nous nous donnons rendez-vous dans un café parisien à la station Saint-Michel.

Je le reconnais facilement. Ses révélations sont douloureuses. Il m'apprend qu'il entretient une relation amoureuse avec Cassandra qui a débuté bien avant notre séparation. Comment ai-je pu être aussi crédule ? Je me retrouve dans la même position que Junger deux ans plus tôt. C'est à mon tour cette fois de l'alerter. Je lui fais part de mes découvertes : la fermeture du salon pour prostitution, la descente de police, la confrontation avec Neung. Mais c'est l'appel que j'ai reçu d'un autre homme qui affirme comme lui entretenir une relation intime avec elle qui retient toute son attention.

Il reste convaincu que j'ai été violent avec elle. Exactement comme je l'ai fait avec Junger. Le discours de Cassandra est bien rodé, elle n'a pas son pareil pour susciter l'instinct de protection chez les hommes.

Francis lui a trouvé une avocate, obtenu pour elle l'aide juridictionnelle, l'a inscrite à Pôle emploi, lui a permis de bénéficier du RSA et trouvé un logement dont il continue de payer le loyer. Il ne souhaite pas me communiquer l'adresse de son nouveau domicile et ne m'apprend rien de plus au sujet de Neung, sinon qu'il est souvent seul et qu'il le trouve immature pour son âge.

Francis s'interroge mais il est encore amoureux d'elle. Il faut le laisser faire du chemin. Je ne lui en veux même pas, je ne pense plus qu'à Esteban. La possibilité qu'on me reprenne mon fils est mon obsession : moins de 3 % des pères obtiennent la garde de leur enfant en France.

Je jette donc mes dernières pierres pour consigner chez un huissier les SMS que Francis m'a adressés. Ses interrogations concernant Cassandra sont criantes de vérité. Il y fait mention de son train de vie démesuré, ses sorties nocturnes et dérives d'alcool, son infidélité, ses nombreux changements d'adresse et son désintérêt pour Neung. Il envisage aussi de revenir sur l'attestation qu'il a précédemment faite pour elle et me promet d'en écrire une nouvelle. Autant d'éléments susceptibles d'éclairer le juge.

Mon avocat se montre toujours plus cupide et les mandats de 1 000 euros se succèdent. Je ne peux plus faire de chèques. Encore moins me permettre de changer une quatrième fois de conseil juridique. Repartir de zéro, tout réexpliquer, je n'en ai plus ni les moyens ni le courage. Je rembourse plus de 3 000 euros de crédits chaque mois et mon salaire ne suffit plus.

9

J'ai repoussé l'échéance pour ne pas effrayer mon avocat mais ma situation financière n'est plus tenable et je dois me résoudre à déposer un dossier à la Commission de surendettement. Le fisc me menace d'un prélèvement sur salaire. Je sollicite une aide de mon employeur pour le paiement de mes impôts. Le DRH me met en relation avec l'assistante sociale, que je n'aurais pas consultée de moi-même. Je suis resté sur l'impression intrusive laissée par l'enquête sociale quelques mois plus tôt.

La femme que je rencontre sait me mettre à l'aise et dissipe peu à peu le sentiment de honte que je ressens. Je suis papa, Mme Aucher trouve du mérite à me voir assumer ce rôle. Quoi de plus normal ? Elle obtient finalement pour moi une aide de 600 euros pour contribuer au paiement de mes charges de copropriété. Elle me conseille aussi de faire opposition aux prélèvements des différents crédits à la consommation, exception faite de mon prêt immobilier. La mise en vente de l'appartement lui paraît inéluctable. Je peine à m'y résoudre.

La réaction aux rejets des prélèvements ne se fait pas attendre de la part des créanciers et le harcèlement est le prix à payer. Portable, téléphone fixe, courriers, mails à toute heure du jour et de la nuit, la pression est constante et je m'accroche à une décision rapide de la Commission de surendettement.

Dans la foulée, l'association Cadences me contacte enfin. J'ai rendez-vous le 10 mai avec Mme Céline Vignal, la psychologue en charge des droits de visite.

Les locaux de l'association se trouvent à Viry-Châtillon. Un bel édifice à deux étages entouré d'un grand jardin. Un haut mur sépare l'endroit du monde extérieur. Je m'annonce à l'interphone.

La salle d'attente est meublée d'une large table basse. Il y a également une petite bibliothèque et un espace de jeux et de coloriage pour les enfants. Une femme brune d'une trentaine d'années aux cheveux frisés attachés en arrière ne tarde pas à faire son apparition. L'accueil est glacial.

– Vous êtes venu sans votre fils ?

– Euh... il devait m'accompagner ? Vous ne l'aviez pas précisé dans votre courrier. Je croyais que nous allions simplement établir le calendrier des visites. Mais je peux revenir avec lui si vous préférez ?

Elle balaie ma proposition et me fait entrer dans son bureau.

– Alors, quelle est votre histoire ? attaque-t-elle de but en blanc.

Je suis déstabilisé.

– En une heure, cela risque d'être un peu court...

– Nous avons quarante-cinq minutes.

Par où commencer ? Je lui narre ma rencontre avec Cassandra, la naissance d'Esteban, les absences de sa mère et ses sorties nocturnes, la descente de police à notre domicile un an plus tôt, la garde à vue de ma femme, la fermeture de son salon de massage pour prostitution et la confrontation avec Neung au commissariat suite aux fausses accusations.

– Ah, nous y voilà !

Je fais face à un procureur.

– J'ai sur moi le document de police dans lequel mon beau-fils reconnaît la tromperie et la manipulation de sa mère. Je suis loin d'être sa première victime.

– Ça ne m'intéresse pas, ce n'est pas mon rôle. Vous vous rendez compte que votre fils n'a pas revu sa mère depuis huit mois !

– Mais je n'ai pas cessé de vous relancer pour accélérer la mise en place des droits de visite.

– Et vous parlez souvent de sa maman à Esteban ?

– Il a dix-neuf mois à peine… J'attends l'expertise psychologique pour y voir plus clair. Cassandra a des problèmes d'alcool, elle n'a pas d'adresse fixe, ne s'occupe pas de son fils aîné, multiplie les aventures extraconjugales et reproduit toujours le même comportement.

– Comment le savez-vous ?

– J'ai retrouvé des documents concernant son ex-mari et des hommes m'ont contacté à son sujet…

– C'est ça, ce sont eux qui vous ont appelé ! renchérit-elle d'un ton moqueur.

Elle prend clairement parti. Je suis condamné à l'avance. Cassandra a dû la rencontrer avant moi, qu'a-t-elle bien pu lui raconter ?

– Et vous vous êtes laissé abuser sans rien dire. Vous êtes psychanalyste, j'ai cru comprendre…

– J'étais amoureux et c'est la mère de mon enfant. Mais elle ne vit que pour l'argent et nous a totalement ruinés. J'ai été contraint de déposer un dossier à la Commission de surendettement.

– Et vous vous êtes remis en quelques mois seulement ?!

– Mais pas du tout !

Elle ne m'écoute pas.

– Elle a essayé de subtiliser le passeport d'Esteban et déserté le domicile conjugal pour monter une mise en scène grossière à la police.

L'hostilité de cette femme me fait perdre le fil et l'ordre de mes idées.

– … Une enquête sociale diligentée par le conseil général de l'Essonne a eu lieu, elle souligne le bon équilibre actuel d'Esteban.

– Seul un juge a le pouvoir de mandater une enquête sociale.

– Je l'ai sur moi, je peux vous la montrer.

Elle décline tout net.

– Je ne veux pas priver Esteban de sa mère mais faire la lumière sur ses agissements. Pourquoi avait-elle tant besoin du passeport allemand de notre fils ? Je veux d'abord connaître les conditions dans lesquelles elle l'accueillerait. M'assurer que son mode de vie et ses fréquentations actuelles ne lui soient pas nuisibles…

– Esteban est allemand ? Il n'est pas né en France ?

– Si, mais je suis de nationalité allemande, sa maman est laotienne ; Esteban ne sera français qu'à l'âge de dix-huit ans, s'il le souhaite.

– Et vous n'avez jamais demandé pour vous la nationalité française ?

– Non, en tant qu'Européen je n'en vois pas la nécessité.

– C'est un choix, croit-elle bon de faire remarquer.

Je m'affaisse. J'espérais une neutralité de sa part, il n'en est rien. Mme Vignal conclut l'entretien en fixant à deux dimanches après-midi par mois, pendant une heure, les visites dans les locaux de Cadences.

– La première séance aura lieu dans dix jours. Vous viendrez trente minutes à l'avance pour que je fasse enfin connaissance avec Esteban. D'ici là, parlez-lui de sa mère, montrez-lui des photos.

– Elle ne m'en a pas laissé.

C'est à peine si elle me serre la main quand je quitte son bureau. J'avais encore tant de choses à lui expliquer. Nous nous sommes mal compris. Je sors de là ravagé. Avec la sensation d'être dans un monde à l'envers.

Deux jours plus tard, le calendrier des droits de visite est dans ma boîte aux lettres. Douze dates sont retenues pour les sept prochains mois, du 20 mai au dimanche 2 décembre, avec une coupure durant l'été.

Les maux à l'estomac ne m'ont pas quitté depuis ce premier entretien. J'ai perdu le sommeil. Cette psychologue a nié mes dires et dénié mes peurs. Pourquoi me reprocher à moi toutes les carences ? Je regrette de ne plus avoir les moyens de m'offrir les services d'un détective : 24 heures d'observation de la vie de Cassandra suffiraient pour tout mettre au grand jour.

C'est à reculons que j'y retourne avec Esteban dix jours plus tard. Mme Vignal ne me jette pas un regard. Elle s'adresse directement à lui.

– Ça va, Esteban ? Je suis là pour t'aider, dit Vignal. Tu vas revoir maman.

Elle nous fait asseoir en face d'elle.

Esteban essaie d'attraper le fil du téléphone de son bureau. Il vient d'avoir vingt mois. Je fais mon possible pour me montrer rassurant.

– Vous lui avez montré des photos de sa mère ?

– Oui, j'ai réussi à en retrouver sur d'anciens mails.

– C'est très important, vous auriez dû le faire bien avant... Vous pouvez lui dire d'arrêter de jouer avec mon téléphone ?

Cette femme a-t-elle des enfants ? Je jurerais le contraire.

– Esteban, mon chéri, tu veux pas faire un beau dessin pour papa ?

– Il peut bien rester tranquille cinq minutes sur une chaise, non ? Vous ne le lui avez pas appris ?

C'en est trop. Elle ne peut me mettre à mal ainsi devant lui.

– J'ai très mal vécu notre précédent entretien. Je n'ai pas compris pourquoi vous me reprochiez à moi qu'Esteban n'ait pu voir sa mère depuis huit mois. Je vous ai adressé plusieurs courriers et même laissé un message sur le répondeur de votre secrétaire pour accélérer les choses...

– Je n'ai jamais dit cela, réplique-t-elle sur un ton ouvertement agacé.

– Si, vous m'avez bien dit : « Vous vous rendez compte que votre fils n'a pas vu sa mère depuis huit mois ! », comme si c'était de mon fait. J'aurais préféré avoir le temps de tout vous expliquer dans le détail.

– Ce n'est pas mon rôle, je vous l'ai déjà dit !

– Mais vous m'avez pourtant demandé de vous raconter mon histoire, tout en refusant de prendre connaissance des documents de preuves attestant mes dires.

– Vous êtes un manipulateur, monsieur !

Je blêmis. Elle m'a jugé et condamné d'avance. Avant même notre première rencontre.

– Vous vous trompez. Ce n'est pas dans mon intérêt que ça se passe mal entre nous, plaidé-je douloureusement.

– Si, si, je le crois, je crois que c'est dans votre intérêt que ça se passe mal, m'imite-t-elle sèchement.

Qu'ai-je pu lui faire ? Être psy comme elle, est-ce là mon crime ?

– Je vous en prie, je ne veux pas évoquer tout cela devant Esteban. Accordez-moi juste un petit moment le jour qui vous conviendra. Dix minutes suffiraient. Nous nous sommes mal compris, j'en suis sûr.

– Dites-vous bien que vous n'êtes pas le seul ici, monsieur Taubenhaus... Tout ne tourne pas autour de votre personne et je n'ai pas que ça à faire, conclut-elle en se tournant vers Esteban. Bon, je vais chercher maman, c'est l'heure, elle ne va plus tarder maintenant.

Nous retournons dans la salle d'attente. Je m'efforce de ne plus penser. Elle m'a traité de manipulateur. Le juge a mandaté Cadences pour établir l'expertise psychologique. Je maudis ma précédente avocate, c'est à son initiative que nous avons proposé cette association.

Un quart d'heure, une demi-heure passent. Je vois Vignal qui monte et descend les marches sans nous adresser le moindre regard. La sonnerie retentit régulièrement. D'autres parents arrivent. L'heure de notre rendez-vous est largement dépassée. Esteban commence à s'agiter. J'essaie de lui lire une histoire et dessine avec lui, mais il ne tient plus en place. Il s'amuse à monter sur sa chaise pour éteindre et rallumer la lumière.

Au bout d'une heure et quart, Vignal revient enfin vers nous :

– Le dimanche ne convient pas. Redites-moi vos horaires de travail les mercredis et le samedi.

– Je dépose Esteban chez l'assistante maternelle à 7 heures, je commence à travailler à 8 h 30 et termine à 20 heures. Mais je suis disponible tout le reste de la semaine entre 9 heures et 15 heures, si vous voulez…

– Je vous ai déjà dit que les visites avaient lieu uniquement les mercredis, samedis et dimanches ! crie-t-elle presque, sans se préoccuper de la présence des autres parents dans la salle.

Mon mal-être grandit.

– Pardon, je ne l'avais pas retenu. Je suis vacataire, payé à l'heure et je ne peux me permettre de manquer une seule journée de travail dans ma situation financière.

– Je vous recontacterai, conclut-elle alors sans plus d'explications.

Huit mois d'absence et Cassandra se dérobe à la première séance.

10

Les matinées sont nos moments privilégiés. Je profite pleinement d'Esteban avant de l'emmener chez Ana à 13 h 30. Il s'exprime de mieux en mieux chaque jour. L'entendre m'appeler « papa » au quotidien me réconforte de tous les maux.

« Carrefour », dit-il un jour alors que je prends du sucre dans le placard. Je comprends qu'il le répète dès que nous nous servons d'un produit de cette marque. Il a assimilé le magasin à son logo. Il n'a pas deux ans.

J'adore aussi l'accompagner aux activités de crèche le matin, deux fois par semaine. J'ai obtenu l'accord de la directrice pour rester avec lui. Ils proposent un atelier de motricité et des séances de lecture à la bibliothèque municipale. Je dénote au milieu de toutes les assistantes maternelles. Aucun autre parent n'est présent. Heureusement le regard bienveillant d'Ana, qui s'occupe de deux autres enfants à temps plein, me fait accepter d'elles. Je tâche d'être aussi discret que possible, simplement rassuré et heureux de voir Esteban évoluer avec d'autres enfants. Il s'entend particulièrement bien avec Malak, une petite fille tunisienne de son âge. Ana a un grand jardin chez elle et l'arrivée des beaux jours leur offre toutes sortes d'activités.

Je n'ai plus de nouvelles de Mme Vignal depuis notre dernier entretien et ne sais pas si la date du 3 juin, prévue au planning des visites, sera maintenue. Je crains que les dimanches retenus soient remis en cause. Mon mail adressé à Cadences n'a pas eu de réponse.

La veille du rendez-vous, je finis par recevoir un message sur mon répondeur. Je reconnais le ton sec de Céline Vignal ; le simple son de sa voix glace le sang. Elle confirme le rendez-vous du lendemain et m'informe que l'une de ses collègues la remplacera ce jour-là. Que ne prennent-ils définitivement le relais !

L'ambiance change du tout au tout. La remplaçante est avenante et souriante, tout le contraire de sa collègue.

– La maman d'Esteban est arrivée.

Première séparation véritable, j'essaie de contenir mon émotion. Esteban s'est mis à pleurer. L'intervenante doit l'accompagner à l'étage inférieur, où Cassandra les attend. Cet espace est réservé aux parents qui n'ont pas la garde. Dans la salle d'attente au-dessus, chacun gère sa propre angoisse. L'endroit ne prête guère aux confidences. J'opte pour les sourires de rigueur et la lecture même si la concentration est difficile.

La psychologue revient bientôt me rassurer :

– Tout se passe très bien. Votre fils s'est vite calmé.

– Merci beaucoup.

Je n'en demandais pas plus.

Une heure plus tard, Esteban remonte l'escalier en souriant. Je repars plus léger cette fois, même si aucune date concernant l'expertise psychologique n'est encore arrêtée. J'y mets tous mes espoirs.

Vignal me recontacte quelques jours plus tard, elle reste malheureusement toujours notre référente.

– Comme la visite avec la maman d'Esteban s'est bien passée, nous allons donc passer dès la fois prochaine à une heure trente et non plus une seulement.

Je n'ai pas mon mot à dire. La défection de Cassandra au premier rendez-vous est passée à la trappe.

Le 15 juin, j'accuse réception d'une lettre recommandée. J'appréhende une nouvelle menace de poursuites d'un créancier. C'est pire. La Commission de surendettement rejette ma demande du fait de mon activité libérale en tant que psychanalyste. Je suis effondré. Il ne me reste que quelques patients et la quasi-totalité de mes revenus provient désormais de mon salaire d'enseignant. Je contacte aussitôt le secrétariat de la Commission.

– Vous pouvez toujours faire une nouvelle demande lorsque vous aurez fermé votre entreprise.

Du statut de BNC, je suis passé à celui d'auto-entrepreneur un an seulement après sa création, plus favorable en apparence : 18 % des revenus sont versés à l'Urssaf chaque trimestre. Les cotisations au RSI étant très élevées, j'ai vite opté pour cette solution de remplacement. Je bénéficie déjà en outre de la sécurité sociale et d'une complémentaire santé en tant qu'enseignant à la Réussite éducative.

Je n'ai plus le choix. Dès le lendemain, je fais radier ma société, le cœur serré. Mon dossier de surendettement doit absolument être accepté ou nous n'allons pas nous en sortir. Le premier rejet de ma demande a offert de nouveaux arguments aux créanciers. Je trouve un matin le mot d'une voisine devant ma porte me reprochant d'avoir été importunée par l'appel d'un organisme financier qui cherchait à me joindre. Ces sangsues n'hésitent pas à téléphoner chez les voisins pour accentuer la pression. Induire un sentiment de honte en jetant l'opprobre sur le débiteur à la vindicte de tous... Un procédé aussi vil qu'illégal.

Désespéré, j'appelle Mme Aucher, l'assistante sociale. Elle me conseille de poursuivre avec les rejets de prélèvements, je n'ai de toute manière pas d'autre alternative, vu leurs montants exponentiels.

– Essayez d'adresser une somme symbolique tous les mois. Dix ou quinze euros à chaque organisme… Pour témoigner de votre bonne volonté.

Je gagne encore près de 3 000 euros par mois, pourtant le Trésor public et mes retards de paiement de la taxe d'habitation me tiennent à la gorge. Mme Aucher m'aide cette fois à monter un nouveau dossier auprès de la Commission de surendettement. Elle contacte un par un les organismes de crédit pour leur expliquer ma situation. Ce dont ils n'ont cure. En mon nom elle dépose aussi une demande d'aide à l'épicerie sociale de ma commune. Je suis un papa mort de honte. Le fisc vient de prélever directement plus de la moitié de mon salaire du mois.

Nous sommes au mois de mai, plusieurs ponts nous sont imposés pour contenir le budget de la Réussite éducative, dont les subventions sont en constante régression. Je demande de rajouter exceptionnellement quelques cours afin de compenser les heures perdues. Ma démarche déplaît. La troisième visite à Cadences s'est mal passée et j'en paie le prix émotionnel. Je craque, incapable de retenir mes larmes. Il me faut exposer une partie de ma vie privée pour éviter un possible licenciement.

11

Cette troisième séance à Cadences a été éprouvante. Mme Vignal était de service et ne m'a pas raté.

Accueil toujours austère.

– Ça va, Esteban ?… demande-t-elle trois fois, attendant l'acquiescement d'un petit garçon de vingt mois sans m'adresser la parole.

Il s'est mis à pleurer lorsqu'elle l'a emmené à l'étage inférieur. Cela a dû agacer cette femme. Je sais qu'elle ne remontera pas pour me rassurer.

Il fait chaud, j'entrouvre la fenêtre de la salle d'attente.

– Il est interdit d'ouvrir cette fenêtre ! me crie Vignal.

Je m'en excuse, je l'ignorais. Elle repart. Je ne sais toujours pas comment va mon fils. Je patiente pendant une heure et demie, une éternité.

Aux environs de 17 heures, j'entends la voix de Cassandra et l'aperçois monter dans l'escalier. Je panique, mon cœur bat la chamade. Je pousse la porte de la salle d'attente pour ne pas la croiser.

Dix minutes plus tard, Vignal rouvre grand la porte sans même attendre le départ de Cassandra. Esteban me saute dans les bras. Je suis soulagé de le retrouver. Il semble aller bien. L'expertise médico-psychologique permettrait que la situation soit mieux vécue et comprise de tous.

Mme Vignal a décidé d'intervertir le droit de visite du dimanche 15 juillet au samedi 7. Nous ne sommes qu'en juin. Je ne serai pas en vacances avant le 1er août et ne pourrai pas me libérer le samedi en question. J'essaie de le lui expliquer.

– Vous travaillez ? Durant l'été ? Pour la Réussite éducative ?

Je confirme.

– L'été ?!

Je lui propose de se renseigner à la mairie d'Athis-Mons. On lui confirmera ma présence les samedis jusqu'à 14 h 30.

– On vous attend à 15 h 30 alors.

– En partant d'Athis-Mons à 14 h 30, le temps de récupérer Esteban chez l'assistante maternelle à Yerres et de venir ici, j'en ai facilement pour deux heures.

– Vous serez donc là à 16 heures, pour un droit de visite jusqu'à 17 h 30.

La quatrième visite a lieu le 1er juillet, Mme Vigal n'est pas là. Un collègue fait le lien. Il m'assure que tout se passe bien en bas et qu'Esteban s'acclimate de mieux en mieux aux visites. Rassuré, j'ose aborder avec lui la question de l'expertise. Il pense qu'elle ne devrait pas avoir lieu avant la rentrée.

Quelques jours plus tard je reçois en effet un courrier de Cadences confirmant que le délai imparti à l'expertise médico-psychologique a été prorogé jusqu'en janvier.

La semaine suivante est plus compliquée. Ana est partie en vacances et une autre assistante maternelle assure l'intérim. Esteban a eu de la fièvre et la directrice de la crèche m'a appelé. J'ai annulé mes rendez-vous pour l'emmener chez le pédiatre. Après une nuit de Doliprane et d'inquiétude Esteban va mieux.

Arrive le fameux samedi imposé par Vignal. J'enchaîne au mieux avec le travail pour récupérer Esteban chez la nourrice et nous filons directement à Cadences. Le rythme est éprouvant mais nous arrivons à l'heure. Esteban a les mains et les vêtements couverts de feutre, pas le temps de le changer ni même de les laver. Nous patientons dans la salle. La psychologue ouvre la porte. Esteban se met à pleurer. Elle veut lui prendre la main pour l'emmener. Esteban se cabre, il refuse et se met la tête en arrière, ce qu'il ne fait jamais.

– C'est curieux quand même qu'il fasse ça, il ne le fait pas avec sa mère…

Je n'en peux plus de ses remarques. Je lui réponds qu'Esteban est un petit garçon souriant et sociable avec tout le monde et qu'il lui serait facile de le vérifier. Elle me rabroue devant les autres parents :

– Eh bien vous dites ça à chaque fois, mais on ne le dirait pas.

Mon émotion est palpable. Qu'elle se renseigne à la crèche, aux activités d'Esteban, là où elle le souhaite. Je souffre de voir ma légitimité et mon amour si naturel de père à ce point niés d'elle.

– Sa nourrice est en vacances et il a été malade en début de semaine.

Elle pose la main sur son front.

– Il a encore de la fièvre ?

Nous sommes samedi, elle est tombée depuis longtemps.

– Alors tu as eu beaucoup de bouleversements, comme ça ?

Elle veut le prendre dans ses bras. Esteban refuse de se laisser faire, manquant de se cogner la tête.

– Bon, on va procéder autrement, me dit Vignal sur un ton excédé. Vous l'accompagnerez jusqu'au premier étage.

Elle ouvre la porte, je dépose Esteban sur le palier, expliquant à Vignal que je ne tiens pas à voir mon ex-femme. Elle insiste et s'énerve :

– Mais non, soulevez-le, vous n'allez pas la voir, mais soulevez-le, bon sang !

Elle referme la porte en la claquant violemment. J'entends mon fils pleurer. Je remonte, la mort dans l'âme. L'attente est insupportable. Vignal fait de nombreux allers-retours sans m'adresser la parole, préférant me laisser dans l'ignorance.

Je le retrouve à 17 h 30, je respire, Esteban va mieux. Il réclame sa tétine et Vignal de me dire :

– Encore sa tétine !

Je lui fais remarquer qu'il ne l'avait pas à notre arrivée.

Encore et toujours se justifier. Il me tarde de quitter ces lieux mais elle me demande de patienter. J'en ignore la raison. Elle réapparaît quelques minutes plus tard :

– Jusqu'à quand travaillez-vous cet été ?

– Jusqu'au 1er août, comme je vous l'ai déjà précisé.

– Nous allons fixer une séance supplémentaire en juillet.

Cette séance ne sera donc pas la dernière avant l'été.

– Ce sera un dimanche alors, parce que cet enchaînement du travail et des visites est trop éprouvant.

– Vous l'avez bien fait aujourd'hui.

Je lui répète que j'étais d'accord pour un dimanche. Il m'a fallu déposer Esteban chez l'assistante maternelle au petit matin avec l'enchaînement de mes cours sans la moindre coupure. J'ai un mur en face de moi.

– Vous recevrez un courrier !

Je suis à bout. C'en est trop pour moi. Elle ne reconnaît aucun de mes efforts, m'a traité de manipulateur sans jamais m'accorder la moindre explication. Je suis décidé à adresser un courrier à la directrice de Cadences pour solliciter un autre référent.

– Faites-le, mais vous ne l'obtiendrez pas !

– C'est possible, mais c'est très important pour moi de le faire.

Relater tout ce qui s'est passé avec elle depuis le début, ses remarques insidieuses et tous les dégâts qu'elle provoque.

En quittant les lieux, je croise sa collègue remplaçante. Elle a dû nous entendre, percevoir ma détresse. Son sourire désolé paraît sincère.

La nuit même j'écris ma lettre à la directrice de l'association en mettant en avant une meilleure prise en charge d'Esteban chaque fois que Vignal est absente. Je souligne sa partialité et ses propos toujours cinglants ou dévalorisants. Je plaide l'apaisement dans l'intérêt de mon fils et pour la sérénité de tous.

Quatre jours plus tard, je reçois un courrier de Cadences réclamant ma présence le samedi 21 juillet pour « pallier le report du rendez-vous du 20 mai ». C'était le jour où Cassandra avait manqué la toute première visite... C'est donc à moi de m'adapter.

Je sollicite Mme Aucher, l'assistante sociale, avec l'espoir qu'elle m'accompagne à Cadences pour cette ultime séance avant l'été. Elle ne peut malheureusement pas se libérer. J'appelle mes amis : Sezgin, Nadia, Sébastien, ils connaissent ma situation et ma souffrance à m'y rendre seul. Ils ne sont pas disponibles.

C'est mon oncle finalement qui se dévoue. J'ai besoin d'écoute et de soutien, je me confonds en remerciements. Il s'agit du frère cadet de ma mère. La bonhomie de tonton Luc est rassurante. Il a comme moi élevé ses enfants seul, ou presque. L'homme de la situation.

Nous sommes devant le portail de Cadences à 16 heures précises. Je n'ai cessé de lui parler, me déversant tout au long du trajet. J'ai tant besoin de me confier, me sentant isolé et incompris.

– Qui êtes-vous, monsieur ?

– Je suis l'oncle de M. Taubenhaus. J'accompagne mon neveu.

– Vous ne pouvez pas rester.

– Je vois souvent des grands-parents dans la salle..., interviens-je.

– Vous devez attendre dehors, monsieur !

Mon oncle reste droit dans ses bottes.

– Je suis venu accompagner Esteban, mon petit-neveu. Je vais m'asseoir et lire tranquillement en attendant qu'il revienne. Vous ne pouvez quand même pas faire n'importe quoi ici.

– Bon, accompagnez Esteban jusqu'au premier, poursuit-elle en s'adressant à moi.

– Je vous déjà l'ai dit, je préfère ne pas croiser mon ex-femme. C'est si difficile à comprendre pour vous ?

Elle reste plantée devant moi, attendant que je m'exécute.

– Vas-y Gérald, fais un effort, c'est mieux pour Esteban, m'encourage mon oncle.

Je me résigne.

Aussitôt dans l'escalier, Vignal attaque :

– Ici tout le monde a lu votre courrier et pense comme moi.

– Il était adressé à votre directrice. Pourquoi m'avoir traité de manipulateur ? Vous mesurez la violence de vos propos ?!

– Je n'ai jamais dit cela, vous mentez, monsieur, rétorque-t-elle avant de ricaner ouvertement.

Que dire ? Que faire ? Je sais que le rapport de Vignal va peser pour l'obtention de la garde. Son avis est forgé. Comment poursuivre dans de telles conditions ? Je dois tenir pour Esteban. Je vais écrire au juge. Solliciter la nomination d'une autre association. Je prie pour que l'expertise psychologique rétablisse la vérité. On se penchera sur la vie de Cassandra, les déclarations de Neung seront prises en compte. Tout comme les témoignages de ses amants et la fermeture préfectorale de son salon de massage pour prostitution et proxénétisme… Comment ne pas s'en inquiéter ?

12

Je contacte l'association SOS PAPA. Une permanence se tient tous les lundis soir, boulevard Garibaldi, dans le 15e arrondissement. Je décide de m'y rendre pour trouver une écoute et du soutien. Je ne tiens plus la distance.

Ma mère gardera Esteban ce jour-là et nous passerons ensuite la nuit chez ma grand-mère.

Je suis le premier arrivé. On me demande de remplir un bulletin d'adhésion et de m'acquitter de 20 euros. La porte m'est désormais ouverte aussi souvent que je le souhaite.

Les locaux ne sont pas bien grands. La secrétaire anime la séance du jour. La soixantaine, les cheveux gris coupés au bol. D'autres nous rejoignent bientôt dans la salle. Nous nous asseyons tous autour d'une table.

Chacun présente son malheur. Ils sont déjà familiers des lieux, pour la plupart issus de la classe moyenne supérieure, et viennent ici pour trouver du réconfort. Aucun n'a la garde de ses enfants. Je dois m'estimer heureux. Les témoignages se succèdent. Certains sont accusés de viol et clament leur innocence. Mal à l'aise, je ne me sens pas à ma place. J'hésite à partir.

Mon tour vient. Personne n'est surpris par mon histoire.

– Il existe de nombreux réseaux de prostitution asiatique à Paris, intervient la secrétaire.

Tous acquiescent ou se montrent compatissants. Une ambiance aux alcooliques anonymes dans un film de série B. J'en arrive à Cadences. Ils connaissent bien ce genre d'associations en milieu médiatisé.

– Ils font ce qu'ils veulent là-dedans.

– Il n'y a aucun contrôle, renchérit un autre.

La séance s'achève au bout d'une heure et demie. Nous avons maintenant la possibilité de poursuivre avec un des avocats bénévoles. Je n'ai rien à perdre. Affichés sur un mur, se trouvent aussi les coordonnées d'un psychologue de l'association. Toujours utile.

Je ne patiente pas longtemps avant de m'entretenir avec l'avocat de permanence. Une femme blonde et menue âgée d'une trentaine d'années. Je lui explique sommairement la situation et mes déboires financiers. Elle n'insiste pas pour me compter parmi ses nouveaux clients. Pas de quatrième avocat, donc. Elle souscrit aux démarches entreprises par Barabé ainsi qu'à la pertinence des témoignages de moralité.

– L'importance pour le juge est de s'assurer d'un foyer stable pour votre fils et d'une prise en charge par une assistante maternelle agréée par la crèche.

Rien de bien nouveau donc. Un élément tout de même : elle estime utile de saisir le procureur pour demander l'ouverture d'une information judiciaire contre mon ex-femme. Que n'a-t-il déjà été saisi ?

Quelques jours plus tard, je compose le numéro du psy noté chez SOS PAPA. Rendez-vous est pris pour la semaine suivante. Il exerce dans le 18e arrondissement, à deux pas du cimetière Montmartre. Je connais bien le quartier.

M. Budeau est de petite taille et son cabinet ne paie pas de mine, tout comme sa tenue vestimentaire, simple et modeste. Pas plus mal. Il m'écoute avec bienveillance. Nous convenons d'un second rendez-vous la semaine suivante. En sortant de son cabinet, je suis surpris de constater que la séance a duré plus d'une heure et demie. Il n'a pas osé m'interrompre ou peut-être fait-il exception pour un collègue en piteux état ? Son oreille attentive a été salutaire. La route promet d'être longue.

Les courses à l'épicerie sociale me donnent un peu d'air ; j'ai le droit d'acheter pour 35 euros par semaine et ne paie que 10 % de cette somme. L'endroit est discret, même si j'assume mal ma présence ici. Esteban est encore petit heureusement et j'espère nous sortir de cette galère avant d'être définitivement stigmatisés.

Au mois d'août, nous passons trois semaines chez mon père à Montpellier. Nous profitons des plages de Palavas. Esteban et moi sommes devenus experts ès châteaux de sable. Avec ou sans pont-levis, fosse remplie ou pas. À peine Esteban verse-t-il de l'eau avec son petit seau qu'elle est déjà engloutie par le sable et nous nous tordons de rire.

J'ai aussi reçu des nouvelles de ma demi-sœur en Autriche. Elle est devenue une maman célibataire et nos histoires se recoupent en un sens. Nous communiquons par Skype et vidéo interposés. Sa fille, June, a un an de moins qu'Esteban. Moments de répit avant d'affronter la rentrée.

13

Un courrier attend pour m'aviser d'un nouveau rejet de mon dossier par la Commission de surendettement au motif de dettes professionnelles. Je n'en ai pourtant pas. Je suis tombé sur un instructeur incompétent. J'ai intégré un avis de paiement d'un montant de 437 euros, payable en trois échéances. Je me suis déjà acquitté des deux tiers et le dernier va m'être prélevé. Aucune dette de ce côté-là, donc. Renseignements pris, on m'impute aussi les factures d'avocat que j'ai jointes sur le conseil de mon assistante sociale. Mauvaise idée. L'hurluberlu de la Commission n'a pas dû bien lire : sur chacune d'elles est clairement précisé « factures acquittées ».

Je suis à nouveau au trente-sixième dessous. Nouveau prélèvement sur salaire de 850 euros ce mois-ci. Ironie du sort, j'obtiens dans le même temps une aide exceptionnelle du conseil général de l'Essonne d'un montant de 300 euros, endossable au Trésor public, celui-là même qui me saigne à blanc. Je ne sais plus comment m'en sortir.

Je dépose un troisième et ultime dossier à la Commission de surendettement. Même sanction trois semaines plus tard pour « absence de bonne foi et dettes notables contractées ces dernières années dont Monsieur ne pouvait ignorer les conséquences… ».

Quid de Madame dans tout cela ? Je n'ai pas joui du plus petit centime. J'aurais mieux fait de plaider mon divorce moi-même. Ce n'est pas permis, pas plus que je n'ai le droit de bénéficier de l'aide juridictionnelle. Il me faut en effet conserver un salaire décent pour répondre aux exigences du juge vis-à-vis d'Esteban. Son montant trop élevé me prive de toute aide. Maître Barabé menace maintenant de ne pas rédiger ses conclusions et ne cesse de repousser l'échéance dans l'attente d'un virement supplémentaire. Cadences me réclame en sus 500 euros d'honoraires pour les visites que par ailleurs je subis et dont Cassandra n'a pas à se soucier. Tout comme la consignation pour effectuer l'expertise médico-psychologique qu'il me faut entièrement prendre en charge. Qu'attend-on pour enquêter sur son train de vie véritable ? Francis s'est finalement décidé à rédiger l'attestation. Le récit de son histoire avec elle est semblable au mien, à celui de Junger. Et de combien d'autres ?

Ma mère a accepté de m'envoyer un mandat. Je viens d'avoir trente-neuf ans, j'ai quitté le domicile familial à dix-huit, payé seul mes études, acheté cet appartement que je suis maintenant sur le point de perdre.

Le juge de l'exécution est saisi. Un moratoire prononçant le gel de mes dettes est encore possible.

Nous fêtons les deux ans d'Esteban chez ma grand-mère. Nous avons ri ce jour-là en le voyant transbahuter un pack entier de six litres d'eau gazeuse de la cuisine au salon.

– Que fuerte ! a lancé son arrière-grand-mère.

La force pour elle ne se mesure pas au mental mais à la taille des biceps.

À la mi-septembre, la convocation pour l'expertise médico-psychologique m'est enfin notifiée. Elle se déroulera en deux temps : je serai entendu dans les locaux de Cadences le 4 octobre, seul d'abord, puis avec Esteban le 17. J'oscille entre appréhension et soulagement.

14

Mme Delac est au courant de mes ennuis avec Vignal. D'emblée, elle veut me mettre à l'aise, se démarquant par son comportement cordial, aux antipodes de l'accueil qui m'a été réservé par sa collègue à Cadences depuis le début.

Elle est jeune, les cheveux châtain clair coupés court. À sa demande je lui fais l'historique de ma vie, de l'enfance à l'âge adulte. Le récit chronologique facilite les choses. Nous en venons finalement à Cassandra.

– Je ne suis pas médecin ni enquêtrice sociale. Ça n'est pas à moi de contrôler son degré d'alcoolémie ou ses fréquentations. Je suis là pour évaluer la meilleure prise en charge pour votre fils. Quand bien même votre femme serait prostituée, elle n'en est pas moins mère.

Déstabilisé, je tiens tout de même à lui montrer le PV de confrontation avec Neung.

– Je ne mets pas en cause votre parole, là n'est pas le problème…

– Mais si au contraire, c'est bien de son statut de mère que nous parlons. Quelle maman demanderait à son fils de mentir à la police alors qu'il est sans papiers ? Quelle mère digne de ce nom porterait de fausses accusations contre son mari au risque de priver son enfant d'un papa aimant par vénalité pure ? Je vous en conjure, lisez les témoignages de ses ex-compagnons. Ils y font état de son comportement de mère avec son fils aîné. Elle le laisse seul le soir et se sert de lui pour les tâches ménagères.

– Le juge va tenir compte de ces documents ; la mission qui m'a été confiée consiste à évaluer l'équilibre des parents et leur capacité à éduquer l'enfant.

D'examen médico-psychologique, il n'en porte que le nom.

– Ne vous inquiétez pas, c'est mon métier. Mon rapport fera plus de vingt pages et il sera étayé, mais il nous faut avancer… Cela fait plus de deux heures que nous parlons, alors ne vous arrêtez plus sur les détails comme pour votre voyage à Málaga.

– Algésiras… mais les conséquences de ce voyage sont déterminantes. C'est là que son fils m'a agressé et qu'elle a quitté notre domicile au retour. Avant sa mise en scène avec la police. Je pense aujourd'hui qu'elle avait tout planifié depuis longtemps.

– Vous devriez prendre du recul, dans l'intérêt de votre fils.

– Je fais tout pour, croyez-moi. J'ai débuté une thérapie. Esteban est la personne qui compte le plus au monde dans ma vie. Je ferais tout pour lui.

Sans doute aurais-je dû l'exprimer autrement, mais c'est là l'exacte vérité.

Mme Delac conclut l'entretien.

– Il est tard, de toute façon nous nous revoyons avec Esteban dans quinze jours.

– Euh, oui, le 17… C'est un mercredi, je travaille. Je vous ai expliqué ma situation financière… Un autre jour de la semaine pourrait être envisageable ?

– Mon agenda est archi comble pour les trois mois à venir et je dois remettre mon rapport au juge au plus vite. Ce n'est pas dans votre intérêt de repousser l'échéance, si ?…

– Non, bien sûr que non, je vais m'arranger. Je vous remercie de m'avoir écouté.

Nous nous saluons et je me dépêche de retrouver Esteban chez Ana. Je ne sais quoi penser de l'entretien. J'aurais aimé que tout soit déjà terminé. J'annulerai mes deux derniers cours pour notre prochain rendez-vous, je n'ai pas le choix.

L'attente jusqu'au 17 est interminable. Je quitte plus tôt mon travail en fin d'après-midi pour récupérer Esteban. Les cours m'ont épuisé. Je dois pourtant rester alerte.

Mme Delac entame sur ces mots le second entretien :

– Nous avons reçu un courrier du juge concernant vos doléances vis-à-vis de Cadences. Vos reproches concernent-ils aussi notre premier rendez-vous ?…

– Non, absolument pas, j'ai écrit ce courrier avant l'été, c'est une coïncidence de procédure. Je pointais le positionnement de Mme Vignal, je vous en ai déjà longuement parlé.

Mme Delac ne s'adresse que peu à Esteban, préférant le laisser jouer pour concentrer ses questions autour de sa prise en charge. Je détaille donc mes horaires de travail, reviens sur le refus de Cassandra d'une assistante maternelle agréée.

– Et vous sortez beaucoup avec Esteban ?

– Nous allons chez ma grand-mère lorsque c'est possible ou en vacances chez mon père à Montpellier. Mes amis habitent presque tous à Paris.

Esteban s'est mis à explorer le couloir et le bureau voisin.

– Mon cœur, s'il te plaît, reste avec nous, je t'ai expliqué que le rendez-vous avec la dame était important pour papa.

– Ne croyez pas que j'attende de lui qu'il ne bouge pas, ce serait même inquiétant… croit bon de préciser Mme Delac.

L'entretien se poursuit ainsi. Elle observe en détail chacune de mes attitudes vis-à-vis d'Esteban. J'ai mal à la tête et la situation me stresse. Difficile de faire abstraction de Vignal dans ces lieux. J'aurais tant aimé que l'expertise eût lieu ailleurs. J'essaie de m'en justifier maladroitement.

– J'aurais souhaité vous remettre cette lettre que j'ai adressée à la directrice. Elle détaille le comportement inique de Mme Vignal.

– Rassurez-vous, j'ai davantage de recul. Et cette lettre ne m'était pas adressée, de toute manière. Ne me confondez pas avec elle, à moins que vous estimiez aussi que je vous ai mal reçu ?…

– Non, absolument pas, au contraire.

– Nous en avons terminé alors. Je transmettrai mon rapport au juge dans les semaines à venir, qui le communiquera à votre avocat. C'est la procédure.

– Entendu, je vous remercie, je suis à votre disposition si vous avez besoin de renseignements complémentaires.

– J'ai tout ce qu'il me faut, je crois.

– Merci à vous. Au revoir. Merci.

J'en fais dix fois trop. Je veux tant que tout se passe au mieux connaissant l'importance de ce rapport pour la suite de la procédure.

15

Coïncidence ou non, je reçois une réponse de la directrice de Cadences au courrier que je lui ai adressé avant l'été ; elle est laconique. Elle n'envisage pas de me consacrer un entretien. En revanche, elle a répondu au juge avec des arguments plus détaillés. Mme Vignal restera la référente de notre dossier mais ne sera présente qu'un seul dimanche par mois désormais. L'autre visite sera assurée par l'équipe d'astreinte ce jour-là. C'est déjà une avancée. Je reste tout de même décidé à me faire accompagner à Cadences chaque fois que cela sera possible. Ma mère s'est proposée puisque les grands-parents y sont autorisés. J'espère que cela limitera les provocations de Vignal.

J'ai fait remarquer que Cassandra n'apportait jamais rien à Esteban, pas de goûter, ni cadeaux ou vêtements, cela a eu des répercussions. Pour faire bonne figure, elle lui achète des baskets – trois pointures au-dessus – ainsi qu'un gros cartable à roulettes et un blouson, taille 6 ans. Quel âge croit-elle qu'a notre fils ?

Nouvelle déception par courrier : le procureur m'avise que ma plainte contre Cassandra après la confrontation avec Neung est classée sans suite. Je décide de faire appel et demande l'ouverture d'une information judiciaire à l'encontre de mon ex-femme, ainsi que l'a suggéré l'avocate de SOS PAPA.

Cassandra m'a adressé deux chèques de 50 euros au nom de sa société pour s'acquitter de la pension alimentaire d'Esteban. Son salon fait pourtant l'objet d'une fermeture préfectorale. Est-il à nouveau en activité ? Peut-elle se jouer si facilement de tous ? Mon avocat rechigne à rédiger cette plainte faute de nouvelles rentrées.

– Les tribunaux sont surchargés, de toute façon cela ne servira à rien…

Quid de la justice ? Neung a révélé les mensonges de sa mère. Ils sont établis. J'étaie ma plainte avec les attestations de Junger et Francis. Je ne peux concevoir que rien de tout cela n'est puni par la loi.

J'ai obtenu une prolongation pour faire les courses à l'épicerie sociale pour une nouvelle période de trois mois et Barabé a fini par notifier la demande de divorce pour faute grâce aux 1 000 euros supplémentaires avancés par ma mère. Je promets de la rembourser dès que possible.

Les conclusions de la partie adverse suivent. Cassandra réclame 25 000 euros pour compenser la perte de son niveau de vie. Elle ne doute de rien.

Survient alors un événement inattendu. À l'approche de Noël je reçois un mail du site de photos en ligne Kizoa auquel Cassandra est abonnée, il m'informe que de nouvelles photos ont été ajoutées à son compte.

J'en reste stupéfait. Cassandra s'affiche sans complexes au bras d'hommes d'âge avancé dans différents lieux. Ici, un homme la tient dans ses bras, là, un autre est collé joue contre joue avec elle, ailleurs un troisième l'embrasse sur la bouche. Ces photos sont décorées de cœurs. A-t-elle perdu l'esprit ? Elle est entretenue, cela ne fait aucun doute. Ces clichés ne m'inspirent que du dégoût. Mon oncle, ma tante, ma mère les ont reçues aussi. J'ai honte. Quel intérêt y trouve-t-elle ? J'ai aimé cette femme, elle est la mère de mon fils. On m'a éclairé sur son comportement infidèle, mais j'ai du mal à l'imaginer se donner de la sorte.

Francis a le fin mot. Il connaît le fonctionnement de ce genre de sites. Cassandra nous y a inscrits en tant qu'amis pour recevoir les photos de notre mariage et ne doit simplement plus s'en souvenir. La mise en ligne des nouveaux clichés est automatique et nous avons dû les recevoir à son insu. Je ne m'en remets pas. Je pense à Mme Delac et son expertise psychologique. Ces photos sont datées, décembre 2018, elles sont donc récentes, la proéminence de ses prothèses mammaires en atteste.

Je les transfère à mon avocat, le priant de les communiquer immédiatement au juge. Il m'explique qu'elles doivent être au préalable consignées par un huissier. Je me renseigne sur les tarifs. Plus de 900 euros TTC.

Livres, DVD, vêtements, tout y passe... Mon oncle Luc participe à la quête. Il me fait cadeau d'un tiers de la somme et je parviens tant bien que mal à réunir le montant nécessaire. Cassandra va être mise au jour, le juge se rendre à l'évidence. Elle ne pourra plus prétendre à la garde d'Esteban. La chance tourne enfin.

Les nouvelles s'enchaînent. Nous recevons finalement le procès-verbal de la confrontation avec Neung survenue dix mois plus tôt. Le brigadier a retranscrit nos propos a minima et je ne peux m'empêcher de penser que le gamin aurait pu en dire beaucoup plus ce jour-là. J'espère que le juge l'entendra rapidement. Je ne lui en veux plus, il est sous la houlette de sa mère. Mon avocat verse le PV au dossier. Il commence à être solide. Nous attendons encore le compte rendu de l'expertise psychologique qui doit être connu avant la fin du mois. Une nouvelle audience décisive au tribunal en découlera.

16

La secrétaire de Cadences a confirmé le dépôt de l'expertise au juge, mais elle tarde à nous être communiquée. Barabé n'a pas fait le nécessaire auprès du greffe. Il a été adressé à ma précédente avocate. Il me faut recontacter Maître Balmy. Elle ne me tient pas rigueur de l'avoir remerciée quelques mois plus tôt et nous transfère le document.

J'ai le plus grand mal à aller jusqu'au bout de sa lecture tant certains passages me font trembler de rage. Delac a dû être influencée par sa collègue dans son analyse de la situation. On préconise le maintien d'Esteban à mon domicile, des droits de visite libres au rythme de deux demi-journées par mois, avec pour seule obligation pour Cassandra de récupérer l'enfant dans les locaux de Cadences. La psychologue pointe ma fragilité et la solitude dans laquelle je suis supposé me trouver avec mon fils. Ana n'a pas même été entendue. Dans le même temps, l'instabilité matérielle de Cassandra est mise en avant :

« … Par ses propos contradictoires c'est comme si Madame empêchait finalement le changement de résidence d'Esteban. En effet, à travers son discours nous ne percevons pas que Madame mette véritablement toute l'énergie qu'elle affiche pour obtenir la résidence de l'enfant à son domicile. Au contraire, de manière plus ou moins consciente, Madame semble davantage insister sur sa situation matérielle et son impossibilité actuelle à accueillir l'enfant. »

La psychologue ne préconise qu'une simple interdiction de sortie du territoire pour Esteban sans l'accord des deux parents. Je ne peux concevoir que Cassandra voie seule notre fils, sans véritable contrôle. Je prie pour que la juge examine attentivement l'ensemble des éléments probants qui lui ont été soumis. Le pire est le rapport de Vignal sur le déroulement des visites, intégré à part entière au dossier de sa consœur. Et il est assassin, pétri de contre-vérités : déontologie zéro. J'ai des haut-le-cœur. Juge et partie. Je ne m'en remets pas. J'éprouve le besoin impérieux d'écrire au juge pour rétablir les choses. J'insiste dans mon courrier sur la nécessité d'entendre Neung, dont le récit sur le quotidien de sa mère sera sans doute éloquent. Une nouvelle date, celle du 24 avril, est arrêtée par le tribunal d'instance d'Évry. Tout se décidera là.

Les rendez-vous judiciaires se succèdent. Le 5 février, mon dossier de surendettement va être examiné au tribunal de Juvisy. Notre avenir matériel promet d'être sombre.

17

Budeau, le psychologue avec qui j'ai entamé un travail thérapeutique, me soutient dans cette épreuve. Il a rencontré Esteban et rédigé une attestation qui souligne la relation de confiance et de complicité que nous avons développée tous les deux. J'accuse le coup pourtant.

Il m'est impossible de contenir mes larmes devant le juge de l'exécution qui doit statuer sur mes dettes. Les créanciers me tiennent à la gorge, lettres et menaces des huissiers se sont accumulées. 900 euros ont été prélevés sur mon salaire par le fisc encore ce mois-ci et plus de 500 autres directement sur mon compte bancaire. Le magistrat en tient compte. J'ai cumulé jusqu'à six emplois simultanés et ne peux plus faire face, seul, avec un enfant en bas âge. Il décide un gel de mes dettes, imposant à la Commission de surendettement une prise en charge de mon dossier pour statuer sur les mesures à prendre, laquelle préconise la mise en vente de mon appartement, le remboursement de mon crédit immobilier à hauteur de 350 euros mensuels et un moratoire de 24 mois pour les autres créances. Je dois en sus m'acquitter de toutes les charges courantes, faire mensualiser mes impôts et régler sans manquement mes charges de copropriété.

Concomitance de procédure, la Caisse d'Épargne bloque mes comptes et salaires du mois de mars. J'essaie en vain de joindre ma conseillère. Je ne peux plus tirer le moindre euro et suis contraint de contacter la Direction du contentieux. 300 euros vont être débloqués dans l'attente du traitement de mon dossier. Il faut pour cela me rendre à l'agence de Courcouronnes, mais je n'ai plus d'essence. Pas même de quoi m'acheter un ticket de RER. Il me faut frauder, j'ai depuis longtemps passé l'âge.

Je me dépêche pour arriver avant la fermeture de l'agence le midi. J'arrive trop tard et me retrouve sans même une pièce en poche pour patienter une heure dans un café. Je me suis échiné tout le mois avec mes trois emplois. Un mélange de fatigue et de rage monte en moi…

14 heures, la banque rouvre enfin ses portes. Je suis le premier client. Ma conseillère est en congé, un homme la remplace à l'accueil. Je me souviens de lui à cause de ses courbettes pour nous vendre un crédit trois ans plus tôt, Cassandra était enceinte alors.

– Bonjour, je viens de la part de Mme Poquelin de la Direction du contentieux. Mon salaire a été bloqué cette nuit suite à l'acceptation de mon dossier par la Commission de surendettement. Il faudrait que vous me débloquiez 300 euros en attendant le traitement de mon dossier…

– Suis pas au courant. Je ne peux pas faire ça.

– Écoutez, mon salaire dépasse ce mois-ci les 3 000 euros, vous n'avez pas le droit de le bloquer. J'ai un fils de deux ans, je dois pouvoir le nourrir.

Il refuse de me recevoir dans un bureau, contraint ainsi de m'expliquer au guichet.

– Je vous ai dit que je ne pouvais rien faire, monsieur. Des clients attendent derrière vous.

Son ton est méprisant, je ne vais pas me laisser faire.

– Je ne bougerai pas d'ici. Vous allez appeler votre supérieure, Mme Poquelin, elle vous expliquera la situation.

– Je ne connais pas cette personne. Mettez-vous sur le côté, monsieur… Client suivant !

Je reste et tente de joindre la responsable avec laquelle j'ai parlé deux heures plus tôt au téléphone. Pourvu que mon forfait ne soit pas bloqué.

– Allô, madame Poquelin ? M. Taubenhaus, nous nous sommes parlé ce matin au sujet de mon dossier de surendettement. Je suis à mon agence, la personne au guichet refuse de débloquer la somme dont vous m'aviez parlé.

– Passez-la-moi, je vous prie.

Je plante mon téléphone dans les mains du connard.

– Allô oui, bien sûr, je comprends, madame. Excusez-moi, je ne pouvais pas savoir…

Il raccroche sans m'adresser un regard pour s'activer sur son clavier d'ordinateur. Avant de me remettre une carte de retrait.

– Mettez-la dans le distributeur pour retirer l'argent ; elle sera avalée ensuite.

– Ça aurait été tellement plus simple si vous aviez commencé par m'écouter, non ?

– Vous avez ce que vous vouliez, alors au revoir, monsieur. Je travaille, moi !

– Vous allez ravaler ce ton déplacé, et sur-le-champ encore ! Vous étiez bien plus poli la dernière fois. Vous ne respectez vraiment que la grosseur du portefeuille. Vous êtes un minable, monsieur.

Je retire l'argent en espérant ne plus jamais avoir à remettre les pieds dans ces lieux.

Mon compte est débloqué deux jours plus tard, mais je n'ai plus droit au moindre découvert. Je dois restituer mon chéquier et échanger ma carte bleue contre une autre à débit immédiat. Finis les privilèges de la Visa Premier et ses facilités de paiement. Ça ne va pas me manquer.

18

Mon avocat me déleste de 1 500 euros supplémentaires en perspective de la prochaine audience. Je pense au profil des adhérents de SOS PAPA ; il faut être fortuné en tant qu'homme pour espérer obtenir la garde de ses enfants.

Cassandra a fait annuler une visite à Cadences début avril. Sans plus d'explications de la part de Vignal. Je n'en apprends le motif que deux semaines plus tard. Par Kizoa, le site de photos en ligne. Cela dépasse cette fois tout ce que j'aurais pu imaginer. On y voit Cassandra poser entièrement nue, souriant à l'objectif. Je me rappelle le cinéma qu'elle m'avait fait avec son kimono pudique au début de notre relation. Elle est cette fois main dans la main avec un homme qui doit avoir soixante-dix ans. Sur la photo suivante, elle embrasse un autre plus jeune sur la bouche. Un Asiatique, cette fois. Une légende explique : « Thaïlande, avril 2019 ». Mon avocat n'a pas dû transmettre les précédentes au juge car elle n'aurait pas réitéré, ou du moins nous aurait radiés de son compte si elle avait su que je les recevais. Je laisse un message à Barabé. L'audience a lieu dans deux jours, plus le temps de les faire consigner par un huissier, plus les finances non plus. J'en avise Junger et Francis. Ce dernier m'en apprend davantage :

– C'est Pompili, l'avocat qu'elle m'avait présenté. Quelle tristesse, quelle pauvre femme…

Pompili, le ténor du barreau qui avait tant impressionné Maître Teisseire à Paris. En bute à l'émotion, je ne l'ai pas reconnu !

Voilà donc la raison pour laquelle Cassandra a annulé une visite à Cadences avec notre fils. Elle se dit sans le sou alors qu'elle a un amant millionnaire.

Barabé ne tarde pas à me rappeler, cette fois :

– Ils sont à Pattaya…

– Pattaya ?

– Vous ne connaissez pas ? Le paradis de la prostitution en Thaïlande.

Son ton a changé, je le sens stupéfait. Pompili est une référence chez les avocats, peut-être même a-t-il été l'un de ses mentors. Barabé m'a considéré depuis le début comme un vague petit psy, enseignant de banlieue. Et il a eu raison. Cassandra nous bat tous à plate couture.

Francis me fait part de nouveaux éléments ; les dernières photos de Thaïlande que je lui ai transférées ont dû l'atteindre comme moi.

– Je ne voulais pas aller jusque-là pour ne pas priver Esteban de sa mère, mais là elle dépasse les limites.

Il a piraté sa boîte mail lorsqu'il vivait encore avec elle. Il m'en adresse une copie. Son contenu est édifiant. Cassandra y converse avec des hommes, elle se fait maintenant appeler « Marie », mais son adresse mail est toujours la même. Les photos montrent un homme sur une moto, un autre à un match de football, un troisième est collé joue contre joue avec elle. Dans leurs messages, tous se disent amoureux d'elle. Cassandra propose de les rejoindre. Leur contenu ne laisse aucun doute.

Barabé communique ces nouvelles pièces à la partie adverse. Des captures d'écran feront l'affaire. Il compte bien cette fois s'en servir devant le juge.

Je me fais violence pour écrire un mail à chacun de ces hommes. Il est temps qu'elle cesse de se jouer impunément de tous et de ruiner nos vies.

« Bonjour, si vous avez été victime d'une certaine Toon, alias Marie, alias Cassandra, véritable prédatrice financière sévissant sur Internet, merci de me faire part de vos témoignages ou de me contacter par téléphone. Je l'ai moi-même subie. Je compte sur vous pour l'arrêter de sévir. Merci. Gérald Taubenhaus. »

Un certain Philippe me répond rapidement.

– C'est moi qui t'avais appelé en octobre 2017, juste après votre séparation. Elle vivait alors chez moi et j'avais déjà des soupçons sur sa sincérité…

C'est lui aussi qui les a accompagnés lors de la confrontation de police avec Neung. Il a préféré tout envoyer valser ensuite et ne plus entendre parler de cette femme, choqué de la manière dont Cassandra a traité son fils en sortant du commissariat. Il affirme qu'elle a renvoyé Neung au Laos peu de temps après, de crainte qu'il puisse témoigner contre elle. Pauvre gamin, je me jure que jamais Esteban n'en pâtira comme lui.

Philippe accepte de rédiger tout cela noir sur blanc. Certains détails restent difficiles à lire pour moi.

« … Elle découchait régulièrement pour ne revenir chez moi que le lendemain. Souvent, elle me disait qu'elle n'avait pas d'argent, mais je voyais qu'elle avait des liasses entières de billets dans une enveloppe. Je lui demandais d'où venait tout ce liquide puisqu'elle ne travaillait pas. Elle me répondait qu'elle avait beaucoup d'amis sur qui compter. Son téléphone sonnait tout le temps aussi, mais elle n'aimait pas parler devant moi. Elle sortait dans la rue pour téléphoner. Elle me réclamait toujours plus pour régler les honoraires de son avocate, et j'ai fini par refuser.

Souvent le soir elle n'était pas à la maison et je n'arrivais pas à la joindre sur son portable. Je me sentais triste et je subissais la situation. Un jour, à son retour, j'ai voulu m'éclairer sur son infidélité. J'ai regardé sur son portable. Et là, mauvaise surprise, il y avait de très nombreux numéros, sans noms pour la plupart : "Bonjour ma chérie, hier soir j'ai passé un agréable moment, tu es formidable. J'espère à très bientôt. Bisou, je t'aime...". J'étais dégoûté. Je lui ai mis sous le nez les messages que je venais de lire. Elle ne sut quoi répondre. J'ai alors mis un terme à cette relation que je regrette amèrement. J'ai appelé par la suite certains de ces numéros et tous les interlocuteurs m'ont confirmé avoir eu des relations sexuelles non protégées avec Toon. J'ai dû attendre la peur au ventre les résultats d'une prise de sang pour savoir que je n'étais pas séropositif.

Par la présente, je déclare que cette femme est une manipulatrice vénale et très dangereuse. J'ajoute que dans ses effets personnels j'ai trouvé une procédure de police : un PV d'interpellation pour proxénétisme en bande organisée ; son salon de massage et de manucure a fait l'objet d'une fermeture administrative... ».

19

24 avril, la tonalité de cette audience est très différente. Mon avocat n'hésite plus à parler ouvertement de prostitution, preuves à l'appui. Il plaide pour le maintien des droits de visite en milieu médiatisé au sein d'une autre association. Cassandra et son avocate sont cette fois moins péremptoires. Elles ne réclament plus la garde d'Esteban et formulent la demande de visites libres deux week-ends par mois. Elles refusent néanmoins de faire appel à une autre association et réclament toujours la somme de 25 000 euros.

– Tout ce que vous me dites relève d'un juge pour enfants…

Je me rappelle les propos de la première avocate : « C'est une machine à broyer les familles ! »…

– Mais je ne veux pas que mon fils aille en famille d'accueil ! J'en mourrai.

Barabé et la juge s'esclaffent de concert :

– Mais non, ça ne se passe pas comme ça.

On dirait que cela les amuse. Pas moi. Il s'agit de notre vie, pas la leur.

La juge n'a même pas pris pas la peine de poser un regard sur la photo d'Esteban que je lui ai montrée. Un simple numéro de dossier.

Décision le 23 mai.

Nous faisons le trajet retour ensemble, mon avocat et moi. Je l'ai convaincu d'éviter la voiture à l'aller, de crainte qu'il ne fût pris dans les embouteillages et arrive en retard. Dans le RER, il tente de me rassurer :

– Je ne crois pas qu'il soit dans l'intérêt de la partie adverse de saisir le juge pour enfants, et nous n'allons pas le faire non plus. Nous avons un bon dossier et suffisamment d'éléments en notre faveur. Je suis très confiant.

Il passe le reste du temps à me parler de lui. Il adore ça. J'ai pourtant bien d'autres choses en tête.

Barabé s'est aménagé un atelier à l'arrière de son cabinet. Il y confectionne de mini mises en scène en 3D dans des boîtes à musique. Sa véritable passion à ses dires. S'il veut m'inquiéter, il n'aurait pu mieux s'y prendre ! Il vise le milieu d'artistes renommés. Il se vante d'avoir vendu l'une de ses « œuvres » à un chanteur renommé.

Arrivé à Villeneuve-Saint-Georges, je le laisse à ses fantasmes.

Le lendemain, je reçois un mail de Kizoa, lequel m'exclut de l'accès au compte de Cassandra.

Le 23 mai finit par arriver. Nouvelle déception. Une enquête sociale est maintenant demandée, un an et demi après l'ouverture de la procédure. Nous n'en finirons jamais.

– La juge souhaite avant tout connaître les conditions de vie de la mère. Les droits sont maintenus en l'état et nous avons obtenu l'interdiction de sortie du territoire pour votre fils comme nous l'avions demandé. Nous arrivons au but, se justifie Barabé au téléphone.

Pourquoi avoir commencé par une expertise psychologique, alors ? Et qui n'aura servi à rien ! Je raccroche, abattu. Cadences est maintenue, je vais encore subir Vignal.

20

La BM finit par me lâcher sur la francilienne. Elle fume. Le moteur a chauffé. Mon assureur prend en charge le dépannage du véhicule. Je connais un garagiste bon marché à Paris. Enchaîner mes cours sur trois villes devient impossible. L'assistante sociale m'a obtenu une aide de 600 euros pour prendre en charge une partie des frais de réparation, mais ça ne va pas suffire.

Le garagiste ne trouve pas l'origine de la panne. Il a remplacé le chauffage, le delco, l'allumage, et à chaque fois c'est une mauvaise piste. Je suis allé plusieurs fois lui secouer les puces. Les semaines passent et mes frais de transport grossissent. Le garagiste m'a fait miroiter plusieurs fois l'espoir de retrouver mon véhicule en état de marche, mais il se révèle incompétent. Cela aurait viré au gag si je n'avais pas été épuisé par les six trains et bus que je devais prendre quotidiennement.

Ana est exceptionnelle, elle a accepté d'élargir ses horaires sans en informer la crèche. Je ne rentre jamais avant 20 h 30 pour rentrer à pied avec Esteban dans les bras, soulagé de le retrouver chaque soir.

Je suis myope et la vision floue d'une girafe peluche au deuxième étage d'un immeuble sonne la fin d'une journée de calvaire.

– Elle est là, tu la vois ?… Ah non, ce soir ils ont déjà fermé les volets…

– Comment ils ont fait pour la rentrer dans la chambre ?… Elle a un grand cou, quand même !…

Il faut deux mois au garagiste pour admettre que la voiture est irréparable. Bonne pour la casse.

Je ne parviens à réunir la totalité de la somme pour l'achat d'un véhicule d'occasion qu'au début de l'été. À ce prix-là, mieux vaut ne pas être trop regardant. Il va falloir m'adapter à cette Laguna, une autre paire de manches. Une révision complète a été faite par le précédent propriétaire, pourtant il me semble que le système électronique dysfonctionne. Le moteur se coupe en marche à 110 km/h sur la nationale, volant et roues bloqués. Quelle frayeur ! Heureusement Esteban n'est pas avec moi.

Je menace l'ancien propriétaire de le poursuivre pour vice caché. Il est en voyage à l'étranger mais m'assure que le véhicule est en parfait état de marche et que lui n'a jamais eu le moindre incident de ce genre. Il pense à une mauvaise manipulation. J'ai commis l'erreur de lui dire que je suis nouveau conducteur. Et je n'ai plus les moyens pour un nouvel achat. Je dois me contenter d'un contrôle chez Renault. Mon malus se porte suffisamment bien comme ça.

L'été arrive en même temps que la dernière séance à Cadences. Je n'y vais jamais sans avaler deux comprimés de Sédatif PC, une gélule homéopathique qui me permet d'encaisser la morgue de Vignal. J'endure en silence.

Nous partons pour la seconde année consécutive à Montpellier chez mon père. Cette fois, nous avons l'appartement tout à nous. À l'approche de la retraite, il couve l'envie de poursuivre sa route dans une coopérative agricole alternative. Il s'agit de travailler collectivement en apportant son savoir et ses compétences. Je prends cela pour une nouvelle lubie de mon père et ne me trompe pas. Une sorte de gourou les incite à renoncer à leurs différentes pensions, RSA, retraite ou allocations de la CAF… pour mieux exercer son joug et les rendre définitivement dépendants.

Mon père le menace haut et fort d'en parler à la presse. Il a un ami journaliste qui travaille à *L'Obs*, mais cela ne donne rien. Tout le monde se fiche de la spoliation des petits vieux précaires. Enfin, lui s'en est sorti. Nous le retrouvons tout fourbu et penaud à la fin de l'été. Il s'est échiné aux travaux des champs sans percevoir un seul radis. Une parabole communautaire. Sus au capitalisme.

21

La rentrée est importante à plusieurs titres. Esteban entre en petite section de maternelle et l'enquête sociale va avoir lieu.

Ma panne prolongée avec la BM a eu des conséquences : je perds l'un de mes trois emplois.

Nous avons aussi dû renoncer à Ana, Esteban va avoir trois ans et aucune dérogation ne nous est accordée. Pas même pour les samedis où je continue à travailler pour Corbeil-Essonnes et Athis-Mons.

Je profite donc avec mon fils du surcroît de temps libre. Lisa, la maîtresse d'Esteban en petite section, juge préférable de ne pas ramener les enfants à l'école l'après-midi si les parents le peuvent. C'est désormais mon cas et je m'accommode parfaitement des siestes avec lui. Lisa se montre attentive et bienveillante avec Esteban. Elle a de grands yeux pétillants et profonds. Elle m'a posé des questions sur notre situation familiale et je la lui ai succinctement expliquée. Les droits de visite à Cadences en particulier, sans m'étendre sur le reste. Esteban s'acclimate peu à peu aux nouvelles règles de vie en classe. Il s'y est fait un ami, Noah, un petit Malgache avec qui il fait les quatre cents coups. Leur maîtresse les laisse évoluer à leur rythme, sans les brusquer. Je prends plaisir à échanger quelques mots avec elle le midi. Esteban adore dessiner et elle m'a fait l'éloge de ses talents précoces. Je me sens en confiance.

Je reçois enfin la convocation de l'enquêtrice sociale mandatée par le juge. Qui sera déterminante, selon mon avocat. J'ai déjà entendu cela.

L'en-tête porte le nom de Mme Doucet-Justin, psychologue. Elle me donne rendez-vous à Évry. Deux adresses sont mentionnées sur le courrier et je les confonds.

– Mme Doucet-Justin ? Vous êtes sûr d'avoir rendez-vous aujourd'hui ? s'interroge la secrétaire.

Je lui montre ma convocation.

– Ah non, ici c'est le siège. Son bureau est à Courcouronnes.

Je me suis préparé depuis des jours, j'ai emmené avec moi un dossier complet et maintenant je vais être en retard. Pris de panique, je téléphone en catastrophe.

– Ne vous inquiétez pas, cela arrive souvent. Je vous attends.

Mon GPS ne reconnaît pas la rue en question. Maudite technologie !

Une demi-heure plus tard, à force d'allers-retours et de renseignements contradictoires, je débarque dans son bureau, me confondant en excuses.

Mme Doucet-Justin doit avoir mon âge. Ses mots sont respectueux et son regard sincère. Nous parlons longuement. Elle me pose des questions précises et je lui réponds du mieux possible. J'évoque une nouvelle fois l'importance pour moi de vivre avec mon fils et ma souffrance quant au déroulement des visites à Cadences, mes craintes au sujet de sa mère, de ses fréquentations, les fausses accusations de Neung, la descente de la police et l'immense lassitude que j'éprouve avec cette procédure qui n'en finit pas. Elle accepte mes documents et m'en réclame même d'autres : fiches de paie, première enquête sociale, coordonnées d'Ana, de l'école d'Esteban… je m'engage à les réunir dès le lendemain.

– Rien ne presse, prenez le temps nécessaire.

J'en ressors soulagé. Elle a été à l'écoute, attentive et humaine. Réceptive à mes inquiétudes légitimes. Nous devons nous revoir avec Esteban le samedi suivant. Je n'irai pas travailler. Le moratoire me laisse un peu d'air. Mme Doucet-Justin et la procédure en cours restent ma priorité. Je veux qu'on en finisse. Je suis même impatient qu'elle rencontre Esteban chez nous, dans son élément, son univers, avec ses jouets. Loin de Cadences.

Le samedi en question, Esteban se montre sociable et espiègle, comme à son habitude. La psychologue trouve qu'il s'exprime bien pour son âge. Je ne me sens pas jugé pour une fois, mais soutenu, encouragé presque.

– Il va très bien, votre fils.

– Oui, merci, je sais, c'est ce que je me tue à dire à Mme Vignal. Les visites chez Cadences ne sont qu'un prétexte pour ma femme. Elle réclame encore 25 000 euros. J'aimerais tant me tromper et croire qu'elle s'intéresse vraiment à Esteban mais je l'ai vue agir avec une telle froideur avec son fils aîné. J'ai du mal à voir ce qui pourrait la faire changer. Je ne pourrai jamais lui pardonner ses accusations ignobles. L'appât du gain est son unique moteur. Je n'ai jamais souhaité priver Esteban d'une maman, mais il fallait lui assurer une sécurité affective, le protéger de ses agissements. J'espère que votre enquête nous en apprendra plus sur ses fréquentations et son mode de vie. Tout est allé trop vite avec elle, mais Esteban est le plus merveilleux des enfants. Je ne lui ai jamais dit du mal de sa mère et ne le ferai jamais. J'espère que Cassandra se rendra compte un jour de la chance, du bonheur inouï que l'on ressent à être parent. Tout a changé dans ma vie. Je me sens fort et en même temps j'ai peur, je voudrais pouvoir éviter à mon fils toute souffrance, même si je sais que c'est impossible. Il n'a que trois ans, il est encore petit. Mme Vignal se montre toujours tellement agacée et les enfants le ressentent. Si seulement les visites avaient lieu dans une autre association ! Je suis à bout. Je fais une thérapie depuis quelques mois et ça me fait du bien, mais je ne pourrai prendre du recul qu'en sachant mon fils sécure lorsqu'il est avec sa mère. J'ai eu tellement peur lorsqu'elle a pris le passeport et fait incendier une voiture sur ma place de parking. Elle ne demande même plus la garde aujourd'hui, rien que de l'argent. Je suis déjà complètement ruiné de toute façon. L'appartement est en vente et j'ignore de quoi notre avenir sera fait, mais je serai présent quoi qu'il en soit pour Esteban.

Tout m'est sorti en bloc, cette femme n'est pas ma psy, j'essaie de me ressaisir.

Esteban joue tranquillement dans sa chambre.

– Il fait beau, ça te dirait d'aller au parc, mon cœur ? Tu pourrais prendre ta trotti…

– Oh ouiiiii !

– Ça ne vous ennuie pas si on prend un peu l'air ?

– Non, au contraire. C'est bien de découvrir les activités quotidiennes que vous partagez avec votre fils.

– On va souvent à la bibliothèque, ou on part donner à manger aux canards à deux pas d'ici. On garde toujours du pain dur, mais Esteban préfère leur donner des Pitch au chocolat. En fait, si les canards snobent le pain des voisins, c'est un peu notre faute…

Nous partons tous trois dans un grand rire communicatif.

Elle aborde avec lui un sujet plus délicat ensuite.

– Tu aimes voir ta maman ? Tu sais où elle est maman ?

– La maison de maman c'est Cadences.

– Je peux vous laisser un petit moment avec lui si vous préférez ?…

– Non, il est encore trop petit et sa réponse était très bien.

Esteban attend d'aller au parc et commence à s'impatienter en jouant avec la lumière de sa berceuse.

– Non Esteban, prends un jouet plutôt. Je la mets là-haut, sinon tu vas finir par la casser, ce serait dommage. Allez, on va mettre ton casque et prendre ta trottinette.

Mme Doucet-Justin nous accompagne dans le parc et reste un petit quart d'heure avec nous. Esteban fait du toboggan avec un petit voisin de son âge.

– Bon, j'ai tout ce qu'il me faut, je crois. Il ne me reste qu'à rencontrer Madame. J'ai essayé de la joindre sur son portable, lui ai laissé plusieurs messages, mais elle ne me rappelle pas. Vous auriez son numéro de fixe ?

– Ah non, je ne la vois plus depuis deux ans, sinon aux audiences chez le juge. Et les étages sont séparés à Cadences pour que les parents n'aient pas à se voir. Je vous avoue que l'idée même de la croiser m'est encore difficile à ce stade… Par contre, je peux vous communiquer l'adresse de son avocate, si vous voulez ?

– Non, je dois l'avoir dans le dossier, et je vais contacter Cadences aussi.

– Alors d'accord, et merci pour votre gentillesse… Esteban, tu viens dire au revoir à la dame, elle s'en va.

– Au revoir, Esteban, tu es un petit garçon adorable. J'ai un fils de ton âge, moi aussi… je suis sûre que tu t'entendrais très bien avec lui.

Dans un autre contexte peut-être…

Je reçois des nouvelles une quinzaine de jours plus tard.

– Bonjour, c'est Mme Doucet-Justin. Je n'arrive pas à joindre votre femme, personne n'a de ses nouvelles. Est-ce qu'Esteban l'a revue à Cadences ?

– Juste une fois il y a deux semaines, le 1er septembre. Les visites sont interrompues pendant les grandes vacances, la précédente remontait à la mi-juillet. Mme Vignal m'a informé que la prochaine séance était annulée, sans m'expliquer pourquoi. Ce n'est pas la première fois qu'elle manque des visites, je vous l'avais dit…

– Sans la rencontrer, je ne peux rien faire. Je vais rappeler son avocate, mais elle-même ne semble pas savoir où elle se trouve. Je serai sinon obligée de faire un rapport de carence.

Je suis désemparé. Tout semblait pourtant avoir si bien commencé.

– Tout est annulé, alors ? On s'est vus pour rien ?

– Non, non, je rendrai mon rapport en ce qui vous concerne, bien sûr.

– Je vais recontacter Cadences de mon côté. Ne peut-on pas demander au juge une prorogation ? plaidé-je

– Je ne sais pas. J'ai aussi d'autres dossiers en attente.

Nouvelle désillusion. Tout cela n'a donc servi à rien ? La secrétaire de Cadences me confirme que les visites sont interrompues pour une durée indéterminée. Sans plus de précisions.

Mon avocat se renseigne au tribunal et les propos de la magistrate me paraissent peu satisfaisants :

« Madame était informée depuis plusieurs mois de l'enquête à venir. C'était à elle de s'organiser en conséquence. ».

Il n'y aura donc pas de prorogation et je ne saurai rien des conditions de vie de Cassandra. Nous n'en verrons jamais la fin. Cassandra ne se soucie pas un seul instant des conséquences de son absence pour notre fils. À quoi bon entamer des rencontres pour les interrompre à la première occasion ! Nous subissons toujours son bon vouloir. Le procureur général a confirmé le classement sans suite de ma plainte pour dénonciation de délit imaginaire. J'ai simplement été reconvoqué au commissariat suite à ma demande d'information judiciaire.

– Encore vous, monsieur Taubenhaus ? m'a lancé le brigadier Vesson.

– …

C'est l'agent signataire du PV de confrontation dix-huit mois plus tôt qui me reçoit. Égal à lui-même.

– J'ai été mandaté au sujet de deux chèques de cinquante euros émis par la société Toonails, cette société ferait l'objet d'une fermeture administrative ?

– Oui, vous devriez avoir ces documents… J'ai aussi de nouvelles photos et des témoignages d'anciens amants escroqués par mon ex-femme qui font froid dans le dos.

– Ce n'est pas l'objet de la mission qui m'a été confiée. Avez-vous conservé ces chèques ?

– Oui, je ne les ai jamais encaissés.

– Pourriez-vous me les remettre ?

Et c'est tout. Aucun écho ensuite. Tout le monde se contrefiche des frasques de cette femme.

22

À la mi-novembre, nous recevons le rapport de Mme Doucet-Justin, psychologue clinicienne et enquêtrice sociale. Il est extrêmement positif.

« M. Taubenhaus s'est présenté comme un homme calme et posé. Il a pu nous dire tout son épuisement dans cette procédure qui lui semble interminable. Il a pu confier ses difficultés avec la psychologue de l'association Cadences. Monsieur s'est montré disponible et attentif lors de nos échanges, soucieux de voir l'avenir de son fils respecté. Monsieur se montre présent, il organise son quotidien en fonction du rythme de son fils. Il aime partager du temps avec lui et s'est montré très impliqué l'an passé dans les activités proposées par la crèche. Il s'applique à offrir à son fils des temps de jeu, des sorties, des vacances quand cela est possible. M. Taubenhaus est un père fier de son fils. ».

« Esteban est un petit garçon éveillé, qui va en confiance avec l'adulte et aime le solliciter pour jouer. Il semble avoir avec son père une relation de confiance et de complicité lui permettant de découvrir son environnement sans anxiété. Il semble tout à fait à l'aise et n'hésite pas à tester les limites posées par son père. Monsieur se montre rassurant et cadrant, répondant de façon souple mais adaptée à son fils. »

J'apprends qu'Ana, mais surtout Mlle Texier, la maîtresse d'Esteban, ont été entendues. Qu'a-t-elle dû penser ? La lecture détaillée de son témoignage dissipe vite mes craintes :

« Mlle Lisa Texier, enseignante d'Esteban, décrit un enfant qui va bien et qui s'adapte doucement au rythme de l'école qu'il vient d'intégrer à la rentrée. Elle parle d'un enfant joyeux, qui demande de l'attention et des câlins. Mlle Texier évoque de bonnes relations avec M. Taubenhaus, qu'elle décrit comme un père investi et disponible pour son fils. Mlle Texier n'a jamais eu de contacts avec la mère d'Esteban, qui n'a pour le moment jamais sollicité l'école. »

« Ana Brito est l'assistante maternelle qui a gardé Esteban avant son entrée à l'école maternelle, en septembre 2019. Elle décrit un enfant très agréable à prendre en charge avec un très bon contact. Elle évoque Monsieur comme un "papa exceptionnel", très attentif et aux petits soins pour son fils. Elle n'a jamais eu de demande de la part de Madame. »

« Mme Vignal est la psychologue en charge des visites médiatisées d'Esteban et sa mère à l'association Cadences. Elle souligne avoir été fortement agacée par M. Taubenhaus et ses multiples courriers à l'association pour dire son ressenti… Mme Vignal peut effectivement se montrer partiale dans sa description des parents d'Esteban, parasitée par un lien mère-enfant correct certes, mais uniquement deux fois par mois, pendant une heure trente. Elle semble avoir peu entendu les angoisses compréhensibles de Monsieur au regard de la situation. Elle expliquera que Madame joue souvent de malchance, ce qui peut paraître léger pour expliquer son absence auprès de son fils. Elle nous confirmera n'avoir aucune nouvelle de Madame qui serait actuellement au Laos pour des raisons familiales. Les visites pour Esteban sont donc effectivement suspendues depuis plusieurs semaines et on ne sait pour combien de temps. Mme Vignal ne semble pas mesurer l'impact de cette incertitude sur Esteban et son ressenti face à la mère. Mme Vignal pourra confier que son ressenti n'est pas celui de Mme Delac, qui a effectué l'expertise psychologique, et que celle-ci n'avait pas d'inquiétude concernant la prise en charge par son père. »

Elle conclut par ces mots :

« Dans le cadre de cette enquête, Monsieur a souhaité se montrer authentique et transparent. Il nous a fourni de nombreux documents pour attester la véracité de ses dires, que nous avons pris le soin de lire et d'étudier. Madame, pourtant informée de la décision d'enquête sociale demandée par le juge au mois de mai, ne s'est pas manifestée auprès de nous, ne répondant pas à nos courriers. Même son conseil ne semblait pas connaître ses projets pour l'avenir. Cette enquête n'a donc pu être réalisée que partiellement devant l'absence de participation de Madame, ce qui peut questionner sur l'intérêt que celle-ci porte à la procédure concernant son fils. Le contexte de vie de Madame tel que décrit du temps de la vie du couple est effectivement inquiétant. Ses soucis avec la justice, les accusations de proxénétisme, de trafic de faux papiers laissent pour le moins entendre des fréquentations discutables. Les soucis liés à l'alcool évoqués par Monsieur mais également par les ex-compagnons de Madame dans les attestations fournies interpellent aussi. La relation avec son fils aîné et les déclarations faites par celui-ci à la police sur les accusations que Madame lui aurait à plusieurs reprises demandé de porter sur ses compagnons sont également questionnantes. Si la mise en danger n'a pu être évaluée dans le présent, pour autant l'instabilité et la précarité sociale de Madame semblent avérées. En l'état, il n'est pas possible d'envisager des droits de visite et d'hébergement autres que médiatisées étant donné que Madame ne s'est pas prêtée à cette enquête sociale ayant pour but initial d'envisager l'élargissement de ses droits. Le maintien à l'association Cadences de cette mesure est à réfléchir étant donné le vécu de Monsieur sur l'accueil qui lui a été réservé. Il est important pour Esteban que ces temps auprès de sa mère, s'ils devaient être maintenus, se poursuivent dans un climat de confiance avec son père afin que l'enfant se sente rassuré pour aller de son père vers sa mère, même si celle-ci n'est que très peu présente. ».

Je bénis cette femme. Elle me guérit. De la police, de Vignal, de Cassandra. De tout. Elle remet le monde à l'endroit.

Je passe ma nuit à lire et relire ces mots, ces lignes, ces pages, et j'en pleure d'apaisement et de joie. Elle me restitue mon statut de père et mon honneur d'homme. Elle a su lire en moi. Elle me rend justice. Je n'oublierai jamais cette personne. Cette psychologue. Cette mère. Cette femme.

23

Vignal laisse planer le doute sur une possible reprise des visites à la mi-novembre. La secrétaire de l'association n'est pourtant toujours pas en mesure d'en confirmer le maintien la veille même de cette date.

En décembre, un message de Cadences acte finalement l'arrêt des droits de visite suite à « l'absence de nouvelles de Madame ». Décision de courte durée : quatre jours plus tard, je reçois un calendrier détaillé redémarrant les visites à compter de janvier. Cassandra a refait surface.

Au tout début de l'année, l'avocate de la partie adverse écrit au juge, s'étonnant que le rapport ait été déposé sans attendre le retour de Madame, arguant que celle-ci a été au chevet de son père malade au Laos et qu'elle sollicite une contre-enquête. Elle ne justifie d'aucun certificat médical pour corroborer ses dires et produit simplement quelques photos qui montrent un homme alité ainsi que la photocopie d'un billet d'avion pour Bangkok – en Thaïlande – au nom de Cassandra, mentionnant un aller le 27 septembre et un retour le 6 décembre 2019. Le jour même de son anniversaire.

Parfaitement informée de sa convocation à l'enquête, elle a préféré vaquer à ses occupations. Mon avocat s'oppose fermement à toute nouvelle enquête sociale.

La convocation chez le juge a lieu le 16 janvier. J'ai convaincu Barabé – qui me réclame 1 500 euros supplémentaires – de demander l'autorité parentale exclusive et la désignation d'une nouvelle association pour les droits de visite médiatisée, comme l'a préconisé Mme Doucet-Justin dans son rapport.

À l'audience, nous apprenons que le magistrat qui instruit notre affaire a changé de juridiction et qu'un autre reprend le dossier. Je suis mort d'inquiétude. Ce nouveau juge a-t-il seulement pris connaissance de l'enquête sociale ?

Cassandra est accompagnée de son avocate. Une femme sans âge au teint diaphane nous reçoit dans son bureau.

– Bon, après avoir examiné ce dossier, j'ai décidé de fusionner les procédures par souci de simplification, celle en référé concernant l'enfant et la seconde, du divorce. Cela aurait dû être fait depuis longtemps. Aucune des parties ne formule d'opposition ?

Les avocats se rangent à son avis. Je ne comprends pas.

– J'attends vos conclusions d'incident avant le 20 mars, Maître.

Je n'ai même pas été auditionné.

– Le juge a raison, ça nous fera gagner du temps. Il n'y aura plus qu'un seul jugement et tout sera bientôt bouclé, explique mon avocat. Il y a une réserve cependant : un « risque infime » que la partie adverse puisse annuler les précédents jugements…

– Vous vous moquez de moi ? Et c'est seulement maintenant que vous me le dites ?!

– Calmez-vous, ma consœur ne le fera pas…

– Qu'en savez-vous ? Je n'en peux plus !

« Risque infime » ! J'ai envie de l'étriper sur place.

– Vous devez me faire confiance, notre dossier est solide. Tout se passera bien, je vous l'assure… Un dernier effort, monsieur Taubenhaus, nous touchons au but.

Dans l'intervalle, les visites à Cadences ont repris. Vignal a eu connaissance du rapport d'enquête sociale. Il n'a pas dû lui plaire.

À la fin de la visite, je la vois gravir l'escalier sans Esteban.

– Votre fils ne veut pas remonter. Il fait un scandale en bas. Venez le rechercher.

Quel nouveau tour me réserve-t-elle encore, d'autant que ma mère n'a pas pu nous accompagner ce jour-là.

Je la suis donc jusqu'au premier. Esteban joue tranquillement et sourit en me voyant.

– Il n'a cessé d'embêter une petite fille ici. C'est un enfant très agité. On n'entendait que lui tout à l'heure

– Ça faisait longtemps… toujours vos réflexions. Esteban n'est pas comme vous voulez le voir. Il n'est pas agité, là. Et quand bien même, ça fait six mois qu'il n'a pas vu sa mère, sans la moindre nouvelle de sa part… Vous ne croyez pas que c'est perturbant ? Vous y avez seulement pensé ?!

– Ça s'est très bien passé avec sa mère. C'est quand il a fallu remonter pour vous retrouver…

– Bien sûr… le rapport de votre consœur ne vous a pas changée d'un iota. J'ai demandé au juge de nommer une autre association. Impartiale, comme on est en droit d'attendre. Sa décision ne va plus tarder.

Vignal affiche son éternel sourire narquois ; je la laisse à ses enfantillages. Quelle petitesse ! Devant Esteban en plus. Quels ravages doit provoquer cette femme dans les familles ! Je prie pour que mon avocat rédige vite ses dernières conclusions et que le juge rende sa décision.

24

Il y a une épidémie de varicelle à la maternelle. Esteban doit rester une semaine entière à la maison. Je ne vais pas travailler et suis contraint d'annuler la séance du 2 février à Cadences, certificat médical à l'appui. Toujours ça de pris, la simple évocation de Vignal m'est répulsive.

En mars, Barabé s'attelle aux conclusions d'incident demandées par la juge contre 500 euros supplémentaires. Il me réclame en plus une batterie de justificatifs accompagnée d'une déclaration sur l'honneur attestant l'exactitude de mes ressources : revenus, patrimoine et conditions de vie. Une mesure sine qua non du divorce. Je reste focalisé sur la garde définitive d'Esteban, mais les deux procédures sont désormais confondues. Je déclare :

« Propriétaire en propre (accession à la propriété) d'un appartement F4 (valeur estimée 215 000 euros). Je bénéficie depuis septembre 2019 d'un plan de surendettement :

– prêt immobilier : 177 075 euros

– prêts à la consommation (moratoire en cours) : 81 190 euros

– impayés : 10 933 euros. »

Les mois passent et je prends mon mal en patience. Toujours aucune date ni décision de justice. Je déprime. Lisa, la maîtresse d'Esteban, nous supporte dans cette épreuve. Son enseignement porte ses fruits. Esteban s'est fait de nombreux amis et je tâche de garder pour moi mes états d'âme et inquiétudes. Cassandra ne s'est pas rendue à Cadences pour la séance du 6 avril, nous nous sommes déplacés pour rien une fois de plus. Elle prétend s'être trompée dans les dates. La séance du 4 mai est pire encore.

Vignal est absente. Ma mère m'accompagne. Tout se présente bien. Nous patientons au premier.

À la fin de la séance, Esteban monte les marches en compagnie de la psy remplaçante. Il se précipite vers moi. Je me lève pour le prendre dans mes bras, tout à ma joie, quand je le vois trébucher pour se cogner violemment la tête contre l'angle de la table. Je le relève en panique, il est en sang. Esteban pleure très fort. J'essaie de prendre sur moi. Il me faut réagir. Il y a du sang partout sur son front. Personne n'intervient. J'essaie de stopper l'hémorragie avec de la crème. Le trou est profond. J'en tremble. Mon fils, mon amour. Je suis là. Pas le temps de réfléchir. Je dévale les escaliers et me précipite vers la voiture. Je ne connais pas d'hôpital à Viry-Châtillon. Je fonce jusqu'à Galien, la clinique où il est né. Esteban est à l'arrière avec ma mère, du sang coule dans ses yeux. Elle l'éponge comme elle le peut, nous sommes tous trois en état de choc. Je ne cesse de me retourner pour voir comment il va, Esteban pleure toujours. J'essaie de le rassurer. La route est interminable.

Aux urgences de Quincy, je dis à ma mère de descendre et demander de l'aide. Je me gare en catastrophe pour les rejoindre en courant. Esteban a déjà été pris en charge, je le retrouve dans une pièce sur un brancard. Ma mère veut sortir :

– Je ne me sens pas bien, je ne supporte pas le sang…

– Maman, c'est pas le moment !

L'infirmière essaie de distraire Esteban tout en lui nettoyant la plaie. Un médecin arrive, il l'examine.

– Ce n'est pas très grave, trois points de suture devraient suffire.

J'essaie de retenir mes larmes sans y parvenir. Mon fils, mon amour, si beau, si parfait, qu'est-ce qu'on t'a fait ? Maudite association. Personne là-bas n'a proposé d'appeler le Samu. Et d'où viennent ces chaussures deux fois trop grandes pour toi ? Un cadeau de ta mère ? Elle a dû te les mettre et elles t'auront fait chuter. Je prends sur moi mais j'enrage. J'essaie de répondre aux questions de l'urgentiste. J'ai devant moi cet angle saillant de la table dans la salle d'attente de Cadences, les coins auraient dû être protégés, de surcroît dans un lieu qui accueille des enfants en bas âge.

J'ai installé depuis longtemps des protèges-angles dans notre appartement et débarrassé le salon de toute table basse lorsque Esteban s'est mis à marcher. Et voilà qu'à présent on recoud le front de mon fils. Je hais Cadences.

Esteban a été courageux. Nous regagnons la maison en fin d'après-midi. Un large pansement de Tulle lui défigure le haut du visage mais il joue et rit de nouveau. C'est là l'essentiel.

Mon téléphone sonne. Je décroche. C'est la psy de Cadences. J'essaie de contenir mon émotion et ma colère.

– Esteban va mieux ? Ah oui, je l'entends rire derrière…

– Oui, il va mieux, il a fallu lui faire trois points de suture quand même.

Le lendemain, lundi, retour à l'école. Lisa m'interroge du regard. J'essaie de prendre sur moi pour lui relater ma frayeur en accusant Cadences. Elle sait trouver les mots justes, comme à son habitude. Je dois changer son pansement tous les jours, regarder et toucher cette balafre insoutenable à mes yeux. Je le badigeonne de crèmes : Cicalfate, Cicatryl, Cicaplast et prie pour que la cicatrice disparaisse. J'ai changé sa coiffure pour cacher un peu le sparadrap, j'ai fait le tour des pharmacies pour me procurer des pansements plus discrets, en partie transparents. Une semaine plus tard on retire les fils.

– La cicatrice sera petite.

Je consulte plusieurs dermatologues.

– Il est trop petit pour effacer la cicatrice au laser, son front n'est pas définitivement formé. Il lui faudra une casquette et de la crème solaire indice 50 cet été. Même lorsqu'il n'y a pas de soleil, les UV passent quand même…

Lisa l'enduit de crème à chaque récréation. Une maîtresse exceptionnelle.

Je m'empresse d'écrire à la directrice de Cadences, lui demandant d'installer au plus vite des protège-angles sur les coins de la table pour éviter un autre drame.

Sa réponse est laconique et décalée :

« Monsieur Taubenhaus,

Nous sommes désolés pour Esteban ainsi que pour vous et lui souhaitons un prompt rétablissement. Concernant la table pour enfant de la salle d'attente, elle comporte des bords arrondis (ce qui exclut les protège-angles) et est spécialement adaptée aux enfants (matériel DAILLOT destiné aux petits en collectivité). Nous sommes soucieux de la sécurité des enfants et nous prenons les dispositions nécessaires pour leur confort et leur protection.

Cordialement, Clémence MENEAU, Directrice de Cadences. »

Elle se moque de qui, sachant pertinemment que la table incriminée – qui se trouve au beau milieu de la salle d'attente – a des coins saillants et qu'il ne s'agit absolument pas de l'autre, plus petite, destinée aux enfants. La psychologue présente ce jour-là a dû lui relater avec exactitude l'incident. La remise en cause n'a pas sa place dans cette association. Je rétablis les choses, en vain. À la séance suivante, la table est restée en l'état. Aucune protection n'a été apportée. On néglige donc sciemment la sécurité des enfants ici. Je leur apporte différents modèles de protège-angles. Fin de non-recevoir. L'autocratie est reine en ces lieux.

25

La date d'audience chez le juge est sans cesse repoussée. 1 000 euros de plus à Barabé pour son ultime plaidoirie.

Le 1er juillet est finalement arrêté. Seule la présence des avocats est requise. Ma vie va se jouer sur tapis vert. Je n'aurai jamais été entendu par ce nouveau juge.

Aucune date de délibéré n'est déterminée. Le magistrat va prendre le temps d'étudier les nombreuses pièces du dossier.

Deux semaines plus tôt, on m'a informé d'une énième défection de Cassandra chez Cadences pour un nouveau séjour estival en Thaïlande. C'est la dernière date établie par le calendrier des droits de visite.

Nous avons proposé au juge l'APCE 91, une association en milieu médiatisé située à Évry avec laquelle Barabé a pris contact. Tout dépendra maintenant du jugement de divorce.

La fin de l'année scolaire a été heureuse pour Esteban. Nous avons appris avec bonheur que Lisa restera sa maîtresse en moyenne section de maternelle.

Vignal nous a pourtant réservé une dernière passe d'armes juste avant notre départ en vacances. Le 21 juillet, le rapport de fin de mission de Cadences m'est adressé. Il conclut à la mise en place de visites libres pour la maman d'Esteban ! Après tant de défections de Cassandra, elle continue à l'appuyer. J'en suis malade.

Un courrier de réponse est immédiatement adressé au juge pour contester ce simulacre de rapport en citant Mme Doucet-Justin et ses propos sur la partialité de Vignal. Sur ma lancée, je décide de saisir le Défenseur des droits de l'enfant pour dénoncer Cadences et ses manquements graves à la déontologie. Sans grand espoir. Je pense à toutes les familles que Vignal va encore broyer. Je monte un dossier conséquent, appuyé du rapport d'enquête sociale de Mme Doucet-Justin, de ma lettre à la directrice de Cadences et d'une copie des mails échangés après la blessure au front d'Esteban.

Je fête mes quarante ans avec Esteban à Pornic. La bouffée d'oxygène offerte par le moratoire nous permet d'y louer pour trois semaines une petite bicoque durant l'été. C'est un soulagement de n'avoir plus à se rendre à l'épicerie sociale.

La maison est petite, avec un beau jardin, et elle est le théâtre de batailles d'eau mémorables entre nous. La plage n'est qu'à une quinzaine de minutes en voiture. Il ne fait pas très beau, mais nous profitons pleinement de ces trois semaines de repos mérité avant les échéances à venir.

Les vacances prennent fin. À la rentrée je suis content de revoir Lisa. Esteban ne déjeune pas à la cantine, il retourne à l'école l'après-midi et ne fait plus la sieste. Nous sommes toujours sans nouvelles du juge. Mi-septembre, une collaboratrice du Défenseur des droits de l'enfant me contacte. Elle n'a jamais entendu parler de Cadences, pourtant elle n'ignore rien de l'opacité dans ce genre de structures. Mme Furlan ne promet rien mais s'engage à transmettre mon signalement au directeur de la Prévention et de la protection de l'enfance de l'Essonne, administration tutélaire des établissements en milieu médiatisé. Elle croit bon de préciser que la difficulté majeure est de collecter des témoignages de parents. Déjà fragilisés, ils craignent en retour une répercussion sur leurs droits vis-à-vis de leurs enfants…

Un autre événement marque aussi ce mois de septembre. Esteban a quatre ans. Un anniversaire bien animé, cette année-là. Nous avons invité ses copains de classe, leurs parents et Ana. Nous sommes heureux de la revoir. Je n'ai pas proposé à la maîtresse d'Esteban d'être de la fête, pensant que cela ne se fait pas, mais ça n'est pas l'envie qui manque. Esteban souffle d'autres bougies à l'école, deux pour le prix d'un. Il fait bon être enfant quelquefois. Je reçois ensuite les photos prises en classe par Lisa, mon adresse mail figure dans le dossier scolaire. Je conserve précieusement la sienne en retour.

Une date est finalement arrêtée par le juge pour nous faire connaître son verdict. J'attends le 23 octobre comme une libération.

Au matin du jour J, je me rends seul au greffe du tribunal, pressé et anxieux de connaître le jugement. Il est à nouveau repoussé de deux semaines… J'appelle Barabé :

– Cela arrive souvent, les tribunaux sont débordés, ne vous inquiétez pas.

Facile à dire depuis son cabinet parisien ; deux semaines de plus et je n'aurai plus d'ongles. Heureusement que je n'exerce plus, nombre de mes patients auraient pris la tangente.

Le verdict a lieu. J'obtiens le divorce aux torts exclusifs de l'épouse, l'exercice exclusif de l'autorité parentale et une autre association pour les visites médiatisées. Je reste pourtant bloqué sur un paragraphe : Cassandra a obtenu une nouvelle enquête sociale. Mme Doucet-Justin est enceinte, un autre psychologue est donc désigné. Je suis atterré. Elle bénéficie d'une nouvelle chance. Jamais un père n'aura eu pareille mansuétude de l'institution judiciaire. J'ai devant les yeux l'image de ce papa réfugié au sommet d'une grue qui refusait d'en redescendre pour revendiquer ses droits.

L'enquête sociale vise la mère, mais je vais être à nouveau entendu. Je suis usé jusqu'à la corde après trois années de cet interminable imbroglio. Nous faisons à présent les frais du remplacement du juge. Le précédent a pourtant refusé la prorogation du délai de l'enquête sociale au motif que Madame en a été informée et s'y est soustraite. C'est bien trop facile. Inique.

Mon appartement est en vente, le prix à payer pour se conformer au plan de la Commission de surendettement. Pourtant la liquidation de ce bien restera insuffisante pour couvrir la totalité des dettes contractées pour mon ex-femme. De quoi l'avenir sera-t-il fait ? Je ne peux plus même bénéficier des fruits de mon travail : au-dessus de 1 500 euros par mois, l'excédent est saisi. Comment économiser pour réunir une somme suffisante à la location d'un nouveau logement dans ces conditions, fût-ce un deux-pièces ? Esteban a tous ses repères ici, ses amis, sa maîtresse, son école. Je suis pourtant contraint de déposer une demande de logement social. Je ne connais que trop le climat qui règne dans ces quartiers pour y avoir longtemps travaillé. J'espère que notre appartement ne se vendra pas avant la nouvelle enquête sociale. De son côté, Cassandra multiplie les voyages. Je suis décidément bien trop con.

26

6 décembre, je reçois un appel de mon avocat alors que je suis en voiture.

– Je viens de recevoir un mail de l'APCE 91, votre ex-femme renonce à ses droits de visite, elle part définitivement à l'étranger.

Je ne peux retenir mes larmes. Une profonde tristesse me submerge. Je suffoque. Je pense à Esteban. Quelle mère ai-je choisie pour lui ? Cette demande pour une nouvelle enquête sociale n'a été qu'un leurre, une simple posture pour réclamer les 25 000 euros qu'elle a espérés obtenir avant le jugement. Maintenant que le divorce est prononcé et qu'elle a perdu, elle renonce à son fils, qui n'a plus aucune valeur à ses yeux. Il est toute ma vie.

Et elle nous l'annonce le 6 décembre, le jour même de son anniversaire. C'est d'un cynisme sans nom. Je tremble de tout mon être.

L'après-midi au travail est interminable. Je ne pense qu'à retrouver mon fils, le serrer, l'embrasser et le valoriser toujours. Je serai père et mère.

En rentrant, je lis et relis cette lettre qu'elle a écrite à l'association. Un simple mail en fait, pas même un courrier de sa main.

« Madame Fontignac Solange bonjour,

Je vous informe par la présente que je renonce à contrecœur aux visites médiatisées avec mon fils Esteban afin de sauvegarder son bien-être. Cette décision mûrement réfléchie fait suite à mes nombreux problèmes… et à la trop grande difficulté à retrouver un travail en France. J'ai vécu ces deux dernières années grâce à… Mais je ne peux plus survivre dans ce si beau pays qu'est la France. J'ai donc décidé de quitter la France (au 01/01/2021) pour une durée indéterminée… Bien cordialement. »

Les mots ne sont même pas d'elle, Cassandra ne s'exprime pas aussi bien, mais cette décision est bien la sienne. J'ai envie de vomir. Esteban dort paisiblement. Six mois qu'il n'a revu sa mère. Il ne la réclame pas, elle a tant fait défection déjà. Je sais que cet acte sera définitif. J'en ai la conviction. Nous n'existons plus pour elle.

Le lundi matin je montre ce courrier à Lisa, la maîtresse d'Esteban. J'ai cacheté l'enveloppe. Mon émotion est palpable, aucun son ne peut sortir de ma bouche. Je ne veux pas l'importuner davantage. Esteban a déjà rejoint ses copains dans la classe…

À midi, Lisa revient vers moi.

– J'ai lu et relu la lettre… Vous avez toujours été là pour Esteban, il a de la chance de vous avoir.

Je ne peux retenir mes larmes.

– Mais imaginez-vous la violence pour lui d'apprendre un jour que sa mère l'a renié d'un simple trait.

Les enfants autour de nous commencent à s'agiter.

Esteban n'a rien demandé, pas même le fait de naître, et je lui dois tout. Père, je le suis pleinement, intensément, et cette sensation ne me quittera jamais.

27

L'association APCE 91 adresse un rapport de carence au juge. Ce dernier nous convoque encore pour une énième audience le 9 mars.

Cassandra ne s'y rend pas, pas plus que son conseil. Est-elle seulement partie ?

Le juge m'écoute. Barabé plaide à sens unique. Je règle une dernière fois ses honoraires, le jugement est rendu deux mois plus tard.

« Vu le jugement du 6 novembre 2020,

Vu les rapports de l'association APCE 91 et de l'enquêtrice sociale,

Modifie ledit jugement sur les points suivants :

Réserve le droit de visite et d'hébergement de la mère,

Rappelle l'exécution provisoire de la présente décision. »

Le juge a laissé une porte ouverte mais je sais que Cassandra n'exercera pas ce droit.

Esteban change de maîtresse en grande section de maternelle. Elle ne prend pas le temps de soigner sa cicatrice. Personne n'aura les attentions de Lisa. L'école dispose de plusieurs entrées, les petites sections sont séparées des autres classes, je ne la croise presque jamais. Nous échangeons parfois quelques mails, le ton et ses mots sont toujours pudiques. J'apprends qu'elle a deux filles, Valentine et Sandra. Il y a un père aussi dont elle est divorcée. Lisa me fait part de ses projets de voyage, je lui relate nos vacances en Espagne. Il me faut encore du recul pour conjurer le passé.

Le Défenseur des droits de l'enfant a classé sans suite mon signalement concernant Cadences. Esteban a appris à lire en un tour de main et croque plus que jamais la vie à pleines dents. Il est maintenant au CP.

J'essaie encore de gagner du temps sur la vente de l'appartement avec un second moratoire. Je repousse l'échéance dans le but de maintenir Esteban le plus longtemps possible avec ses amis, ses repères, la chambre qui l'a vu grandir. Il lui faudra la quitter un jour, mais le plus tard sera le mieux. J'ai du mal à trouver le sommeil parfois, j'essaie toujours de m'extirper de cet étau, cet écrou invisible.

Une nuit, je rédige ces mots pour mon fils… un poème ou une chanson. Lisa est la première à la lire. Elle a pour titre « Instinct paternel ».

S'est fait la malle
ne t'en fais pas
je serai là. Pour toi.

Être papa, c'est fabuleux
mais faut se battre
même sur des grues
c'est pas normal
ça fait très mal.

S'est fait la malle
pour qui ? Pourquoi ?
on était trois, et même quatre / on sera deux
être papa, ça rend heureux.

Ils comprennent pas

pensent qu'on sait pas
qu'on f'ra pas bien
qu'on n'a pas l'droit
mais moi j't'ai dans la peau.

Ton grand regard

sourire canaille
tout premiers mots
pour qui ? Pour moi ?...
mais quel cadeau !
Te voir grandir, et t'épanouir

c'est ça qu'est merveilleux

Se faire la malle
c'est pas légal
tu es mon tout, ma loi
et moi je s'rai là. Pour toi.

On était trois, et même quatre / on sera deux
être papa, ça rend nombreux
ça rend nombreux

ça / rend / nom / breux…

Au petit matin, je reçois un appel. C'est Lisa. J'ignore comment elle s'est procuré mon numéro.

– Le texte est magnifique, Esteban doit être fier, mais c'est une chanson, non ? J'aimerais vous entendre la chanter.

– Euh… avec ma voix de crécelle !

– Je suis sûre que vous serez très bien. Elle n'a de sens que si c'est vous qui l'interprétez.

Je passe les jours suivants sur mon ordinateur à chercher un accompagnement musical acceptable et à la réenregistrer cent fois, en espérant qu'elle lui plaise. Je finis par lui adresser la version la moins pénible aux oreilles.

Elle ne tarde pas à me répondre, par SMS cette fois. Et nous nous mettons à échanger, et échanger encore. À tout nous raconter, sans jamais plus s'arrêter.

Imprimé en France